수호지

4

수호지

4

이문열 편역 — 시내암 지음

물은 양산(梁山)으로

水滸誌

RHK

알에이치코리아

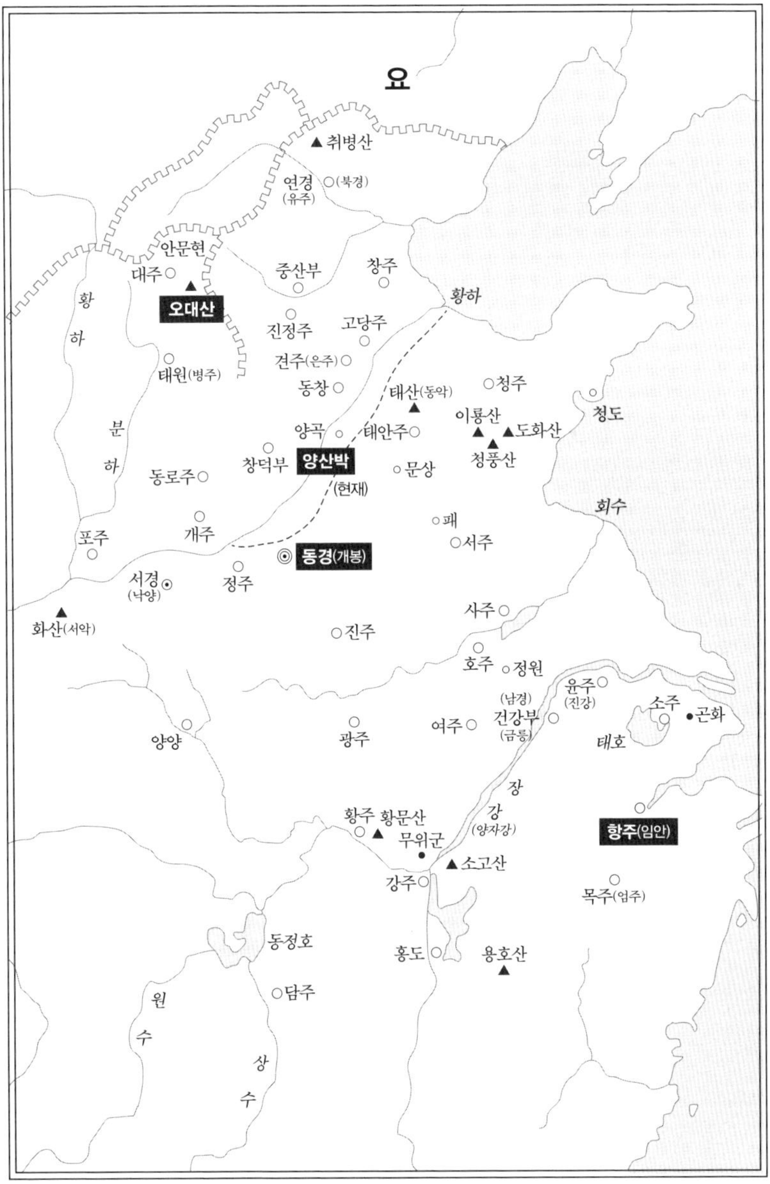

『수호지』의 배경이 된 송나라 지도

차례

4 물은 양산(梁山)으로

水滸誌

양산박 가는 길

진명의 기세가 수그러드는 걸 본 화영이 송강을 권해 가운데 자리에 앉혔다. 이어 진명과 화영이 교의에 앉고 연순, 왕영, 정천수도 각기 자리에 앉았다.

북소리, 피리 소리에 술잔이 돌기 시작했다. 주거니 받거니 하는 중에 의논은 청풍채를 치는 일로 쏠렸다. 여러 사람이 이런저런 계책을 내는 걸 듣고 있던 진명이 불쑥 말했다.

"그거야 쉽소이다. 여러 형제들이 애쓰지 않아도 될 거요. 청풍채를 지키는 황신은 첫째로 내 밑에 있는 사람이요, 둘째 내게서 무예를 배웠으며, 셋째 나와는 각별한 사이라, 내일 내가 가서 말 한마디만 하면 우리 편으로 투항해 올 것이외다. 그러면 화 지채(知寨)의 가솔들을 구해 낼 수 있을 뿐만 아니라 유고의 못된 계집을 잡아다 송강 형님의 분도 풀 수 있지 않겠소. 그걸로 여러 분을 만나게 된 예물을 삼고 싶은데 형제들의 뜻은 어떻소?"

"정말로 총관께서 그렇게만 해 주신다면 그보다 더한 다행이 어디 있겠습니까?"

송강이 반가워하는 얼굴로 그렇게 받았다. 다른 사람도 송강과 뜻이 다르지 않아 청풍채를 치는 일을 진명에게 맡기기로 결정이 났다. 이어 진명과 송강을 비롯한 호걸들은 흥겨운 술자리로 돌아가 늦도록 마시다 잠자리에 들었다.

다음 날 아침 일찍 일어나 식사를 마친 진명은 갑옷, 투구로 말에 올라 산을 내려갔다. 가시 방망이까지 끼고 있으니 내막을 모르는 사람은 그가 청풍산의 호걸들과 한패가 되었음을 알아챌 수가 없었다.

그때 청풍진의 황신은 모든 군사와 백성들을 끌어내 방비에 여념이 없었다. 아침부터 저녁까지 파수를 세우고 허술한 성벽과 목책은 고쳐 든든하게 만들었다. 그리고 한편으로는 사람을 풀어 청주에서 구원병이 오는가를 알아보게 했다.

그날도 황신이 구원병 오기를 눈이 빠지게 기다리고 있는데 갑자기 목책 문을 지키던 군사가 달려와 알렸다.

"목책 밖에 진 통제가 혼자 와서 문을 열라고 외치고 있습니다."

그 말을 들은 그는 얼른 말에 올라 목책 문 쪽으로 달려가 보았다. 틀림없이 진명이었다. 말 한 필에 덩그렇게 홀로 앉았을 뿐 따르는 군사 하나 없는 게 이상했으나 문을 열지 않을 수 없었다.

"적교를 내려라."

황신은 그렇게 소리치고 달려나가 진명을 맞아들였다. 진명을 대채(大寨)의 관아로 모셔 가 예를 올린 황신이 조심스레 물었다.

"총관께서는 어인 일로 혼자 이렇게 오셨습니까?"

황신이라면 말을 돌리고 숨길 것도 없어 진명은 모든 걸 털어놓았다. 청주에서 군사를 이끌고 나온 것부터 청풍산 패거리들에게 기마를 몽땅 잃고 사로잡힌 것까지 하나도 빼놓지 않았다. 그리고 그 마지막에 간곡하게 덧붙였다.

"산동의 급시우 송공명은 의로운 일이면 재물을 아끼지 않을 뿐더러 천하의 호걸들과 사귀어 그분을 흠모하지 않는 사람이 없을 정도네. 나도 이제 청풍산으로 들어가 그들과 한패가 될 작정인바 자네에게도 권하고 싶네. 더구나 자네는 이럴 때 걸리적거리는 처자도 없는 몸 아닌가? 나와 함께 산채로 들어가세. 쥐뿔도 모르는 것들이 글줄 읽었다고 업신여기는 이 하찮은 벼슬자리도 이쯤서 그만두는 게 좋을 걸세."

그러자 황신은 별로 생각해 보는 기색도 없이 선뜻 대답했다.

"제게 하늘 같은 은혜를 베푸신 장군께서 이미 그리로 가기로 하셨는데 제가 어찌 마다하겠습니까? 그런데 송공명이 그 산에 있다는 말은 또 처음 듣는 소립니다. 그분이 어째서 거기 있게 되었다고 합디까?"

"자네가 청주로 잡아가려던 운성호 장삼이 바로 그분일세. 자신의 진짜 이름을 밝히면 이미 저질러 둔 딴 죄가 드러날까 봐 장삼이란 이름을 댔다고 하네."

진명이 껄껄 웃으며 그렇게 밝혔다. 그 말을 들은 황신은 놀란 나머지 몸까지 움찔했다.

"만약 제가 그분이 송공명인 줄 알았다면 가는 길에 벌써 놓아 드렸을 겁니다. 유고 한편의 말만 듣고 자칫하면 그런 훌륭한 분을 죽일 뻔했군요!"

그러면서 부끄러운 낯빛을 지었다.

이어 두 사람은 청풍산으로 들어갈 일을 구체적으로 의논했다. 그러나 제대로 의논이 맞춰지기도 전에 군사 하나가 달려와 알렸다.

"많은 인마가 두 길로 나누어 우리 진(鎭)으로 쳐들어오고 있습니다!"

이에 놀란 진명과 황신은 목책 문으로 가서 살펴보았다.

밀려온 것은 다름 아닌 청풍산의 인마였다. 한 갈래는 송강과 화영이 이끌고 다른 한 갈래는 연순과 왕영이 앞장섰는데 각기 백오십 명 정도를 이끌고 있었다.

송강을 알아본 황신은 군사들에게 적교를 내리고 문을 열게 했다.

오래잖아 청풍산의 인마는 물밀듯 청풍진 안으로 밀려 들어왔다.

"한 사람의 백성도 해쳐서는 아니 된다. 진 안의 군사도 다치지 말라!"

송강은 청풍산에서 이끌고 온 무리에게 그같이 엄한 영을 내렸다. 그러나 진 남쪽에 사는 유고의 가솔들에게는 너그러움이 미치지 않았다. 늙고 젊고를 가리지 않고 유고의 집 안에 있던 사람은 모조리 청풍산 패거리에게 죽임을 당했다.

그 가운데 꼭 하나 목숨을 건진 건 유고의 계집이었다. 왕영은 이제야 누가 말리랴 하며 먼저 그 계집부터 꿰찼다. 졸개들은 그 사이 유고가 긁어모은 재물을 모조리 털었다. 어디를 어떻게 긁어냈는지 유고의 재물은 금은보화로도 한 수레가 되었다. 거기다가 말, 소, 양까지 있어 수레 뒤에 묶으니 제법 긴 줄이 될 정도였다.

화영은 집으로 돌아가 가산을 챙기는 한편 아내와 아이들과 누이를 구해 내 청풍진을 떠날 채비를 시켰다. 그리하여 청풍진에서 모든 일이 끝나자 호걸들은 데려온 인마와 더불어 다시 산채로 돌아갔다.

수레와 가축을 이끈 그들의 인마가 산채에 이르자 남아서 산채를 지키던 정천수가 그들을 반겼다. 호걸들은 모두 취의청에 모여 새로 온 황신과 상견례를 했다. 황신은 예가 끝난 뒤 화영의 아랫자리에 앉았다.

송강은 화영의 가솔들에게 쉴 곳을 마련해 주게 하는 한편, 유고의 집에서 털어 온 재물을 풀어 졸개들에게 나눠 주었다. 그때 왕영은 잡아 온 유고의 계집을 자기 방에 가둬 두고 있었다. 자리에서 빠져나가는 대로 제 계집을 만들려는 생각이었으나 아무래도 그 계집과는 인연이 없는 듯했다.

"유고의 계집은 어디 있는가?"

유고의 집에서 가져온 재물을 졸개들에게 풀고 난 뒤 연순이 불쑥 물었다. 왕영이 얼른 나섰다.

"이번에는 내게 맡긴다 하지 않았소? 내 마누라를 만들려고 치워 두었소."

"그거야 어쨌든 어서 불러내 오게. 내 한마디 할 말이 있네."

연순이 아무런 표정 없이 그렇게 말했다. 송강도 곁에서 거들었다.

"나도 꼭 물어볼 말이 있소. 데려오시오."

그리되자 왕영은 하는 수 없이 계집을 취의청 아래로 끌어오게 했다.

끌려온 계집은 소리 높이 흐느끼며 용서를 빌었다. 송강이 그런 계집을 매섭게 꾸짖었다.

"이 못된 것아, 나는 네가 나랏일을 보는 벼슬아치의 아낙이라기에 좋은 뜻에서 구해 주었다. 그런데 너는 어찌해서 그 은혜를 원수로 갚으려 들었느냐? 이제 다시 이렇게 잡혀 와서도 무슨 할 말이 있느냐?"

그때 연순이 벌떡 몸을 일으키며 소리쳤다.

"이런 못된 계집에게 물어보긴 뭘 물어봅니까?"

그러고는 누가 말릴 틈도 없이 허리에 차고 있던 칼을 뽑아 계집을 베어 버렸다. 이제는 품게 되는가 보다 싶던 계집을 연순이 한칼에 토막내 놓자 왕영은 발칵 성이 났다. 앞뒤 살피지도 않고 칼을 뽑아 연순에게 덤벼들었다. 송강을 비롯해 거기 있던 호걸들이 놀라 그들을 뜯어말렸다. 그래도 왕영은 화가 안 풀렸는지 독기 어린 눈으로 연순을 노려보았다. 송강이 그런 왕영을 좋은 말로 달랬다.

"연순 형제가 그 계집을 죽인 건 아무래도 잘한 일 같네. 이보게 아우, 생각해 보게. 나는 힘을 다해 저를 구해 주고 산 아래로 내려보내 주었는데 그 계집은 오히려 서방 놈에게 나를 모함해 죽이려 들지 않았나? 그런 못된 계집을 우리 곁에 두었다가 또 무슨 일을 저지를지 어찌 알겠나? 아무래도 해로우면 해로웠지 이로운 일은 있을 성싶지 않네. 아우가 제수씨를 얻는 일이라면 뒷날 이 송강이 좋은 사람을 얻어 주겠네."

연순도 송강을 도와 왕영을 달랬다.

"이보게 아우, 잘 생각해 보게. 만약 그 계집을 죽이지 않으면 뒷날 반드시 우리가 그 계집에게 해를 입을 것이네."

그 밖에도 여러 사람이 나서 왕영을 어루었다. 그래도 왕영은 속이 풀리지 않는지 입을 꾸욱 다문 채 대꾸조차 않았다. 연순은 왕영이 적어도 더 싸우려 들지는 않으리라 싶자 졸개들을 시켜 계집의 주검을 치우게 했다. 그리고 분위기도 바꿀 겸 아무런 희생 없이 화영의 가솔들을 구해 내고 송강의 원수를 갚은 걸 축하하는 술자리를 벌였다.

다음 날은 또 다른 잔치가 벌어졌다. 화영이 송강에게 청해 누이를 진명에게 시집보낸 것이었다. 그 혼인에서 황신은 혼사를 주관하고 연순, 왕영, 정천수는 중매쟁이가 되었다. 화영은 산채로 옮겨 온 재물에서 예물까지 갖춰 누이를 시집보냈다.

그래서 다시 떠들썩한 잔치로 사나흘을 보낸 뒤의 어느 날이었다. 바깥 소식을 알아보러 산을 내려갔던 졸개 하나가 산채로 돌아와 말했다.

"청주의 모용 지부(知府)는 중서성에 글을 올려 화영과 진명과 황신이 모반했다, 일러바치고 대군을 청했다고 합니다. 머지않아 조정이 보낸 대군이 이곳으로 밀어닥칠지도 모르겠습니다."

그 말을 들은 호걸들은 적지않이 놀랐다. 저마다 생각에 잠겼다가 수군거렸다.

"이곳은 작은 산채로 오래 눌러 있을 땅이 못 됩니다. 만약 대군이 와서 사방으로 에워싸면 어떻게 막아 내겠습니까?"

송강이 가만히 듣고 있다가 목소리를 가다듬고 그들에게 말했다.

"내게 한 가지 생각이 있소만 여러분의 마음에 들지 모르겠소."

"그 계책을 들어보았으면 합니다."

나머지 호걸들이 기대에 찬 눈으로 송강을 보며 입을 모았다. 송강이 차분히 마음속의 계책을 털어놓았다.

"여기서 남쪽으로 가면 양산박이란 곳이 있소. 둘레가 팔백 리에 산 가운데는 완자성(宛子城)이 있고 발치에는 요아와란 물을 두르고 있는데 조 천왕(晁天王)이 사오천의 군마를 거느리고 자리 잡은 곳이외다. 관병들이 잡을 엄두도 못 내고 있을 만큼 든든한 곳이니 우리 그리로 가 보는 게 어떻겠소? 여기 인마를 모두 이끌고 가서 한패가 되는 거요."

"그런 곳이 있다면 정말 좋지요. 하지만 아무도 이끌어 줄 사람이 없으니 걱정입니다. 우리가 간다고 그들이 무턱대고 받아주기야 하겠습니까?"

송강의 말을 듣고 난 진명이 무거운 어조로 그렇게 물었다. 송강이 껄껄 웃은 뒤 저 '생신강(生辰綱)' 사건을 자세히 들려주었다. 유당이 조개에게 그 일을 전하러 온 때부터 자신이 그 때문에 염파석을 죽이게 된 데까지 차례로 이야기하자 진명의 얼굴이 갑자기 밝아졌다.

"그렇다면 형이 바로 그들의 큰 은인 아니십니까? 쇠는 달았을 때 때리라고, 그리로 갈 양이면 한시바삐 떠나는 게 좋겠습니다."

진명이 그렇게 서두르고 나왔다. 다른 사람들도 모두 진명과 뜻이 같아 그날로 그 일은 결정이 났다.

이에 청풍산의 산채는 양산박으로 옮길 일로 시끌벅적해졌다. 수십 대 수레를 마련해 금은이며 재물, 의복 따위를 싣고 이삼백 필이나 되는 말도 끌어가기 쉽게 나누었다.

졸개들은 모두 제 뜻대로 하게 했다. 양산박으로 가기를 원하지 않는 자는 금은을 나눠 주어 내려보냈고, 가고자 하는 자는 대오에 끼워 주었다. 진명을 따라왔던 군사들까지 합쳐 가기를 원하는 자는 대강 사백 명 남짓이었다.

송강은 그들을 세 부대로 나누고 모두를 양산박을 치러 가는 관군으로 꾸미게 했다. 그리고 챙길 걸 다 챙긴 산채에는 불을 지른 뒤 길을 떠났다.

송강은 화영과 더불어 제일대를 이끌었다. 걷는 이 사오십 명에 말 탄 이 사오십 명을 거느리고 대여섯 대의 수레를 에워싼 채 나아갔다. 재물을 싣고 늙은이와 어린애들이 탄 수레였다.

진명과 황신은 팔구십 명의 말 탄 이를 거느리고 제이대가 되었다. 그들 역시 그들이 맡은 수레를 앞뒤로 지키며 양산박으로 나아갔다.

제삼대는 연순, 왕왜호, 정천수 세 사람이 맡았다. 말 탄 이 사오십 명에 걷는 이 백여 명을 거느리고 청풍산을 떠났다.

워낙에 머릿수가 많다 보니 가는 도중 사람들의 눈에 띄는 것을 피할 수가 없었다. 그러나 많은 군마가 있는 데다 '수포초구관군(收捕草寇官軍, 숲속의 도적들을 잡아들이는 관군)'이란 깃발까지 커다랗게 앞세우고 있어 아무도 수상쩍게 보지 않았다. 그리하여 대엿새가 지났을 때는 벌써 청주에서 멀리 벗어나 있었다.

그때 송강은 화영과 말 머리를 나란히 하고 행렬의 앞머리에 있었다. 그들 뒤에 수레가 따르고 다시 그 수레 뒤를 나머지 인마가 호위하며 따랐다.

양산박을 향해 걷던 송강의 제일대는 도중에 대영산(對影山)이란 곳에 이르게 되었다. 양쪽에 비슷하게 생긴 두 개의 높은 산이 있고, 가운데로 넓은 역마길이 난 곳이었다.

송강과 화영이 그 역마길로 말을 몰고 있는데 갑자기 앞산 뒤쪽에서 북소리, 징 소리가 요란하게 들려왔다. 화영이 굳은 얼굴로 송강을 돌아보며 말했다.

"앞에 도둑 떼가 기다리는 것 같습니다."

그러고는 들고 있던 창을 안장에 꽂고 대신 활과 화살을 빼 들었다. 뒤따르는 수레를 멈춰 서게 하고 멀리 떨어져 따라오는 인마를 모으는 게 한바탕 싸움을 각오한 듯했다.

송강도 대강 화영과 같은 짐작이 갔다. 먼저 도둑 떼의 형세나 살펴볼 양으로 이십여 기만 이끌고 화영과 앞장을 섰다. 채 한 마장도 나가기 전에 여러 갈래의 길이 나 있고 거기에 한 떼의 인마가 보였다.

그 인마의 머릿수는 백 명 남짓이나 될까, 모두가 붉은 옷에 붉은 갑주를 걸치고 있었다. 그들에게 둘러싸인 한 젊은 장수가 창을 비껴든 채 앞 산언덕에 대고 큰 소리로 외쳤다.

"오늘은 정말로 결판을 내자! 누가 이기고 누가 지는지 이번 시합으로 결정을 보자!"

그러자 맞은편 산언덕에서 다시 한 떼의 인마가 나타났다. 역시 백여 명쯤 되어 보이는데 모두 흰 옷에 흰 갑주를 걸치고 있었다.

흰 옷에 흰 갑주를 입고 앞선 장수도 먼젓번 붉은 옷의 장수처럼 새파란 젊은이였다. 한 자루 방천화극을 쥐고 선 그의 머리 위로 흰 깃발이 펄럭거렸다.

북소리 요란한 가운데 마주친 두 젊은 장수는 말 한마디 나누는 법도 없이 창을 들어 맞붙었다. 둘 다 대단한 솜씨였다. 두 산비탈 가운데의 넓은 길 위에서 서른 합이나 어울렸지만 얼른 승부가 나지 않았다.

송강과 화영은 말 위에서 그들의 싸움을 보며 갈채를 보냈다. 그런데 문득 공교로운 일이 벌어졌다. 두 장수의 창 모가지에 각기 금빛 술과 오색 술이 매어져 있었는데 그게 얽혀 버린 것이었다. 둘은 힘주어 자신의 창을 당겼으나 엉킨 술은 풀릴 줄 몰랐다.

말 위에서 그 광경을 본 화영은 왼손으로 화살통에서 화살을 뽑아 시위에 얹더니 힘껏 시위를 당겼다 놓았다. 바람을 가르며 날아간 화살은 보기 좋게 두 장수의 창을 얽고 있던 술을 끊어 놓았다.

두 장수의 창이 풀려나자 그걸 보고 있던 양쪽 사람들이 하나같이 화영의 귀신 같은 활 솜씨에 놀라 고함을 질렀다. 두 장수도 싸움을 멈추고 송강과 화영 쪽으로 말을 몰아 왔다.

“방금 귀신같은 활 솜씨를 보이신 장군의 대명(大名)은 어떻게 되시는지요?”

두 젊은 장수는 조금 전까지의 거친 싸움을 잊은 듯 말 위에서 나란히 허리를 굽히며 물었다. 화영이 송강부터 먼저 그들에게 알려 주고 이어 자신을 밝혔다.

“이분은 나의 의형(義兄)이요, 운성현 압사이셨던 산동의 급시우 송공명이고, 나는 청풍진의 지채를 지냈던 소이광 화영이오.”

그 말을 들은 둘은 구르듯 말에서 내려 송강과 화영에게 절을 올렸다.

“오래전부터 우레 같은 이름은 들어 왔습니다만 오늘에야 뵙게 되었습니다.”

그들의 극진한 예에 송강과 화영도 얼른 말에서 내려 답례를 하고 그들을 일으켜 세웠다.

“두 분 장사의 이름은 어떻게 되시오.”

송강이 그렇게 묻자 붉은 옷 걸친 장수가 먼저 대답했다.

“저는 여방(呂方)이라 하며 윗대부터 담주(潭州)에서 살았습니다. 평소 옛사람 여포를 좋아하여 한 자루 방천화극을 익혔기로 사람들은 저를 소온후(小溫侯, 작은 여포) 여방이라 일컫기도 하지요. 산동으로 생약 장사를 왔다가 밑천을 날리고 고향으로 돌아갈 낯이 없어 잠시 이 대영산(對影山)에서 부근 인가를 털어 살고 있습니다. 그런데 요즘 들어 저 사람이 나타나더니 제 산채를 뺏으려 들지 않겠습니까? 저는 각기 산 하나씩 차지하고 지내자 했으나 그마저 들어주지 않는군요. 그래서 매일 이 모양으로 서로 싸우고 있습니다. 오늘도 그 때문에 싸우다가 뜻밖에도 귀한 분들을 뵙게 됐습니다."

송강은 다시 흰옷 입은 장수에게 이름을 물었다. 그도 숨김없이 자신을 밝혔다.

"저는 곽성(郭盛)이라 하오며 사천 가릉 사람입니다. 수은(水銀)을 팔러 다니다가 황하에서 배가 뒤집혀 가진 걸 몽땅 잃고 고향에 돌아갈 수 없는 처지가 돼 버렸지요. 가릉에 있을 때 그곳 병마사 장(張) 제할로부터 방천극을 배웠는데, 그 뒤로도 되풀이 익히기를 게을리하지 않아 사람들은 저를 새인귀(賽仁貴, 당나라 장수 설인귀보다 낫다는 뜻) 곽성이라고도 합니다. 제가 여기 온 것은 저 사람의 소문 때문이었습니다. 떠돌면서 듣자 하니 이곳 대영산에 한 자루 방천화극을 잘 쓰는 이가 산채를 열고 있다더군요. 그 소리를 들으니 한번 겨뤄 보고 싶어 달려왔지요. 그러나 벌써 열흘이 넘도록 싸워도 승부가 나지 않아 오늘은 결판을 보려고 나왔다가 두 분을 뵙게 된 것입니다. 실로 하늘의 도우심인가 합니다."

여방이나 곽성은 둘 다 창의 명수들이다. 그 두 젊은이가 '작은 여포, 젊은 설인귀'라 불리는 걸로 보아 그 창 솜씨를 짐작할 만했다.

두 사람의 이야기를 모두 듣고 난 송강이 부드럽게 물었다.

"우리 이렇게 하는 게 어떻소? 이것도 인연인 듯싶으니 두 분은 이만 싸우고 화해하시오."

두 젊은 장수도 싸우는 동안에 든 정이 있던지 송강의 권유를 굳이 마다하지는 않았다. 오히려 기뻐하는 기색까지 보이며 서로 손을 잡았다.

그사이 송강의 뒷 부대가 이르렀다. 여방은 그들과도 인사를 나눈 뒤 모두를 산채로 청했다. 소와 양을 잡고 술을 걸러 송강과 화영을 만나고 곽성과 화해하게 된 걸 기뻐했다.

다음 날이 되었다. 이번에는 곽성이 술잔치를 마련해 놓고 모두를 청했다. 송강은 그 술자리에서 비로소 여방과 곽성에게 권했다.

"두 분도 인마를 한군데로 합쳐 우리와 양산박으로 가 보는 게 어떻소? 가서 조 천왕과 함께 의를 행하는 것도 여기 있는 것보다 못하지는 않을 것이오."

그 말에 여방과 곽성은 기뻐해 마지않았다. 그 자리에서 두 산채의 인마를 하나로 어우르고 모아 둔 재물을 꾸려 송강을 뒤따르려 했다. 송강이 잠깐 생각에 잠겼다가 말했다.

"너무 서두를 건 없소. 이렇게 되면 사오백이나 되는 인마가 한꺼번에 양산박으로 몰려드는 게 되어 안 되겠소. 그들도 사방에 사람을 풀어 살피게 하고 있을 것인즉 이 많은 인마가 몰려들면 열에 아홉 토벌군이 온 걸로 알 것이오. 그러지 말고 내가 연순과 함께 먼저 가서 알리고 나거든 그때 모두들 뒤따라 오시오."

"형님의 말씀이 옳습니다. 형님 말씀대로 나누어 가도록 하지요. 형님이 떠나시고 한나절이 지나면 우리가 뒤따르는 게 좋겠습니다."

화영과 진명도 그렇게 송강을 거들었다. 대영산의 인마도 그대로 따라 주었다.

이에 송강은 연순과 함께 말에 올라 여남은 명만 데리고 먼저 떠났다.

그런데 송강이 길 떠난 지 이틀 뒤의 일이었다. 그날 정오가 가까울 무렵 송강 일행은 어떤 큰 술집 앞을 지나게 되었다. 송강이 연순을 돌아보며 말했다.

"이 아이들이 먼 길 걷느라 몹시 지쳤을 터이니 저기 들어가서 술이나 한잔 먹여 가는 게 어떤가?"

연순도 졸개들을 생각해서 선뜻 따랐다.

송강과 연순은 나란히 말에서 내려 술집으로 들어갔다. 문께에서 술집 일꾼에게 말고삐를 넘기고 안에 들어가 보니 자리가 영 시원치가 않았다. 앉을 만한 의자가 겨우 셋에 엉덩이를 걸칠 것도 많지 않았는데, 그나마 앉을 만한 자리 중에 하나는 미리 차지한 손님이 있었다.

송강은 미리 와 앉은 사내를 가만히 살펴보았다. 머리에는 가죽띠를 둘렀는데 벼슬아치들에게서 흔히 보는 구리 고리 장식이 달려 있었고, 검은 윗옷에 허리에는 흰 띠요 바지는 옻칠을 입힌 듯 검게 번들거렸다. 짧은 몽둥이를 탁자에 걸쳐 세우고 곁옷을 걷어붙인 게 낮은 벼슬아치 차림이었다. 그러나 여덟 자가 넘는 키나 번쩍이는 눈길, 머리칼도 수염도 없이 번들거리는 얼굴은 어딘가 예사롭지 않은 인상을 풍겼다.

송강은 술집 일꾼을 불러 술을 청하며 아울러 당부했다.

"우리 일행이 수가 많으니 나와 이 사람은 저 안쪽 자리에 앉게 해 주게. 그리고 저 손님께 여쭈어 자리를 좀 바꿔 달라 해 보게. 우리 일행이 모여 앉자면 그 자리가 꼭 필요해서 그러네."

"제가 한번 말씀드려 보지요."

술집 일꾼은 어려울 것 없다는 듯 그리 대답했다. 그제야 송강은 졸개들의 술도 청했다.

"먼저 저 사람들에게 한 사람에 술 세 사발씩 돌리게. 고기가 있으면 그것도 좀 썰어 내오고……. 우리에게는 저 사람들에게 술과 고기를 돌린 뒤에 가져와도 되네."

그러나 일꾼은 송강을 따라온 사람들이 화덕 곁에 몰려선 걸 보자 자리부터 먼저 해결해야겠다고 생각한 듯했다. 아까의 낮은 벼슬아치 복색을 한 사내에게 다가가 공손하게 말했다.

"손님 죄스럽지만 자리를 저쪽으로 옮겨 주시겠습니까? 저쪽 나리들과 함께 앉아 주셨으면 좋겠는데요."

그러자 사내가 벌컥 성부터 내며 소리쳤다.

"이놈, 찬물도 위아래가 있다는데 그게 무슨 소리냐? 어떤 나리가 왔기에 감히 내게 자리를 내놓으라 말라 하느냐? 미안하지만 이 어르신네는 바꾸지 못하겠다!"

그 소리를 들은 연순이 불끈해 송강을 보며 물었다.

"형님, 저놈이 너무 무례한 거 같지 않소?"

"가만히 두게. 저 사람이나 자네나 마찬가지네."

송강이 그렇게 연순을 말렸다. 그런데도 사내는 송강과 연순을 거만하게 훑어보며 찬웃음을 지었다. 일꾼 녀석이 보기 안됐던지 한 번 더 사내에게 권했다.

"손님 술을 파는 건 저희니 저희 말대로 따라 주십시오. 자리 좀 바꿔 주시면 안 되겠습니까?"

사내가 더욱 성이 나서 손바닥으로 탁자를 치며 소리쳤다.

"네놈들이 사람을 너무도 몰라주는구나. 이 어르신네를 업신여기려 들다니! 설령 조관가(趙官家, 송나라 왕실을 낮추어 부르는 말)가 바꿔 달란대두 안 된다! 공연히 그렇게 빽빽거리다가 다치지 마라. 주먹에는 눈이 없다는 걸 모르느냐?"

"제가 무슨 소리를 했다고……."

사내의 기세에 눌렸는지 일꾼 녀석이 볼멘소리로 어물거렸다. 사내가 더욱 기세를 올렸다.

"이놈 봐라. 너 말 다 했냐?"

그때 가만히 듣고 있던 연순이 참지 못하고 끼어들었다.

"이 친구가 너무 거칠구먼. 자리를 비켜 주기 싫으면 안 비켜 주면 그만이지, 사람 겁은 왜 주나?"

그러자 사내가 벌떡 몸을 일으켜 몽둥이를 집어 들며 연순을 노려보았다.

"내가 나무란 건 저놈인데 네가 왜 끼어드느냐? 이 어르신네는 두 사람만 빼면 세상에 두려운 게 없다. 다른 것들은 발톱 밑에

때만큼도 여기지 않는단 말이다!"

그 말에 화가 난 연순도 의자에서 벌떡 몸을 일으켰다. 그대로 치고 들 기세였다. 송강은 사내의 말투가 당당한 게 예사롭지 않아 보였다. 얼른 나서서 연순을 말리며 사내에게 물었다.

"그래, 댁이 겁난다는 두 사람은 누구누구요?"

"한 사람은 창주 횡해군의 소선풍 시진 나리요, 바로 시 세종의 적손이지."

"또 한 사람은?"

송강은 가만히 고개를 끄덕이고 다시 물었다.

"이 사람도 대단한 어른이지. 누군고 하니, 운성현의 압사를 지냈던 산동의 급시우 호보의 송공명이오."

그 말에 송강은 연순을 보고 눈을 찡긋하며 웃었다. 연순도 알아듣고 다시 의자에 앉았다.

"이 어르신네는 그 두 사람만 빼면 설령 대송 황제가 온대두 겁나지 않아!"

사내는 무엇이 그리 자랑스러운지 뻐기기까지 하며 그렇게 덧붙였다. 송강이 아무런 내색 없이 물었다.

"그렇다면 한번 물어봅시다. 당신이 말한 그 두 사람은 나도 아는데, 당신은 그들을 만나 본 적이 있소?"

사내가 조금 멋쩍어하며 대답했다.

"당신이 그 두 분을 다 안다니 바른대로 말하겠소. 삼 년 전 시 대관인 댁에서 넉 달 남짓 머문 적이 있어 시 대관인은 잘 아오. 그러나 송공명은 기실 아직 만나 보지 못했소."

"그럼 그 흑삼랑 송강과 알기는 하시오?"

송강은 그래도 자신을 밝히지 않고 다시 물었다. 사내가 조금 자신있게 말했다.

"그렇소. 지금 그분을 찾아가는 길이오."

"누가 그를 찾아보라 했소?"

송강이 궁금증이 일어 다시 그렇게 묻자 사내가 시원스레 대꾸했다.

"그분의 형제인 철선자(鐵扇子) 송청(宋淸)이 내게 편지를 주며 전해 달라 했소."

그제야 송강은 반가운 나머지 그의 손을 끌며 자신을 밝혔다.

"인연이 있으면 천 리 밖에서도 와서 만나게 되고 인연이 없으면 코앞에 두고도 서로 만날 수 없다더니 정말로 그렇구려. 내가 바로 흑삼랑 송강이오."

그러자 사내는 가만히 송강을 살펴보더니 들은 게 생각나는 듯 얼른 무릎을 꿇었다.

"하늘이 도와 형님을 이렇게 만났군요. 제가 잘못 본 게 아니라면 공(孔) 태공 댁에 가 봤자 헛일이 될 뻔했습니다그려."

송강은 그러는 사내를 한쪽으로 끌고 가 물었다.

"우리 집에는 별일이 없소?"

사내는 대답에 앞서 제 소개부터 늘어놓았다.

"저는 석용(石勇)이라 불리며 대명부(大名府) 사람입니다. 노름을 하며 지내는데 저희 마을 사람들은 따로이 저를 석 장군이라 부르기도 하지요. 한번은 노름을 하다가 싸움이 벌어져 한주먹으로 사람을 죽이게 되었습니다. 그 바람에 시 대관인 댁으로 도망가 몇 달 숨어 지냈던바, 거기서 형님의 이야기를 들었지요. 하도 여러 사람이 형님의 이름을 들먹이기에 저도 한번 뵙고 싶은 마음이 일었습니다. 그래서 운성현으로 일부러 찾아갔는데 형님은 집에 안 계시고 아우 되시는 분만 만났습니다. 그분은 제가 시 대관인 댁에서 왔다는 말을 하자 형님이 백호산의 공 태공 댁에 계신다고 알려 주시더군요. 그리고 제가 찾아가 뵙겠다고 하자 편지 한 통을 써 주셨습니다. 아울러 이르시기를, 형님을 뵙거든 얼른 집으로 돌아오라고 전해 달라고 했습니다."

"당신은 우리 집에 며칠이나 묵었소? 아버님은 뵈온 적이 있으시오?"

급히 돌아오라는 전갈에 불안해진 송강은 얼른 석용에게 그렇게 물었다. 석용의 대답은 여전히 시원찮았다.

"저는 하룻밤만 묵고 나와 태공은 뵙지 못했습니다."

석용 자신은 집안 소식은 별로 모르는 것 같았다. 이에 송강은 그 일을 잠시 접어두고 자신의 형편부터 자세히 밝혀 주었다. 공 태공의 장원을 떠나 이제 양산박으로 들려고 하는 데까지 다 이야기하자 듣고 난 석용이 대뜸 말했다.

"저는 시 대관인 댁에서 나온 뒤로 여러 사람에게서 형님의 크신 이름을 들었습니다. 의를 보면 재물을 아끼지 않는다, 가난한 이를 돕고 위태로운 이를 구해 준다 하는 따위 칭송들이었지요. 이제 형님께서 양산박으로 가서 한패가 되시겠다니 저도 넣어 주십시오. 저도 형님을 따르겠습니다."

"그거야 안 될 것도 없지. 당신 한 사람 더 보탠다고 안 될 거 있겠소. 우선 이리 와서 저 사람들과 인사나 나누시오."

송강은 그 말과 함께 술집 안을 보고 소리쳤다.

"주인장, 여기 술 좀 내주시오."

그리고 술이 나오자 먼저 석용에게 권했다. 석용은 술 석 잔을 받아 마신 뒤에야 보따리에서 편지 한 통을 꺼내 송강에게 건넸다.

송강이 보니 편지의 피봉은 여느 문안 편지와 달리 뒤집혀 있는데다 '평안(平安)' 두 글자도 안 보였다. 무언가 급한 일로 써 보내느라 두서가 없어진 듯했다. 송강은 더욱 불안해지는 마음을 억누르며 편지를 꺼내 읽었다. 반도 읽기 전에 이런 구절이 눈에 띄었다.

> 아버님께서는 이번 정월 초순에 병환이 나셔서 며칠 전에 돌아가셨습니다. 형님이 돌아와야 장례를 치를 수 있을 것이니 형님, 부디 그르침이 없게 하십시오. 아우가 피눈물을 뿌리며 몇 자 올립니다.

실로 청천벽력 같은 소식이었다. 읽기를 마친 송강은 괴로운 신음과 함께 일어서더니 한참을 정신나간 사람처럼 서성이다 스스로를 꾸짖기 시작했다.

"이 불효막심한 놈아, 어찌 이럴 수가 있단 말이냐? 아버님께서 돌아가셨는데도 아들 된 도리조차 다하지 못하니 짐승과 다를 게 무어 있단 말이냐?"

그러면서 벽에 머리를 짓찧고 목 놓아 울었다. 연순과 석용이 놀라 그런 송강을 부둥켜안고 말렸다. 그러나 송강은 울음 끝에 정신을 잃었다가 반나절이 지나서야 깨어났다

연순과 석용이 그런 송강을 달랬다.

"형님, 너무 괴로워하지 마십시오. 이미 일이 그리된 걸 어찌합니까?"

하지만 송강은 끝내 괴로움을 벗어던지지 못했다. 문득 울음 그친 얼굴로 두 사람에게 말했다.

"내가 정이 엷고 뜻이 얕아서가 아니라 돌아가신 아버님이 마음에 걸려 안 되겠네. 오늘 밤이라도 돌아가 자식 된 도리를 하려 하니 아우들만 먼저 양산박으로 가게."

"형님, 태공께서는 이미 돌아가셔서 이제 집에 가신대도 뵈올 수는 없습니다. 이 세상에 돌아가시지 않는 어버이가 어디 있겠습니까? 마음을 편히 가지시고 저희들을 양산박까지 이끌어 주십시오. 그 뒤 저희들과 함께 집으로 돌아가셔서 장례를 치러도 늦지 않을 겝니다. 옛말에 이르기를 '뱀은 머리가 없으면 가지 못한다.' 하지 않았습니까? 만약 형님께서 이끌어 주지 않는다면 그 사람들이 어찌 알고 우리를 받아 주겠습니까?"

연순이 다급해져 옷깃을 잡듯 송강에게 매달렸다. 그래도 송강의 마음은 변하지 않았다.

"거기까지 자네들을 데려가자면 날짜가 많이 먹혀 안 되겠네. 내가 편지 한 통을 써 줄 터이니 석용과 함께 가 보게. 아버님께

서 돌아가신 걸 몰랐다면 또 모르나 이렇게 하늘이 알려 주셨는데 어찌 늑장을 부린단 말인가. 이거야말로 눈썹에 불이 붙은 것처럼 급한 일이 아닌가. 말도 필요 없고 사람도 필요 없네. 나 혼자 밤길을 달려 집으로 돌아갈 것이니 그리들 알게."

그러고는 연순과 석용이 더 말릴 틈도 없이 술집 주인을 불러 종이와 붓을 가져오게 했다.

일면 울고 일면 쓰며 양산박의 두령들에게 보낼 편지를 마친 송강은 봉투도 붙이지 않고 그걸 연순에게 건넸다. 그리고 석용의 삼신을 벗겨 신은 뒤 은자 몇 냥과 칼 한 자루만 챙겨 길을 떠나려 했다. 술 한 모금, 고기 한 점 입에 대지 않은 채였다. 연순이 다른 말로 붙들었다.

"형님, 진 총관과 화 지채가 이를 때까지만이라도 기다려 주십시오. 그들을 만나 보고 떠나셔도 늦진 않을 겁니다."

혹시 진명이나 화영이 오면 달라질까 싶어 한 소리였으나 소용없었다. 송강이 무겁게 고개를 저었다.

"그때까지 기다릴 수 없네. 내 편지만 있으면 별일 없을 테니 자네들끼리 가 보도록 하게. 그리고 석용 아우는 그곳의 여러 형제들에게 이 송강이 당한 일을 자세히 일러 주게. 그러면 그들은 나를 가엾게 여길지언정 이상하게 보지는 않을 거네."

그러고는 한 발짝이라도 빨리 돌아가지 못함을 한스러워하며 나는 듯 달려갔다.

송강이 떠나간 뒤 연순과 석용은 이미 시켜 둔 술과 음식을 먹고 나서야 그 술집을 떠났다. 석용은 송강이 타고 온 말을 타고 연순과 나란히 졸개들을 이끌었다.

술집에서 한 오 리쯤 가니 커다란 객점이 나왔다. 연순과 석용은 거기서 쉬며 뒤따라오는 진명과 화영의 패거리를 기다리기로 했다.

다음 날 아침이 되자 뒤따라오던 패거리도 모두 그곳에 이르렀다. 연순과 석용은 그들에게 송강의 일을 모두 말해 주었다. 듣고 난 사람들이 입을 모아 연순을 원망했다.

"어째서 그분을 붙들지 않으셨소?"

석용이 연순을 도와 말했다.

"형님은 아버님이 돌아가셨단 말을 듣자 따라 죽지 못하는 게 한스러운 듯싶었소. 그런데 어떻게 붙들 수 있겠소? 하지만 나는 듯 달려가시면서도 편지 한 통을 남겨 주셨소. 그걸 양산박 두령들에게 보이면 아무 일도 없을 거라 하셨으니 그대로 따르는 수밖에 없지 않겠소?"

그 말에 화영과 진명은 송강이 남긴 글을 살펴보았다.

"이것 참, 가는 도중에 하필 그런 일이 생겨서…… 나아가기도 물러나기도 어렵게 되었소. 돌아갈 수도 없고 흩어질 수도 없으니 그저 나아가 보는 수밖에 더 있겠소? 형님의 편지가 있으니 그거나 전해 주고 결과를 봅시다. 그들이 받아 주지 않는다면 따로 방도를 내도록 하지요."

이윽고 그렇게 의논을 맞춘 그들은 한 덩이가 되어 양산박으로 떠났다. 화영, 진명, 황신, 석용, 연순, 왕영, 정천수 등 아홉 호걸에 삼백이 넘는 인마였다.

양산박에 가까워 오자 일행은 짐짓 사람의 눈에 잘 띄는 큰길을 잡았다. 한참을 가다 보니 맞은편에 한 군데 갈대숲이 나왔다. 그곳을 지나는데 갑자기 북소리, 징 소리가 요란했다. 일행이 소리 나는 곳을 바라보니 맞은편 들판 가득 나부끼는 여러 가지 깃발을 뒤로하고 두 척의 배가 빠르게 다가왔다.

앞선 배에는 졸개 수십 명에 한 두령이 앉아 있었다. 표자두 임충이었다. 뒷배 역시 사오십 졸개가 타고 있었는데, 두령은 적발귀 유당이었다. 임충이 배 위에서 큰 소리로 물어 왔다.

"너희들은 뭣하는 놈들이냐? 어디 관군이기에 감히 우리를 잡겠다고 나섰느냐? 이놈들, 네놈들은 한 놈도 살아남지 못할 테니 그리 알아라. 양산박의 큰 이름을 듣지도 못했단 말이냐?"

화영과 진명이 말에서 내려 예절 바르게 대꾸했다.

"저희들은 관군이 아닙니다. 산동의 급시우 송공명 형님이 편지와 함께 저희를 보내셨습니다. 양산박 대채에서 함께 지내고 싶어서 이렇게 찾아왔으니 부디 받아 주십시오."

그러자 임충도 말이 고와졌다.

"송공명 형님의 편지를 가져오셨다면 저 앞 주귀의 주막으로 가서 기다리시오. 먼저 편지를 산채로 보내 주시면 그걸 살핀 뒤에 다시 부르겠소."

그러고는 푸른 깃발 하나를 흔들었다. 갑자기 갈대숲에서 작은 배 한 척이 나와 화영과 진명이 선 물가에 닿았다. 배 안에는 어부 차림의 사내 셋이 타고 있었다.

배 안에 한 사람을 남기고 뭍에 오른 두 사내가 화영과 진명

일행 앞으로 다가와 말했다.

“여러분 장군들께선 저희를 따라오십시오.”

그때 다시 물에 떠 있던 두 척의 배 중에서 한 배에 흰 깃발이 올려졌다. 그러자 징 소리가 한 번 울리며 배 두 척은 물론 갈대숲 속에 나부끼던 깃발도 모두 어디론가 사라졌다. 그 신속함과 정연함에 청풍산에서 온 호걸들은 혀를 내둘렀다.

“이런 곳에 관군이 어떻게 감히 쳐들어오겠는가? 실로 우리 산채 따위로는 따를 수 없는 곳이로구나!”

어부 차림을 한 두 사람을 따라 걸으니 오래잖아 주귀의 주막이 나타났다. 주귀가 나와 청풍산에서 온 일행을 반갑게 맞았다. 앞서간 두 사람으로부터 그들이 찾아온 까닭을 전해 들은 것이었다

주귀는 황소 두 마리를 잡아 아홉 호걸과 삼백여 졸개를 먹이고 술을 내어 기분을 돋우었다. 화영은 그런 주귀에게 송강의 편지를 내놓았다. 주귀가 물가 정자에 오르더니 맞은편 갈대숲을 향해 소리 나는 화살 한 대를 날렸다.

그러자 이내 작은 배 한 척이 갈대숲을 헤치고 달려 나왔다. 주귀는 그 배에 타고 온 졸개에게 송강의 편지를 건네주며 산 위에 바쳐 올리게 했다.

주귀는 다시 양과 돼지를 잡아 아홉 호걸을 대접하는 한편 따라온 삼백의 인마는 주막 주위에 흩어져 쉬게 했다.

그날은 이렇다 할 응답 없이 지나고 다음 날이 왔다. 아침 일찍 군사 오학구가 주귀의 주막으로 건너와 그들 아홉 호걸을 반

겼다. 오학구는 한 사람 한 사람과 인사를 나누고 이것저것 물어 사정을 훤히 꿴 뒤에야 큰 배 스무남은 척을 불러 그들 일행을 태웠다.

금사탄을 건너 양산박 언덕에 이르자 빽빽한 소나무 숲 아래 여러 두령들이 나와 그들을 맞았다. 조개를 비롯한 양산박의 두령들은 청풍산에서 온 아홉 호걸들과 일일이 예를 나눈 뒤 그들을 산 위 취의청으로 안내했다.

거기서 다시 한번 떠들썩한 상견례를 한 뒤 호걸들은 두 패로 나뉘어 앉았다. 왼편 교의에는 조개, 오용, 공손승, 임충, 유당, 완소이, 완소오, 완소칠, 두천, 송만, 주귀, 백승(이때 백승은 오용의 꾀로 제주 감옥을 탈옥해 그곳에 와 있었다.)이 자리 잡고 오른편 교의에는 화영, 진명, 황신, 연순, 왕영, 정천수, 여방, 곽성, 석용이 자리 잡았다.

그 가운데 놓인 향로에다 향을 사르며 함께 살고 죽기를 맹세한 그들은 곧 크게 잔치를 열었다. 소와 말을 잡고 술을 걸러 두령들만 즐기는 게 아니라 새로이 온 청풍산의 졸개들도 모두 양산박 패거리와 함께 어울려 즐기고, 작은 두령들은 또 작은 두령들대로 어울려 즐겼다. 화영의 가솔들을 비롯한 늙은이 젊은이도 모두 거처를 정해 편히 쉬게 했다.

진명과 화영은 송강을 치켜세움과 아울러 청풍산에서 있었던 일을 한바탕 홍겨운 이야기로 펼쳤다. 양산박의 두령들은 모두 즐겁게 그 이야기를 들었다. 이야기는 다시 여방과 곽성을 만나게 된 경위로 이어졌다. 그런데 화영이 화살로 두 사람의 창을 얽고 있던 술 끈을 끊은 이야기에 이르렀을 때였다. 조개의 얼굴에 믿지 못하겠다는 표정이 어렸다.

"그렇게도 활을 잘 쏘신단 말씀이오? 뒷날 한번 솜씨 구경을 합시다."

그렇게 감탄 대신 우물거려 넘겼다.

그러는 사이 모두들 술이 얼큰해졌다. 몇 가지 음식이 나온 뒤 흥이 오른 두령들이 말했다.

"어지간히 배도 부르고 하니 어디 한참 거닐다 와서 다시 마십시다."

이에 모두들 취의청을 떠나 산세 구경을 하며 한참을 거닐게 되었다.

그들이 이곳저곳을 지나 제삼관에 이르렀을 때였다. 문득 하늘 위로 기러기 몇 줄이 울며 날아가는 소리가 들렸다. 화영이 속으로 가만히 생각했다.

'조개는 내가 화살로 술 끈을 맞혔다는 걸 믿지 않는 눈치였다. 오늘 내가 여기서 솜씨를 보여 주지 않는다면 뒷날 저들이 어떻게 나를 믿겠는가…….'

그리고 주위를 둘러보니 마침 여러 사람이 활과 화살을 가지고 있었다. 화영은 그들 중 하나에게서 활을 빌렸다. 금칠을 한 작화세궁(鵲畵細弓)이었다. 이만하면 쓸 만하다 싶어진 화영은 좋은 화살을 하나 골라 시위에 얹으며 조개에게 말했다.

"형님도 그렇고 다른 두령들도 마찬가지로 제가 화살로 창의 술끈을 끊었다는 걸 믿지 못하시는 것 같았습니다. 마침 저기 기러기 한 줄기 날아오고 있으니 제가 비록 솜씨 없지만 한번 쏘아 보겠습니다. 첫 줄 세 번째 놈의 머리를 쏘아 맞히려 하는바, 혹시 빗나가더라도 너무 비웃지는 말아 주십시오."

그러고는 시위를 힘껏 당겼다 놓았다. 화살이 까맣게 공중으로 치솟는가 싶더니 정말로 세 번째로 날아가던 기러기가 산비탈로 떨어졌다. 화영은 얼른 졸개 하나를 시켜 그 기러기를 주워 오게 했다. 역시 미리 말한 대로 화살이 머리를 꿰뚫고 있었다.

조개를 비롯한 여러 두령들은 화영의 그 기막힌 활 솜씨에 놀라 마지않았다. 모두 화영을 '신전장군(神箭將軍)'이라 치켜세우고 오용은 거기에 한마디를 보탰다.

"장군을 '작은 이광[小李廣]'이라 불러서는 안 되겠소. 양유기(養由基, 전국시대에 활을 잘 쏜 것으로 이름난 사람)도 장군의 귀신같은 활 솜씨에 못 미칠 거요. 정말로 우리 산채를 위해 얼마나 다행한 일인지 모르겠소!"

그리하여 그날 이후 양산박의 사람치고 화영을 우러르지 않는 사람이 없게 되었다.

붙잡힌 송강

그날의 잔치에 이어 다음 날은 양산박 두령의 자리매김을 하는 잔치가 벌어졌다. 원래 진명은 화영보다 나이도 벼슬자리도 위였지만 다른 두령들이 모두 권해 화영이 임충 다음인 다섯 번째 자리에 앉게 되었다. 이어 진명이 여섯 번째 자리에 앉고 유당이 일곱 번째, 황신이 여덟 번째에 앉았다. 이어 완씨 삼 형제가 앉고 그 뒤를 연순, 왕영, 여방, 곽성, 정천수, 석용, 두천, 송만, 주귀, 백승 차례로 앉게 되었다. 두령의 머릿수를 합쳐 보니 모두 스물하나였다.

두령의 서열이 정해진 잔치를 끝으로 양산박은 다시 스스로를 정비하기 시작했다.

크고 작은 배를 모으고 수레며 다른 싸움 기구도 늘렸다. 창칼을 더 버리고 갑주와 투구며 활과 화살에 깃발도 넉넉히 장만했다. 언제 올지 모르는 관군을 막기 위한 대비였다.

한편 집을 향해 홀로 떠난 송강은 그날 신시쯤이 되어 운성현 송가촌에 이르렀다. 먼 길을 급히 달려오느라 지친 송강은 마을 초입 장 사장(張社長)네 주막에서 잠시 쉬어 가기로 했다.

사장은 동네일을 보는 사람으로 장 사장은 특히 송강의 집안과 친하게 지내는 사람이었다. 그는 송강이 어두운 얼굴로 들어와 눈물을 글썽이는 걸 보고 다가와 물었다.

"압사 나리, 반년이 넘도록 집에 돌아오지 못하셨다가 이제 돌아왔으니 기쁘지 않으십니까? 그런데 어째서 얼굴에는 근심이 가득하고 속도 즐거워 뵈지 않습니까? 더구나 관가에서도 죄를 사해 주어 벌도 줄었을 텐데요."

"아저씨 말씀도 옳습니다만 관가에 쫓겨 다니는 사이에 나를 낳아 주신 아버님께서 돌아가셨으니 어찌 괴롭지 않겠소? 실로 이 불효를 어떻게 씻어야 할지……."

송강이 그렇게 받으며 다시 눈물을 주르르 쏟았다. 장 사장이 어이없다는 듯 껄껄 웃으며 말했다.

"압사 나리, 정말로 하시는 말씀입니까? 영존(令尊)께서는 여기서 술을 드시고 돌아간 지 아직 반 시진도 안 되었는데 돌아가셨다니요? 아무리 농담이라 해도 너무 지나치십니다그려."

"아저씨야말로 저를 너무 놀리시는 것 아닙니까?"

송강은 그러면서 품 안에서 편지를 꺼내 그에게 보였다.

"이걸 보십시오. 여기에는 제 아우 청(淸)이 아버님께서 금년

정월에 돌아가셨다고 써 놓았습니다. 내가 와야 장례를 치른다고 기다리고 있다는데……."

그러자 장 사장도 송강이 내주는 편지를 읽어 보았다. 하지만 편지를 다 읽고 나서는 영문을 모르겠다는 표정이었다.

"이거야 원, 어찌 된 셈판인지 알 수가 없네. 낮에 틀림없이 동촌(東村)의 왕 태공(太公)과 함께 여기서 술을 드시고 돌아가셨는데 내가 어떻게 그 말을 믿을 수 있겠소?"

그 말을 듣자 송강도 어리벙벙해졌다. 한참이나 일이 그렇게 된 까닭을 가늠해 보았지만 뭐가 뭔지 영 알 수가 없었다. 당장 집으로 달려가 알아보고 싶을 뿐이었다.

하지만 송강은 아직도 죄를 짓고 쫓기는 몸이었다. 훤한 대낮에 집으로 돌아갈 수가 없어 날이 어둡기를 기다렸다.

이윽고 날이 저물자 송강은 장 사장네 주막을 떠나 집으로 달려갔다. 대문으로 들어서니 집 안은 조용한데 머슴들이 달려 나와 절을 하며 맞았다.

"아버님과 아우는 계시냐?"

송강은 다짜고짜 궁금한 것부터 물었다.

"태공께서는 매일 문 앞에 나가 압사께서 돌아오시기를 눈이 빠지도록 기다리셨습니다. 이제 돌아오셨으니 몹시 기뻐하실 겝니다. 지금은 동촌의 왕 태공과 장 사장네 주막에서 한잔 드시고 방에서 주무시고 계십니다."

그 말을 들은 송강은 손에 쥔 것을 다 내팽개치고 안으로 뛰어 들어 갔다. 자기 눈으로 얼른 확인하고 싶어서였다. 그때 다시 송청이 멀쩡한 얼굴로 나와 송강을 맞았다.

송강은 아우가 상복도 걸치지 않은 걸 보고서야 비로소 속은 걸 알았다. 공연히 괴로워하며 달려온 게 화가 나 아우를 꾸짖었다.

"이 짐승 같은 놈아, 이게 무슨 짓이냐? 아버님께서 집 안에 계신다는데 어째서 그따위 편지를 보냈느냐? 그런데도 나는 꼭 죽고 싶은 심경이었다. 울며불며 예까지 달려왔는데, 이 불효막심한 놈!"

형이 워낙 불같이 화를 내자 송청은 당황했다. 어떻게 변명을 해 보려고 입을 여는데 갑자기 병풍 뒤에서 송 태공이 나왔다.

"얘야, 너무 화내지 마라. 딴 일이라면 몰라도 이번 일은 내게 따져라. 네 얼굴이라도 한번 보고 싶어 그 아이에게 내가 시켰다. 내가 죽었다고 해서 너를 빨리 달려오게……. 거기다가 듣자 하니 백호산 주변에는 산도둑 떼가 들끓는다더구나. 네가 그들과 한패가 되어 불효불충한 사람이 될까 봐서 걱정됐다. 그래서 급히 너에게 글을 띄워 부르려던 참에 시 대관인 댁에서 석용이란 사람이 왔기에 그 편지를 보낸 거다. 모두 네 아우와는 관계없으니 그 애를 너무 나무라지 마라."

부친의 그 같은 말에 송강도 더는 아우를 나무랄 수 없었다. 그대로 엎드려 큰절을 올리는데 기쁜 마음과 원망스러움이 반반이었다.

"요즈음 관가에서는 어떻게 나옵니까?"

절을 마친 송강이 부친에게 물었다. 장 사장에게서 나라의 사면이 있었고 죄가 가벼워졌다는 말은 들은 터라 자세한 게 궁금했다. 송 태공이 조용히 대답했다.

"네 아우가 돌아오기 전에는 주동과 뇌횡 두 도두가 돌봐 주어 별 탈 없었다. 너를 잡아들이라는 문서가 돈 것 외에는 두 번 다시 찾아오지 않았으니……. 이번에 내가 너를 부른 것은 좋은 소식이 있어서다. 듣자 하니 조정에서 황태자를 책봉하는데 그 전에 교서를 내려 백성들이 저지른 죄를 한 등급씩 감해 준다는구나. 설령 관가에서 너를 붙잡는다 해도 기껏 귀양살이지 목숨을 잃는 일은 없을 것 같다. 그렇다면 어떻게 방도를 내어 밝은 하늘을 이고 살 수 있도록 해야 하지 않겠느냐?"

"알겠습니다. 그런데 주동과 뇌횡은 자주 집에 들릅디까?"

그러자 이번에는 송청이 형의 말을 받았다.

"제가 며칠 전에 들으니 두 분 다 딴 곳으로 가셨답니다. 주동 그분은 동경으로 뽑혀 가셨다는데 뇌횡 그분은 어디로 가셨는지 잘 모르겠습니다. 요즈음 이 현에는 조(趙)씨 성을 쓰는 두 사람이 모두 일을 보고 있습니다."

그때 송 태공이 아들들을 보며 말했다.

"큰애가 멀리서 오느라 고생했을 터이니 어서 들어오너라. 방안에서 쉬며 이야기하려무나."

이에 형제는 집 안으로 들어갔다. 동쪽 하늘에 밝은 달이 뜨고 밤은 그럭저럭 초경이 되었다. 집안사람들이 모두 잠자리에 들었을 무렵에 갑자기 대문께에서 함성이 일었다. 송강이 놀라 내다보니 대낮같이 밝혀진 횃불 아래 군중들이 집을 에워싸고 소리치는 중이었다.

"송강은 달아날 생각을 말라!"

그 소리를 들은 송 태공은 일이 몹시 잘못된 걸 알았다. 잘 피해 다니는 아들을 공연히 불러들여 관가에 넘기게 된 꼴이니 후회와 탄식이 절로 났다.

송강은 가만히 담장에 사다리를 놓고 밖을 살폈다. 횃불 아래 몰려서 있는 사람은 백 명 남짓 되었는데 앞선 것은 운성현에 새로 왔다는 두 도두였다.

그들 두 도두는 형제로 형의 이름은 조능(趙能)이고, 아우는 조득(趙得)이었다. 두 사람이 목소리를 가다듬어 집 안에 대고 소리쳤다.

"송씨 어른, 일을 어렵게 만들지 않으시려면 아드님을 넘겨주시지요. 만약 그러지 않고 우리가 들어가서 붙들 때는 어르신네도 함께 묶어 가지 않을 수 없습니다."

송 태공이 시치미를 떼 보았다.

"아니, 송강이 언제 돌아왔다고들 이러는가?"

"어르신, 거짓말하셔 봤자 헛일입니다. 마을 어귀 장 사장네 주막에서 술을 마시고 집으로 돌아가는 송강을 본 사람이 있어요. 그는 뒤를 밟아 송강이 이 집 안으로 들어가는 것까지 똑똑히 보았다는데 그래도 딴소리를 하시겠습니까?"

조능이 그렇게 맞받았다. 곁에서 들은 송강은 이미 모든 게 글러 버린 걸 알았다. 조용히 아버지를 달랬다.

"아버님, 저자와 다퉈 봐야 소용없겠습니다. 제가 제 발로 걸어

나가지요. 현에는 아는 사람들이 많으니 사면까지는 몰라도 죄는 많이 가벼워지겠지요. 저것들의 거친 말본새를 보니 어디 의리라는 걸 알기나 하겠습니까? 저것들에게 쓸데없이 구구한 소리를 할 필요 없습니다."

송 태공이 그 말을 알아듣고 크게 소리 내어 울며 한탄했다.

"이 모두가 내 잘못이구나. 공연히 너를 불러들여 이 지경을 만들었구나!"

"아닙니다. 아버님 너무 괴로워하지 마십시오. 오히려 관가에서 이렇게 잡으러 와 준 게 다행인지도 모릅니다. 제가 이대로 강호를 떠돌다가 살인 방화를 일삼는 형제들과 어울려 더 큰 죄라도 짓게 되면 어떻게 아버님을 다시 뵈올 수 있겠습니까? 이제 가면 비록 딴 곳으로 귀양살이를 간다 해도 그때는 반드시 기한이 있을 겁니다. 거기서 풀려 다시 돌아오게 되면 죽을 때까지 아버님을 모시고 곁을 떠나지 않겠습니다."

송강이 그렇게 아버지를 위로했다.

그 말을 듣자 송 태공도 조금 마음이 놓이는지 눈물을 거두고 말했다.

"일이 정히 네 말과 같다면 오죽 좋겠느냐? 어쨌든 나는 이제부터 돈을 아끼지 않고 아래위로 구워삶아 네가 좋은 곳으로 귀양 갈 수 있도록이나 해야겠다."

아버지가 마음을 가라앉히는 걸 보고 송강은 다시 사다리 위로 올라가 담장 밖을 보고 소리쳤다.

"당신들은 너무 소란을 떨지 마시오. 내 죄는 이미 사면을 받아 죽음은 아니 받을 것이오. 두 분 도두께서는 집 안으로 들어와 술이라도 한잔 나누고 내일 날이 밝거든 나와 함께 현청으로 가도록 합시다."

"우리를 불러들여 속임수를 쓰려는 건 아니오?"

조능이 뻣뻣하게 대꾸했다. 송강이 한층 목소리를 부드럽게 해서 말했다.

"내가 어찌 부모 형제를 내 죄에 연루되게 하겠소? 어쨌든 들어오기나 하시오."

그리고 사다리를 내려가 대문을 활짝 열었다.

두 도두도 송강이 워낙 부드럽게 나오자 의심을 풀고 집 안으로 들어왔다. 그들이 자리를 잡고 앉자 송강은 닭과 오리를 잡아 술상을 차리고 잘 대접했다. 따라온 백여 명 군졸들에게도 술과 밥을 배불리 먹이고 푼돈을 나눠 주었으며, 두 도두에게는 따로이 은자 스무 냥을 주어 구슬렸다.

이에 두 도두와 군졸들은 그날 밤을 송강의 집에서 묵고 다음 날 새벽 송강과 함께 현청으로 갔다.

날이 밝자 지현이 나와 대청에 앉았다. 조능과 조득 두 도두가 송강을 끌고 들어가자 지현 시문빈(時文彬)은 몹시 기뻐했다. 오래 속을 썩이던 사건 하나가 해결된 까닭이었다.

곧 송강의 조서가 작성되었다. 송강은 아무런 속임 없이 자신의 죄를 다 말하였다.

송강은 지난해 염파석이란 계집을 얻어 데리고 살게 되었는데, 계집이 정숙하지 못한바 술기운까지 겹쳐 말다툼 끝에 계집을 죽이게 되었습니다. 그 뒤 죄가 무서워 몸을 피해 다녔으나 이제 관청에서 사람이 이르매 이렇게 나와 처벌을 기다립니다. 어떤 벌이 내리더라도 달게 받고 원망하지 않겠습니다.

대강 그같이 적힌 조서를 받아 읽은 지현은 말없이 고개를 끄덕인 뒤 송강을 감옥에 가두게 했다.

송강이 붙잡혔다는 소문이 나자 운성현 사람들은 하나같이 그 일을 애석히 여겼다. 모두 현청으로 달려가 송강을 용서해 주기를 빌고 평소 그의 좋은 점을 일일이 밝혀 주었다. 지현도 속으로는 송강을 좋게 보았으나 법이 법인지라 어쩔 수 없이 무거운 족쇄를 채워 가둬 놓고 있을 뿐이었다.

한편 송 태공은 송 태공대로 돈을 아끼지 않고 아래위로 뿌렸다. 거기다가 염씨 할멈은 이미 죽은 지 반년이나 되었고 염파석의 샛서방이던 장삼(張三)도 그때는 벌써 계집을 잊은 뒤라 일은 송강에게 유리하게 풀렸다.

지현은 송강이 말한 대로 문서를 꾸민 뒤 법에 정한 육십 일이 차자 송강과 함께 제주부로 보냈다. 제주 부윤이라고 해서 굳이 송강을 괴롭힐 까닭은 없었다.

죄도 동정이 가는 데다 나라의 사면까지 있은 터라 벌을 되도록 가볍게 했다. 등허리에 매 스무 대를 친 뒤 얼굴에 먹자를 뜨고 강주의 노성으로 귀양을 보낸 것이었다.

그 아래 관원들도 송강에게 너그럽기는 마찬가지였다. 송강의 소문은 익히 들어온 데다 뇌물까지 얻어먹은 터라 매질이고 먹자고 흉내만 낸 뒤 두 공인을 뽑아 송강을 호송하게 했다.

송강에 관한 문서를 받은 두 공인은 그날로 송강을 앞세우고 제주부를 떠났다. 송강의 아버지와 동생은 관아 문밖에서 기다리다가 술을 내어 두 공인을 대접하고 은냥을 나눠 주어 호감을 샀다. 송강에게도 새 옷에 새 신발을 신기고, 가는 길에 쓸 것들이 잔뜩 든 보따리를 주었다.

“나는 강주가 곡식과 물고기가 풍부한 좋은 곳이란 걸 알고 특히 그리로 보내 달라고 돈을 썼다. 마음을 너그럽게 가지고 참아 보아라. 네 아우 청이도 자주 너에게 보내고, 돈이며 편지도 그쪽으로 가는 이가 있으면 자주 보내마. 그런데 걱정은 가는 길이 양산박을 지난다는 점이다. 네가 아는 그곳 사람들이 나타나 네게 함께 지내자 하더라도 결코 그들을 따라가서는 아니 된다. 불충하고 불효한 인간으로 남의 입 끝에 오르내려서야 쓰겠느냐. 꼭 아비 말을 잊지 마라. 하늘이 우리를 불쌍히 여겨 가까운 날 네가 다시 집으로 돌아오기를 빈다. 아비 자식과 형 아우가 함께 모여 예같이 즐겁게 살 수 있다면 더 바랄 게 무엇 있겠느냐.”

송 태공이 송강을 한쪽으로 불러 놓고 그렇게 당부했다. 송강은 눈물로 그런 아버지에게 다짐을 주고, 아우와도 작별했다. 효심이 지극한 송강은 아우에게 아버지 몰래 당부했다.

“내가 가는 것은 조금도 걱정 말고 아버님이나 잘 모셔라. 아버님은 연세가 많으신 데다 내가 나라의 벌을 받아 이렇게 고향 집을 떠나는 게 괴로우실 게다. 얘야, 부디 아버님께나 정성을 다

하고 강주까지 나를 보러 올 생각은 마라. 네가 떠나면 아무도 아버님을 돌볼 사람이 없지 않느냐? 나는 강호에 아는 사람이 많으니 도와줄 이도 있을 게고, 돈도 내가 쓸 것은 스스로 어찌 마련해 쓰마. 그래서 우리가 다시 만날 날이나 조용히 기다리기로 하자."

이에 송청 또한 눈물을 뿌리며 형에게 절하고 물러났다.

그때 송강을 데리고 가는 두 공인의 이름은 장천(張千)과 이만(李萬)이었다. 두 사람은 송강의 식구들로부터 두둑이 은자를 받은 데다 송강이 훌륭한 인물이란 걸 들어 아는 터라 대접이 극진했다. 그 공손하기가 죄수를 데리고 가는 게 아니라 상전 모시듯 했다.

그날 하룻길을 다 걸은 그들 세 사람은 날이 저물자 주막을 빌려 들었다. 불을 지펴 저녁밥을 지어 먹은 뒤 술과 고기를 사서 두 공인에게 먹인 송강이 걱정스러운 듯 말했다.

"두 분에게 털어놓을 말이 있소. 내일 우리는 양산박을 지나게 되는데 그 산채에 나를 아는 호걸들이 몇 되어 걱정이외다. 길을 막고 나를 뺏으려 들면 두 분이 놀라지 않겠소? 그러니 내일 아침 일찍 떠나 샛길로 양산박을 지나쳐 버립시다. 길을 좀 돌게 되어도 괜찮소."

"압사 나리, 참으로 잘 말해 주셨습니다. 그 말을 안 들었으면 저희가 어찌 그 사정을 알겠습니까. 다행히 아는 샛길이 있으니 그 길로 가면 그들을 만나지 않고 지나갈 수 있을 겝니다."

두 공인이 그렇게 대답했다.

다음 날 신새벽같이 일어나 아침밥을 지어 먹은 두 공인과 송강은 일찌감치 주막을 떠나 샛길로 접어들었다. 그런데 한 삼십 리나 갔을까, 갑자기 앞길에 한 떼의 사람들이 나타나 길을 막았다.

송강이 보니 길을 막고 있는 무리의 우두머리는 다름 아닌 적발귀(赤髮鬼) 유당이었다. 한 서른 명의 졸개를 이끌고 나타난 유당은 다짜고짜 두 공인을 죽이려 했다. 장천과 이만은 달아날 엄두도 못 내고 그 자리에 꿇어앉아 덜덜 떨기만 했다.

"이보게 아우, 자네 누구를 죽이려 하는가?"

송강이 소리쳐 유당에게 물었다.

"형님, 저런 놈들을 죽이지 않고 살려다 무엇에 쓰시려구요?"

"아닐세. 쓸데없이 자네 손을 더럽히지 말게. 꼭 죽이려거든 차라리 그 칼로 날 죽이게나."

송강이 그렇게 말하자 비로소 유당은 칼을 거두고 송강에게로 다가왔다. 그러나 굳이 공인들을 싸고도는 게 영 알 수 없다는 듯 말했다.

"형님, 저 두 놈을 죽이지 않는 까닭이 무엇이오?"

그렇게 물어 놓고 미처 송강이 대답하기도 전에 자신이 그곳에 나타나게 된 경위부터 밝혔다.

"저는 산채 형님들의 명을 받고 사람을 시켜 형님의 뒤를 살피게 했습니다. 그러다가 형님이 관가에 잡혀갔단 말을 듣고 운성현의 감옥을 들이쳤지요. 하지만 형님이 그 안에 계시지 않아 헛수고만 했습니다. 다시 알아보았던바, 형님은 이미 제주부에서 강주로 귀양을 떠났다더군요. 이에 이번에는 헛짚지 않으려고 작은 두령을 사방에 풀어 길목 길목을 막고 있다가 이렇게 형님을 맞게 되었습니다. 저 두 놈은 죽여 버리고 어서 산으로 오르시는 게 어떻습니까?"

"아닐세. 형제들은 좋아서 나를 오라고 하지만 그것은 오히려 나를 불충, 불효에 빠뜨리는 것이네. 자네들이 이렇게 와서 나를 데려가려 하는 것은 이 송강의 목숨을 재촉하는 것이나 다름없으니 차라리 죽는 게 낫겠네."

송강이 문득 엄한 소리로 유당에게 꾸짖듯 말했다. 말뿐만이 아니었다. 허리춤에 감춰 두었던 짧은 칼을 뽑아 정말로 제 목을 찌르려 들었다. 유당이 놀라 송강을 부둥켜안으며 소리쳤다.

"형님, 왜 이러십니까? 좀 차분히 생각해 보십시오!"

"자네들이 만약 이 송강을 가엾게 여긴다면 그냥 강주의 감옥으로 가게 해 주게. 가서 살 것 다 살고 돌아올 때까지 기다려 주면 그때는 자네들과 즐겁게 다시 만날 것이네."

유당에게 칼을 빼앗긴 송강이 그렇게 간곡히 말했다. 그제야 유당도 송강의 뜻을 알아차린 듯했다. 더는 덤벙대지 않고 송강에게 권했다.

"형님의 뜻이 그렇다면 억지 부리지 않겠습니다. 다만 저 앞 큰길에 군사 오학구와 화 지채가 형님을 기다리고 있으니 그들이나 한번 만나 보도록 하십시오."

"그게 누구와 의논해서 될 일이겠나. 하지만 이미 기다리는 사람이 있다니 만나는 보겠네."

송강이 그같이 받자 졸개 하나가 큰길로 달려가 송강의 소식을 전했다.

오래잖아 오용과 화영이 나타났다. 나란히 말을 타고 앞선 그들 뒤로도 여남은 명 말 탄 졸개들이 따르고 있었다. 말에서 내린 화영이 유당을 나무라듯 소리쳤다.

“어째서 아직 형님의 목에 쓴 큰칼도 벗겨 드리지 않았소?”

송강이 유당을 대신해 받았다.

“이보게 아우, 그런 소리 말게. 이건 나라에서 법도로 정해 씌운 것인데 어찌 함부로 벗겨 낸단 말인가!”

눈치 빠른 오용이 알아듣고 빙긋 웃었다.

“형님의 뜻은 알 만합니다. 그러지요. 형님더러 산채에 머물라 하지는 않겠습니다. 다만 조(晁) 두령을 비롯한 산채의 여러 형제들이 형님을 뵙고 싶어 합니다. 오랜만에 만나 가슴속의 이야기나 털어놓고 즐기자고 청하는 것이니 잠시만 들러 가십시오. 그런 다음 곧바로 형님을 배웅해 드리겠습니다.”

송강도 그런 오용의 부탁까지 마다하지는 못했다.

“선생께서 이 송강의 뜻을 알아주시니 고맙소.”

그렇게 응낙하고 그때껏 엎드려 벌벌 떨고 있는 두 공인을 일으켜 세웠다.

“두 분은 마음 놓으시오. 설령 내가 죽는 한이 있더라도 두 분을 해치게 하지 않을 거요.”

“압사 나리, 그저 목숨이나 붙어 있게 해 주십쇼!”

둘은 아직도 제정신으로 돌아오지 않았는지 송강을 보고 두 번 세 번 되뇔 뿐이었다.

송강과 양산박 사람들이 물가에 이르자 맞은편 갈대숲에서 배 여러 척이 나왔다. 물을 건너니 다시 이미 마련돼 있던 가마가 송강을 태우고 단금정(斷金亭)으로 실어 갔다. 이어 송강이 단금정에서 쉬고 있는데 기별을 받은 두령들이 모두 송강을 맞으러 산을 내려왔다.

떠받들듯 송강을 맞은 두령들은 곧 취의청으로 자리를 옮겼다. 송강이 자리를 잡기 바쁘게 조개가 입을 열었다.

"운성현에서 형의 구함을 받아 이곳에 이른 형제들은 하루도 그 큰 은혜를 생각하지 않은 적이 없소. 거기다가 얼마 전에는 또 여러분 호걸을 보내 주셔서 이 산채에 빛을 더했으니 실로 무엇으로 보답해야 될지 모르겠소."

겸손한 송강이 그 치사를 그대로 받고 있지 않았다. 헤어진 뒤 일어난 일을 간략하게 밝힘과 아울러 한 죄인으로서 빨리 떠날 수 있기만을 빌었다.

"형님과 헤어진 뒤 저도 음탕한 계집을 죽인 죄로 강호를 반년이나 숨어 다녔습니다. 원래는 저도 이곳으로 와서 형님을 한번 뵙고 싶었지만 도중에 석용을 만나 아버님께서 세상을 버리셨단 말을 들었으니 어쩌겠습니까? 낯선 사람들만 양산박으로 보내게 되었기에 할 수 없이 편지를 쓰게 된 것입니다. 그 뒤 비록 관가에 잡힌 몸이 되었으나 다행히 아래위로 돌봐 주는 사람이 많아 크게 고생하지 않고 강주로 귀양 가는 중입니다. 듣기로는 강주도 지내기에 좋은 곳이라더군요. 그런데 여기서 형님이 부르신다니 아니 올 수 없었습니다. 하지만 이제 형님 얼굴도 뵈었고, 또 갈 길이 바빠 오래 머물 수도 없으니 이만 물러날까 합니다."

"그렇게 바쁘시단 말씀이오? 하지만 조금만이라도 앉았다가 가시오."

조개가 그러면서 송강을 잡았다. 송강도 그것까지는 뿌리칠 수 없었다. 그러나 자리에 앉고 보니 두 공인이 걱정되었다. 행여라도 양산박 사람들이 해칠까 봐 자기 의자 뒤에 불러 앉혀 놓고 한 발짝도 움직이지 못하게 했다.

조개는 다른 두령들을 불러 송강에게 절을 하게 한 뒤 두 줄로 갈라 앉히고 작은 두령들로 하여금 술잔을 돌리게 했다. 술잔은 송강으로부터 시작해 조개, 오학구의 순으로 내려갔다. 두령 가운데 맨 끝인 백승에게까지 술잔이 이른 걸 보고 송강이 다시 몸을 일으켰다.

"여러 형제들이 서로 의좋게 지내는 걸 보았으니 이제 됐습니다. 저는 죄인이라 오래 머물 수 없어 이만 작별할까 합니다."

송강의 그 같은 말에 조개가 한 번 더 송강에게 권했다.

"형께서 이리 서두르는 까닭이 무엇이오? 저 두 공인을 해치고 싶지 않다면 저들에게 금은을 주어 돌려보내면 될 것이오. 돌아가서 양산박 패거리가 형을 빼앗아 갔다면 저들은 벌도 받지 않을 수 있소."

"형님, 그런 소리 마십시오. 형제들은 좋아서 붙들지만 그게 이 송강을 괴롭히는 일입니다. 제 집에는 늙으신 아버님이 계시는데, 효도는 못할망정 어찌 그 가르침까지 어길 수야 있겠습니까?

저도 전에 한때 여러분과 뜻이 맞아 함께 어울리려 한 적이 있긴 합니다. 그러나 우연히 중도에서 석용을 만나 집으로 돌아가게 되었는데, 그때 아버님께서는 제게 관가로 스스로 걸어가도록 이르셨고, 또 귀양으로 낙착을 보아 떠나올 때는 특별히 당부까지 하셨습니다. 곧 한때의 즐거움을 좇아 집안에 해를 끼치고 늙은 부모를 놀라게 하지 말라는 말씀이셨지요. 아버님의 바람이 그러시니 저로서는 따르는 길밖에 없습니다. 만약 그렇지 않다면 위로는 하늘의 도리를 어긴 것이요, 아래로는 아버님의 가르침을 거스른 것이니 그같이 불효불충한 인간이 살아서 무엇하겠습니까? 만약 이 송강을 보내 주실 수 없으시다면 차라리 여러분의 손으로 죽여 주십시오."

송강이 그렇게 말하고 비 오듯 눈물을 쏟으며 엎드렸다. 조개와 오용, 공손승이 놀라 그런 송강을 일으켰다.

"형님이 강주로 가실 뜻이 그토록 굳으시다면 할 수 없지요. 안 되면 하룻밤만이라도 묵어 가십시오."

송강을 산채에 눌러 앉히기는 글렀음을 안 두령들이 말을 바꾸어 그렇게 권했다. 세 번 네 번 거듭하는 그 청마저 뿌리칠 수 없어 송강은 하는 수 없이 산채에 하루저녁 머물렀다. 그러나 술을 마셔도 그대로 칼을 쓰고 두 공인을 곁에 잡아 놓은 채였다.

"이 오용이 강주 뇌옥에 압로절급(押牢節級)을 한 사람 알고 있습니다. 이름이 대종(戴宗)인데 사람들은 보통 대 원장(院長)이라 부르지요. 도술을 배워 하루에 팔백 리를 걸을 수 있기에 신행태보(神行太保, 귀신같이 닫는 나리)란 별명도 있구요. 이 사람이 의를

중하게 여기니 서로 알고 지낼 만할 겁니다. 어젯밤 제가 글 한 통을 써 두었으니 가져가십시오. 그리고 그곳에서 무슨 일이 있으면 그를 시켜 저희에게 알려 주십시오."

다음 날 아침 일찍 떠나는 송강에게 오용이 편지 한 통을 내밀며 말했다. 다른 두령들은 크게 술자리를 열어 한 번 더 송강을 대접하고 놓아주었다. 오학구와 화영은 큰길 밖 이십 리까지 따라 나오며 송강이 떠나는 걸 아쉬워했다.

물 위의 호걸들

양산박을 떠난 송강은 두 공인과 함께 다시 강주(江州)로 길을 잡았다. 그러잖아도 송강을 높게 보던 두 공인은 그때부터 더욱 속 깊이 송강을 우러렀다. 양산박의 수많은 인마를 보고 그 엄청난 세력을 느꼈을 뿐만 아니라, 범 같은 두령들이 하나같이 송강에게 머리를 숙이는 데 적잖이 놀란 까닭이었다. 거기다가 또 떠나올 때 두 공인은 은자까지 스무 냥씩 받아 온 터였다.

두 공인이 송강을 큰 어른 모시듯 해 걷기를 보름쯤 했을 때였다. 문득 멀리 높직한 산 하나가 앞을 가로막은 곳에 이르자 공인들이 말했다.

"잘됐습니다. 저 재는 게양령(揭陽嶺)이라 불리는데 저걸 넘으면 심양강(潯陽江)이 나옵니다. 거기서 물길을 따라가면 강주는 멀지 않습지요."

"알겠소. 하지만 날이 더워 오니 어서 저 고개부터 넘고 봅시다."

송강이 그렇게 받았다. 두 공인도 송강의 말을 옳게 여겨 쓸데없는 의논으로 길을 지체 않고 재를 넘었다.

반나절도 안 되어 재를 넘자 그들 앞에 주막 하나가 나타났다. 벼랑을 등지고 선 초가인데 문 앞에는 기괴한 나무가 몇 그루 서 있었다. 그 집 앞에 내걸린 술 판다는 깃발을 본 송강이 반가워하는 얼굴로 두 공인에게 말했다.

"배가 고프고 목이 말라 속이 뒤집힐 지경이었는데 마침 여기 주막이 하나 있구려. 우리 저기 가서 술이나 한 사발씩 마시고 갑시다."

공인들도 배고프고 목마르기는 마찬가지였다. 이에 세 사람은 더 따져 보고 자시고 할 것도 없이 그 주막으로 뛰어들어 갔다.

공인들은 보따리를 내려놓고 몽둥이를 벽에 기대 세웠다. 송강은 그들이 자리에 앉기를 기다려 윗자리를 양보하고 아랫자리에 앉았다. 그러나 그들 세 사람이 자리 잡고 앉은 뒤 한참이 지나도 아무도 내다보는 사람이 없었다.

"주인 안 계시오?"

참다못한 송강이 집 안에 대고 소리쳤다. 그러자 안에서 누군가가 서두르는 목소리로 대답했다.

"예, 나갑니다!"

이어 본채 쪽에서 한 몸집 큰 사내가 달려 나왔다. 붉은 수염, 붉은 눈썹에 호랑이 눈을 한 사내였다. 다 부서진 두건에 몸통만 가린 윗옷을 걸쳤는데 그대로 드러난 팔에 아랫도리에는 보자기 한 장만 걸친 듯했다.

사내가 세 사람을 쓰윽 훑어보더니 목소리를 부드럽게 해서 물었다.

"손님, 술을 드시겠습니까?"

"먼 길을 와서 배가 고파 그런데 고기 팔 건 없소?"

송강이 공인들에 앞서 그렇게 물어보았다. 사내가 대답했다.

"있는 것은 삶은 쇠고기와 탁배기뿐인뎁쇼."

"그거면 됐소. 우선 쇠고기 서 근과 술 한 각(角)만 내오시오."

송강이 흔히 하는 식으로 주문했다. 그런데 사내의 대꾸가 유별났다.

"손님 듣기에 좀 괴이쩍겠지만 이 고개 위에서는 먼저 술값을 받은 뒤에 술을 내놓습니다."

그러나 송강은 별로 개의치 않았다.

"먼저 술값을 받은 뒤 술을 내오겠다? 것도 좋소. 우리가 먼저 은자를 드리지."

그러면서 보따리를 풀어 부스러기 은 한 줌을 내주었다.

그 보따리에는 양산박의 두령들이 정성으로 싸 준 금은이 들어 있었다. 비록 한눈에 속이 드러나지는 않으나 누가 봐도 묵직한 게 돈냥이나 들어 있음 직했다.

주막집 주인 사내는 송강 곁에서 유심히 그 보따리를 살폈다. 그도 그 안에서 적지 않은 금은의 냄새를 맡았는지 기뻐하는 빛을 숨기지 못했다.

은자를 받은 뒤 술과 고기를 가져오는 그의 태도도 사뭇 무언가에 들뜬 듯했다. 술 한 통과 소 반 마리분의 고기를 미리 들어내 놓고, 거기서 큰 사발로 술 석 잔, 고기 서 근을 갈라 상 위에 옮겨 놓았다.

세 사람은 그 술을 마시며 자기들끼리 수군거렸다.

"강호에는 끔찍한 놈들도 많답니다. 호걸이라도 그들에게 걸리기만 하면 끝장이라지요. 술과 고기에 몽한약(夢汗藥)을 타 그걸 먹고 쓰러지면 가진 재물을 빼앗고 그 사람의 고기는 만두소로 쓴다더군요. 그렇지만 아무래도 그 말을 믿을 수가 없습니다. 어떻게들 생각하십니까?"

그러자 그 말을 주워들은 주막 주인 사내가 껄껄 웃으며 받았다.

"그게 걱정이라면 내 고기와 술은 먹지 않는 게 좋소. 그 안에는 온통 몽한약이 들어 있소!"

"저 양반이 우리가 약 걱정을 하는 걸 보고 농담을 하는군."

송강이 그렇게 사내의 말을 받았고, 두 공인들도 그게 정말이라고는 믿지 않아 한술 더 떴다.

"우리 이러지 말고 따끈한 술로 한 사발씩 합시다."

오히려 그런 주인 사내가 미덥다는 투였다. 사내가 태연히 받았다.

"손님들이 따끈하게 마시고 싶다면 술을 데워 오지요."

그러고는 안으로 들어가 술을 데워 왔다.

세 사람은 따끈한 술이 사발에 부어지자 주저 않고 들이마셨다. 배고프고 목마른 중에 고기까지 먹었으니 그 술이 어찌 맛나지 않겠는가.

그런데 이내 이상한 일이 벌어졌다. 술잔을 비우고 얼마 안 되어 두 공인이 눈알을 뒤집고 침을 질질 흘리며 차례로 벌떡벌떡 나자빠졌다. 송강이 놀라 몸을 일으키며 소리쳤다.

"아니, 두 분 술 한 잔에 벌써 그렇게 취하신 거요?"

그리고 두 사람을 일으켜 보려 했으나 다만 마음뿐이었다. 그 자신도 갑자기 머리가 무겁고 눈앞에 별이 어른거리더니 그대로 쓰러지고 말았다. 눈은 휘황한 빛에 쏘인 듯 아무것도 볼 수가 없고 몸은 삼대처럼 뻣뻣이 굳어 도무지 손끝 하나 움직여지지 않는 것이었다.

"안됐지만 할 수 없지. 이거 며칠 만에 잡는 횡재냐. 오늘은 하늘이 이 세 놈에게 재물을 잔뜩 지워 내게 보냈구나."

세 사람이 차례로 쓰러지는 걸 보고 있던 사내가 그렇게 중얼거리고는 먼저 송강을 집 뒤 사람 고기 푸줏간으로 끌고 갔다. 그 안에는 사람 고기를 장만하기 좋게 만들어 놓은 큰 도마가 있었다. 사내는 송강을 그 도마 위에 뉘어 놓고 다시 주막 술청으로 내려가 두 공인까지 차례로 끌어 왔다. 셋 모두 고기로 쓸 작정인 듯했다.

쓰러진 셋을 모두 고깃간으로 옮긴 사내는 다시 술청으로 나가 셋의 보따리를 헤쳐 보았다. 셋의 보따리에서 쏟아져 나온 금은이 제법이었다. 모두 양산박 두령들이 정으로 싸 준 것들이었다.

"내 여기서 주막을 연 지 오래됐지만 이런 죄수 놈은 또 처음 보겠네. 죄짓고 귀양 가는 놈이 이토록 많은 재물을 지녔다니…… 이거야말로 하늘이 내게 재물을 내려 주신 거나 진배없지 않은가!"

흐뭇해진 사내가 그런 중얼거림으로 다시 보따리를 싸 한곳에 감추었다. 그리고 문께에 나가 심부름 간 일꾼들이 돌아오기만을 기다렸다. 고깃간에 옮겨 놓은 세 사람의 가죽을 벗기고 각을 뜨기 위함이었다.

한참을 문 앞에 서서 기다렸지만 사내가 기다리는 일꾼들은 돌아오지 않았다. 다만 고개 아래쪽에서 딴 세 사람이 분주히 고개를 오르고 있는 게 보일 뿐이었다. 그 세 사람을 알아본 사내가 얼른 나가 그들을 맞았다.

"형님, 어디 가시는 길입니까?"

주인 사내가 그렇게 묻자 셋 중에 한 몸집 큰 사내가 받았다.

"우리는 어떤 분을 맞으려고 고개를 오르는 길이라네. 어림으로는 지금쯤 이곳에 이르실 때가 됐는데, 고개 아래서 아무리 기다려도 뵈올 수가 없군. 그래서 오늘은 고개 위로 가 보려는 게야. 정말 어디로 새 버렸는지 알 수가 없네."

"그분이 누군데요?"

"아주 대단한 호걸이시지."

"어떤 호걸입니까?"

주인 사내가 무엇 때문인지 그들 셋이 기다리는 사람에 대해 꼬치꼬치 캐묻기 시작했다. 몸집 큰 사내가 그걸 아는 것만도 자랑스럽다는 듯 말했다.

"자네 그분의 이름을 들은 적이나 있는지 몰라. 바로 제주부 운성현의 압사 송강이라는 분이네."

"그럼 세상에는 산동의 급시우(及時雨)라 알려진 송공명 그분 말입니까?"

주인 사내가 놀란 얼굴로 그렇게 되묻자 몸집 큰 사내가 한층 자랑스레 고개를 주억거렸다.

"바로 그 어른이라네."

"그분이 무슨 일로 이곳을 지난답니까?"

"실은 나도 몰랐는데 요사이 제주에서 왔다는 어떤 이가 일러주더군. 운성현의 송 압사가 무슨 일인가로 제주부에 잡혀갔다가 이번에 강주로 귀양을 가게 되었다고. 그렇다면 반드시 이 길을 지날 것이라고 나는 생각하네. 강주로 간다면 이 길 말고는 길이 따로 없지 않은가? 나는 그분이 운성현에 있을 때도 한번 찾아가 만나 보려 했지. 그런데 이제 이곳을 지난다는데 어찌 만나 보지 않을 수 있겠나. 그래서 고개 아래 며칠째 죽치고 기다렸지만 여태 지나가는 죄수는 하나도 없었네. 그래서 오늘은 저 사람들과 고갯마루로 올라가 보려는 참일세. 여기 들른 것은 컬컬한 목도 축이고 자네도 한번 볼 겸 해서지. 그래 요즘 장사는 잘되나?"

몸집 큰 사내가 이야기 끝에 지나가는 말로 그렇게 물었다. 제가 잡아 놓은 게 송강인 줄도 모르고 주막 주인이 금세 신바람이 난 목소리로 털어놓았다.

"형님이니까 바로 말씀드리지만 기실 이 몇 달 장사가 형편없었지요. 그런데 오늘 고맙게도 돈푼깨나 지닌 세 놈이 걸려들었습니다. 쓸 만한 물건도 제법 지닌 놈들인데 제가 잡아 두었습니다."

그러자 몸집 큰 사내가 문득 짚여 오는 게 있던지 급하게 주막 주인에게 물었다.

"그 세 사람이 어떻게 생겼던가?"

"공인 둘하고 죄수 한 놈이었습니다."

주막 주인은 아직도 제가 잡아 둔 게 송강일 수도 있다는 데는 생각이 미치지 않는지 오히려 자랑삼아 그렇게 밝혔다. 몸집 큰 사내가 놀라 다시 물었다.

"혹시 그 죄수가 검은 얼굴에 키가 작고 몸이 통통하지 않던가?"

그제야 주막 주인도 뭔가 짚이는 게 있던지 갑자기 홍이 죽은 목소리로 대답했다.

"그러고 보니 별로 큰 키는 아니고 얼굴빛도 검붉었습니다."

그 말에 몸집 큰 사내가 더욱 놀란 표정을 지었다. 한 발짝 다가들 듯 주막 주인에게 소리쳐 물었다.

"아직 손을 대지는 않았겠지?"

"고깃간에 처박아 두긴 했습니다만 각은 아직 안 떴습니다. 일꾼놈들이 돌아오지 않아서요."

"그럼 한번 보세. 우리가 살펴본 뒤에 손을 대라구."

몸집 큰 사내가 그러면서 주막 주인을 끌고 고깃간으로 갔다. 송강과 두 공인은 아직도 정신을 잃은 채 주막 주인이 놓아둔 대로 늘어져 있었다.

몸집 큰 사내는 먼저 송강을 보았으나 평소 알고 지낸 사이가 아니라 얼굴을 알아볼 수 없었다. 뺨에 새겨진 먹자도 뚜렷하지 않아 분간을 못하다가 문득 생각했다.

'옳거니, 저 공인 놈의 보따리를 뒤져 보면 문서가 나올 게 아닌가. 거기 보면 이 죄수가 누군지도 나와 있겠지.'

그러고는 얼른 공인의 보따리를 가져오게 해서 펼쳐 보았다. 큰 은 한 덩이와 부스러기 은 약간이 나오고 이어 문서 꾸러미가 나왔다. 읽어 보니 틀림없이 죄수는 송강이었다.

"이거 정말 큰일 날 뻔했구나."

다른 세 사람이 그렇게 소리쳤고, 몸집 큰 사내는 가슴을 쓸며 하늘까지 우러렀다.

"하늘이 도와 오늘 나를 고개 위로 오르게 했구나! 때맞춰 오지 않았더라면 산동의 급시우가 만두소로 없어질 뻔했다."

그러고는 주인 사내를 보며 꾸짖듯 재촉했다.

"어서 가서 해독약을 가져오게. 먼저 이분의 목숨부터 구해 놓고 봐야지."

놀란 주인 사내는 두말 않고 안으로 달려가 해독약을 가져왔다. 몸집 큰 사내는 먼저 송강이 목에 쓰고 있는 칼을 벗긴 다음 송강을 부축해 일으켜 그 입속으로 해독약을 부어 넣었다. 그러고는 나머지 사람들과 함께 송강을 떠메고 고깃간에서 안채 마루로 옮겼다.

몸집 큰 사내가 송강을 윗자리에 앉히고 부축해 있는 사이 송강은 점점 정신이 돌아왔다. 그는 아직 불덩이가 어른거리는 눈을 떠 사방을 둘러보았다. 여러 사람이 자기를 보고 있는데 아무도 낯익은 얼굴이 아니었다.

"모두 절을 올리게."

부축하고 있던 사내가 송강이 눈을 뜬 걸 보고 나머지 셋에게 그렇게 일렀다. 송강이 겨우 입을 열어 물었다.

"당신들은 누구요? 아니 이게 꿈이요, 생시요?"

그러다가 엎드려 절하는 사람 중에 주막 주인이 있는 걸 알아보고 다시 자신을 부축하고 있는 사내에게 물었다.

"여기가 도대체 어디요? 그리고 두 분의 성함은 어떻게 되는지……."

몸집 큰 사내가 그런 송강의 물음을 받았다.

"저는 이준(李俊)이라 하며 여주(廬州) 사람입니다. 양자강에서 삿대잡이로 살아 물을 잘 알기로 사람들은 모두 저를 혼강룡(混江龍, 강을 휘젓는 용)이라 부르지요. 저기 저 주막 주인은 이곳 게양령 사람으로 아시다시피 지나가는 나그네며 장사치를 닥치는 대로 털어먹어 최명판관(催命判官, 목숨을 재촉하는 저승사자)이라 불리는 이립(李立)입니다. 그리고 저기 두 형제는 심양강 가에 살던 이들인데 소금을 사사로이 몰래 팔다가 관가에 쫓기어 지금은 제 집에 숨어 지냅니다. 형은 출동교(出洞蛟, 동굴을 나온 교룡) 동위(童威)이고 아우는 번강신(翻江蜃, 강을 뒤엎는 이무기) 동맹(童猛)입니다. 둘 다 헤엄도 잘 치고 배도 잘 젓지요."

이준이 그렇게 소개를 하자 동위 형제도 네 번 머리 숙여 큰절을 올렸다. 송강이 좀 어리둥절해 다시 물었다.

"아까는 약을 먹여 잡으려 들더니만, 어떻게 나를 알게 되었소?"

"아는 사람 하나가 제주로 장사를 갔다가 형께서 강주의 노성으로 귀양 가게 되었다는 소식을 전해 주더군요. 저는 진작부터 형을 찾아보려 했으나 인연이 엷어 가 뵙지 못했는데, 그 소식을 들으니 귀가 번쩍 뜨였습니다. 강주로 가시려면 반드시 이곳을 지나야 되리라는 것 때문이었지요. 하지만 이 고개 아래서 대엿새나 기다려도 형은 오시지 않았습니다. 오늘은 기다리다 못해 고갯마루로 올라가 보려다가 목이나 축이려고 이립의 주막에 들렀는데 뜻밖에도 여기서 형을 뵙게 되었습니다. 이립이 형을 몰라보고 몽한약을 먹인 걸 해독약을 가져오게 해 깨운 것입니다. 그런데…… 듣자 하니 형은 운성현에서 압사로 계셨다던데, 무슨 일로 이렇게 강주로 귀양 오게 되었습니까?"

이준이 그와 같이 긴 대답과 함께 자신이 궁금한 걸 덧붙여 물었다. 송강도 숨김없이 자신이 강주로 오게 된 경위를 털어놓았다.

송강의 이야기를 듣고 난 네 사람은 탄식하여 마지않았다. 그중에 이립이 불쑥 송강에게 권했다.

"형님, 이왕 이곳에 오셨으니 강주로 가서 감옥살이하는 것은 그만두시지요. 여기서 우리와 함께 지내시는 게 어떻겠습니까?"

"양산박 사람들도 한결같이 나를 붙들었으나 내가 거기 남지 못한 것은 집안사람들에게 누를 끼칠까 두려워서였소. 그런데 이곳인들 어찌 머무를 수 있겠소."

송강이 그러면서 고개를 무겁게 저었다. 이준이 송강의 흔들림 없는 뜻을 알아보았는지 붙들려는 이립을 말렸다.

"형님은 충효를 높이 치시는 분이라 쓸데없이 고집을 부리시는 게 아닐 거네. 그러지 말고 자네는 빨리 공인들이나 깨우게. 그 두 사람이 죽어 버리기라도 한다면 정말로 형님이 어렵게 될 테니."

그 말에 이립은 그사이 모두 돌아와 있는 일꾼들을 불러 두 공인을 자기들이 있는 곳으로 끌어내 오게 했다.

오래잖아 그때껏 정신을 못 차리고 늘어져 있는 두 공인이 일꾼들에게 떠메어져 왔다. 이립은 얼른 해독약을 개어 그들의 입안으로 부어 넣었다.

두 공인도 오래잖아 깨어났다. 그러나 그들은 자기들이 어째서 그렇게 녹아떨어지게 되었는지를 눈치채지 못했다. 서로의 얼굴을 바라보며 중얼거렸다.

"우리가 먼 길을 걷느라고 너무 고단해서 이리 쉽게 곯아떨어진 모양이군."

그 말에 거기 있던 사람들이 모두 쓴웃음을 지었다.

그날 밤 이립은 집에 있는 술과 고기를 아낌없이 내어 송강을 비롯한 여섯 사람을 대접했다. 그날뿐만이 아니었다. 모두를 하룻밤 제집에 묵게 하고 다음 날도 술을 내어 한껏 인심을 쓴 뒤 송강과 두 공인을 놓아주었다.

두 공인 및 이준, 동맹, 동위와 함께 고개를 내려간 송강은 이어 이준의 집으로 이끌려 갔다. 이준이 다시 술과 고기를 내어 송강을 대접하고 거기서 정식으로 송강과 형제의 의를 맺었다. 말할 것도 없이 송강이 형이 되었다.

며칠 편히 묵은 송강이 떠나려 하자 이준은 굳이 잡지 않았다. 두 공인에게 다시 은자를 쥐여 주며 송강을 잘 보살펴 주기만 바랐다.

송강은 그동안 풀어 놓았던 칼을 다시 목에 쓰고 보따리를 꾸려 길을 떠났다. 이준과 동위, 동맹은 게양령 아래까지 따라 나와 송강과 아쉬운 작별을 했다.

나선 시간이 늦어서인지 반나절도 못 걸어 점심때가 되었다. 다행히도 송강과 두 공인은 어떤 큰 마을에 이르러 있었다. 제법 시끌벅적한 저자까지 있는 시진(市鎭)이었다.

목이나 축이고 끼니라도 때울 집을 찾으려고 거리로 들어선 송강의 눈에 한 군데 사람들이 둥그렇게 모여선 곳이 들어왔다. 무슨 일인가 싶어 둘러선 사람을 헤집고 안을 들여다보니 다름 아닌 약장수였다. 창술 봉술을 보여 주고 사람들을 끌어모아 이런저런 약을 파는 것인데 당시로서는 흔한 구경거리였다.

송강은 이왕 사람들 사이에 끼어든 뒤라 그대로 멈춰 서서 구경하기로 마음먹었다. 실은 송강이 여자보다 더 좋아하는 게 창 쓰기, 봉 쓰기이기도 했다.

약장수는 마침 창을 거두고 주먹질을 자랑하고 있었다. 한차례 내지르고 뻗고 막고 거두는 동작을 보여 주는데 솜씨가 아주 볼만했다.

"좋은 솜씨구나, 잘한다."

구경하던 송강이 자신도 모르게 그런 갈채를 보냈다. 그 소리를 들은 약장수 사내가 쟁반을 받쳐 들고 사람들 사이를 돌기 시작했다.

“저는 멀리서 특별히 이곳을 바라고 온 사람이올시다. 제 무예가 비록 놀라운 것은 못 되나 그래도 이름 있는 이에게서 배운 것이라 빈말이라도 잘한다 소리는 듣습니다. 여기 살과 뼈가 상한 데 바르는 고약을 가지고 왔으니, 쓸데가 있는 분은 고약을 사 주시고 그렇지 않은 분은 인정으로 푼돈이라도 놓아 주십시오.”

그러나 그가 사람들 사이를 한 바퀴 다 돌아도 누구 하나 돈을 주는 사람이 없었다.

“여러 어르신네, 부디 동전 한 푼이라도 보태 주십시오.”

약장수 사내가 그런 처량한 소리와 함께 한 바퀴를 더 돌았지만 결과는 마찬가지였다. 여전히 땡전 한 푼 내놓는 사람이 없었다.

송강은 그 사내가 몹시 궁해 보이는 데다 벌써 두 바퀴나 돌아도 동전 한 개 얻지 못하는 걸 보자 그냥 있을 수가 없었다. 곁에 있는 공인을 불러 은자 닷 냥을 꺼내게 했다.

“이보시오, 약 파는 양반. 나는 죄인이라 많이 줄 것은 없으나 여기 은자 닷 냥이 있으니 받으시오. 내 작은 정표이니 사양하실 건 없소.”

송강이 그 사내를 불러 은자를 내놓자 그걸 받아 든 사내가 문득 힘이 솟는지 목소리를 높였다.

“이름난 게양진에 사람의 솜씨를 알아주는 사람이 하나도 없다니! 저 나리는 관가에 죄를 입어 이곳을 지나는 분이면서 오히려 닷 냥의 백은(白銀)을 내리시는구려. 사람됨은 재물의 많고 적음에 있지 않고 풍류는 옷 잘 입고 못 입고와는 무관하다더니, 꼭 그렇구나."

그렇게 한바탕 인정 없는 사람들을 빈정거려 놓고 송강을 향했다.

"이 닷 냥 은자는 제게는 쉰 냥보다 더한 돈이니, 나리 부디 높으신 이름이라도 들려주십시오. 제가 외워서라도 천하에 널리 그 이름을 전하겠습니다."

"그게 뭐 얼마나 되는 거라고 그러시오? 너무 고마워할 것 없소."

송강이 그렇게 겸양으로 대답했다.

그런데 송강의 말이 채 끝나기도 전이었다. 갑자기 구경꾼 틈에서 몸집이 크고 힘깨나 써 보임 직한 사내 하나가 나서 소리쳤다.

"이런 빌어먹을, 어디서 굴러먹던 개뼈다귀 같은 자식이…… 야, 이놈아, 넌 어디서 온 죄수 놈이기에 감히 이 게양진의 위풍을 깎으려 드느냐? 저따위 창봉 재주는 쌔고 쌨다. 그래서 이 게양진에서는 누구도 저런 놈에게 돈을 주지 말라고 해 놓았는데 네놈이 은자를 내어 상을 줘? 이 게양진을 뭘루 보고 하는 수작이냐?"

그러고는 몽둥이를 들어 금세 송강을 내리칠 기세였다. 송강은 하도 어이가 없어 그를 쏘아보며 맞받았다.

"내가 내 은자를 저 사람에게 주는데 당신이 무슨 상관이오?"

그 말에 사내는 더욱 불같이 화를 냈다. 대뜸 송강의 멱살을 잡으며 범같이 으르렁댔다.

"뭐야? 이 죄짓고 귀양 가는 놈이! 감히 나에게 말대꾸를 해?"

"아니 그건 또 무슨 소리요? 어째서 당신에게는 말대꾸를 하면 안 된단 말이오?"

사내가 해도 너무하는 바람에 송강도 불끈해 맞고함을 질렀다. 사내가 더 참지 못하겠다는 듯 송강을 향해 주먹을 내질렀다. 송강도 무예라면 좀 익힌 바가 있는 터라 호락호락하지 않았다. 가볍게 몸을 틀어 그 주먹을 피해 버렸다.

송강이 주먹을 피해 버리자 사내는 더 화가 났다. 송강을 잡아 허리라도 꺾어 놓으려는 것인지 한 발 다가들며 손을 내밀었다.

송강도 더는 그냥 있을 수가 없었다. 그 사내를 맞받아치려고 힘을 모으려는데 갑자기 약장수가 끼어들었다. 약장수는 한 손으로 사내의 상투를 쥐고 한 손으로는 허리께를 잡더니, 번쩍 들어 올려 땅바닥에 패대기를 쳤다.

몸집 큰 사내도 무예를 알아선지 모질게 메다꽂히고도 이내 몸을 수습해 일어나려 했다. 약장수가 그런 사내에게 다시 발길질을 해 땅바닥에 엎어 놓았다. 그대로 두면 사내를 온전히 짓이겨 놓을 판이었다.

두 공인이 나서서 약장수 사내를 말렸다. 아무리 보아도 얻어맞는 사내는 그곳 토박이 중에도 터줏대감 행세를 하는 건달 같았다. 더 심하게 두들겼다간 자기들에게도 불똥이 튈까 봐 그냥 있을 수가 없었던 것이다.

사내는 두 공인이 약장수를 말리는 틈을 타 엉금엉금 몸을 빼더니 겨우 몸을 일으켜 송강과 약장수를 노려보며 소리쳤다.

"되든 안 되든 너희 두 놈을 그냥 두진 않을 테다. 어디 두고 보자!"

하지만 다시 얻어맞을까 겁나는지 말을 끝내기 바쁘게 얼른 몸을 달려 남쪽으로 달아났다.

"선생의 이름은 무엇이며, 어디 사람이오?"

사내가 달아나 버린 뒤 송강이 약장수에게 물었다. 약장수가 대답했다.

"저는 하남 낙양이 고향으로 설영(薛永)이라 하는 놈입니다. 할아버님은 노충 경략 상공 아래서 군관으로 계셨으나 같이 있는 사람들과 사이가 좋지 못해 높이 오르지는 못했지요. 그 때문에 저희집은 군문을 떠나 창봉 기술로 약을 팔며 살게 되었습니다. 저는 병대충(病大蟲)이란 별명으로 불리기도 합니다. 하온데 다시 묻거니와 은인의 크신 이름은 어떻게 됩니까?"

송강도 더는 자신을 감추지 않고 밝혔다.

"나는 송강이라 하며 운성현 사람이오."

그러자 설영이 놀란 얼굴로 물었다.

"그렇다면 산동의 급시우 송 공명 어른이 아니십니까?"

"그렇소."

설영은 그 같은 송강의 대답을 듣자 그대로 땅에 엎드려 절을 했다. 송강이 그를 일으켜 세우며 은근하게 말했다.

"우리 어디 가서 술이나 한잔하는 게 어떻소?"

"좋습니다. 언젠가 한번은 형님을 찾아뵈오려 했으나 길이 없어 이리 늦은 참입니다."

설영도 대뜸 송강을 형님이라 부르며 기꺼이 따랐다. 얼른 약보따리와 창봉을 꾸려 송강과 함께 근처 술집으로 갔다.

그런데 그 술집에서 당한 일이 뜻밖이었다.

"술과 고기는 있습니다만 당신들에게는 팔 수가 없습니다."

기세 좋게 들어서는 설영과 송강을 보고 술집 주인이 문 앞을 가로막으며 하는 말이었다.

"어찌하여 우리에게는 술을 팔 수 없다는 거요?"

송강이 어이없어 술집 주인에게 물었다. 주인이 겁먹은 얼굴로 우물거렸다.

"당신들이 때려 준 그 양반이 사람을 보내 말하기를 당신들에게 술을 팔았다간 이 술집이 콩가루가 될 줄 알라 했소. 우리도 그 사람을 미워하지 않는 바 아니나, 그가 바로 이 게양진을 휘어잡고 있는 패거리 중 하나라 아무도 그 뜻을 거스르지 못하고 있는 거요."

송강도 조금 전의 그 사내가 예사 건달은 아닌 줄 알았지만 그토록 위세가 대단할 줄은 몰랐다. 뒤탈이 걱정되어 거기서 어정거릴 수가 없었다.

"그렇다면 우리는 이만 떠납시다. 그런 자라면 틀림없이 패거리를 모아 우리를 찾아나설 거요."

여기저기를 떠돌며 살아온 터라 설영도 그만한 눈치는 있었다.

"저는 그동안 묵은 방값을 치르고 떠나야 합니다. 한 이틀 뒤 강주에서 뵙기로 하고, 은인께서는 먼저 떠나십시오."

그러면서 송강보다 더 서둘렀다. 송강은 그런 설영에게 다시 은자 여남은 냥을 더 집어 주고 작별했다.

송강은 두 공인과 함께 그 술집을 떠나 걷기 시작했다. 그러나 속은 비고 목은 말라 그냥 걸을 수가 없었다. 또 한 곳 술집에 들러 술을 청해 보았다.

"작은도련님의 분부가 계신데 저희가 어찌 감히 당신들에게 술을 팔겠습니까? 그러지 말고 어서 달아나기나 하십시오. 공연히 어정거리다 어려운 꼴 당하지 말고."

주인이 그런 말로 손을 내저었다. 작은도련님이란 아까 설영이 두들겨 쫓은 그 건달을 가리키는 말인 듯했다. 송강과 두 공인은 아무 소리 못하고 그곳을 나와 다른 술집을 찾아보았다. 몇 군데나 돌아보았지만 그 어느 곳도 술은커녕 물 한 모금 내놓으려 하지 않았다.

그사이 해가 서편으로 기웃했다. 송강은 하룻밤 묵어 가기라도 할 양으로 연기가 이는 객점은 모조리 두드려 보았지만 역시 헛일이었다. 어찌 된 셈인지 아무도 방을 내주지 않는 것이었다.

"이미 작은도련님이 객점마다 돌아다니며 분부를 내리셨소. 당신네 세 사람은 받아들일 수 없소."

그게 까닭을 묻는 송강에게 들려주는 객점 일꾼들의 퉁명스러운 대꾸였다.

이에 송강과 두 공인은 그 부근에서 방 얻기를 단념하고 큰길로 나섰다. 그사이 해는 온전히 서산 뒤로 숨어 버리고 날이 어두워 왔다. 배고프고 지친 데다 쉴 곳 없이 날까지 어두워 오니 송강과 두 공인은 낭패스럽지 않을 수가 없었다.

'차라리 그 약장수를 만나지 않았더라면 좋았을 것을. 쓸데없이 창봉 구경을 하다가 그 망나니의 미움을 사게 되었으니…… 이제 어쩐다? 앞으로는 마을이 뵈지 않고 뒤에 있는 객점들은 받아 주질 않으니 오늘 밤은 어디서 잔단 말인가.'

셋은 속으로 그런 후회까지 하며 무거운 걸음을 떼어 옮겼다.

그런 그들의 눈에 문득 한 줄기 불빛이 보였다. 멀리 좁은 길 끝의 숲 저쪽에서 새어 나오는 불빛이었다. 송강이 그걸 보고 말했다.

"저걸 보시오. 저기 등불이 비치는 곳에는 틀림없이 사람 사는 집이 있을 거요. 아무튼 저 집에 가서 떼를 써 봅시다. 하룻밤만 지새우고 내일 일찍 길을 떠나면 되지 않겠소?"

"그렇지만 불빛은 큰길가에서 나는 게 아닌데요."

공인들이 떨떠름한 말투로 대꾸했다. 큰길을 버리고 좁은 샛길로 드는 게 어쩐지 마음 내키지 않는 모양이었다. 송강이 그들을 달랬다.

"별수 없지 않소. 내일 두어 마장 더 걷게 되는 수가 있더라도 저리로 가 봅시다."

그러자 두 공인도 달리 수가 없어 송강의 말을 따랐다.

세 사람은 곧 큰길을 버리고 샛길로 접어들었다. 두 마장도 못 걸어 숲 뒤쪽에서 갑자기 솟아난 듯 큰 장원이 하나 나타났다. 세 사람은 곧 그리로 다가가 문을 두드렸다.

그 집 일꾼이 문 두드리는 소리를 듣고 나와 문을 열어 주며 물었다.

"당신들은 누구기에 이 어두운 밤에 남의 집 문을 두드리는 것이오?"

송강이 거기서 또 쫓겨나면 어쩌나 싶어 공손하게 대답했다.

"저는 죄를 짓고 강주로 귀양 가는 사람입니다. 오늘 잘못 주막을 지나치는 바람에 밤이 되어도 묵을 곳이 없게 되고 말았습니다. 이 댁에서 하룻밤 묵고 갈 수 없을는지요. 내일 아침 사례는 후하게 올리겠습니다."

"그렇다면 잠시만 여기서 기다리시오. 내가 안에 들어가 주인어른께 아뢰어 보겠소. 어르신께서 허락하시면 쉬어 갈 수 있을 게요."

장원의 일꾼이 그러면서 안으로 들어갔다가 금세 되돌아 나와서 말했다.

"주인어른께서 들어오라 하십니다."

이에 송강과 두 공인은 안으로 들어갔다. 주인은 장원 안 초당에 앉아 있다가 송강 일행이 문안을 드리자 일꾼들에게 문간방을 치워 내주고 저녁을 대접하라 일렀다.

일꾼들은 그에 따라 송강 일행을 문간방으로 이끌더니 등불 하나를 밝혀 주고 그곳에서 쉬라 했다. 그리고 얼마 후 다시 세 사람분의 밥과 국을 차려 와 송강 일행의 주린 배를 채워 주었다. 주인도 일꾼도 인정 있는 사람들 같았다.

일꾼들이 밥그릇을 거두어 들어간 뒤 두 공인이 송강을 보고 말했다.

"압사 나리, 여기는 딴 사람이 없으니 잠시 칼을 벗으시지요. 하룻밤 편히 주무신 뒤에 내일 일찍 떠납시다요."

"그것도 좋은 말이오."

송강도 그렇게 고개를 끄덕였다. 공인들은 곧 송강의 칼을 벗기고 잠자리에 들 채비를 했다.

잠들기 전에 손발이나 씻으려고 밖에 나가니 하늘에는 별이 총총했다. 송강은 보리타작 마당 뒤로 한 줄기 샛길이 나 있는 걸 눈여겨보며 손발을 씻었다. 두 공인도 하루 종일 걷느라 덮어쓴 먼지를 떨고 손발을 씻었다.

대강 씻기를 마친 세 사람은 곧 방 안으로 들어가 문을 걸고 누웠다. 송강은 고쳐 생각해도 주인이 자기들을 재워 주는 게 고맙기 짝이 없었다.

"만약 이 장원의 주인 양반이 우리를 받아 주지 않았다면 우리는 고생깨나 했을 거요."

송강이 그렇게 말하자 두 공인도 고개를 끄덕였다.

"그렇고말고요. 인심 좋은 사람도 있지."

하지만 기뻐하기는 너무 일렀다. 세 사람이 그렇게 주고받고 하는데 갑자기 문밖이 훤했다. 송강이 문틈으로 내다보니 집주인이 일꾼 셋을 데리고 횃불을 밝혀 타작마당을 둘러보고 있었다.

"저 주인어른이 꼭 우리 아버님 같군. 무어든 일일이 몸소 챙겨야 마음이 놓이시는지, 그러지 않고는 잠을 주무시지 못하거든. 그런데 저분도 모든 걸 몸소 보살피는 모양이오."

송강이 공인들을 돌아보고 낮은 소리로 그렇게 말했다. 그런데 미처 그런 송강의 말이 끝나기도 전이었다. 갑자기 밖에서 누군가 문을 두드리며 문을 열라고 외쳐 대는 소리가 들렸다.

그 목소리를 아는지 일꾼 하나가 얼른 달려가 대문을 열었다. 그러자 대여섯 명의 사내가 우르르 밀려드는데, 앞장선 사내의 손에는 칼이 쥐어져 있었다. 뒤따르는 사내들도 모두가 몽둥이나 창을 들고 있었다.

그들을 문틈으로 살펴보던 송강은 깜짝 놀랐다. 앞장선 사내가 낮에 게양진에서 얻어맞고 내뺀 그 건달이었기 때문이었다.

“작은애야, 어딜 가려느냐? 누구와 싸우려고 이 같은 밤중에 창과 몽둥이를 들고 나서느냐?”

주인 늙은이가 그 건달 사내를 보고 걱정스러운 듯 물었다. 사내가 콧김을 씩씩거리며 대꾸했다.

“아버님은 모르셔도 됩니다. 어쨌든 형님 집에 있습니까?”

“네 형은 술에 취해 집 뒤 정자에서 자고 있다.”

주인 늙은이가 못마땅한 듯 그렇게 일러 주자 사내가 그대로 몸을 돌리며 말했다.

“가서 깨워야지. 형님과 함께 쫓아가 잡아야 할 놈이 있단 말입니다.”

그러자 주인은 이맛살을 찌푸리며 작은아들을 불러 세웠다.

“왜 또 누구와 다투기라도 했느냐. 네 형을 깨우면 가만히 있지 않을 텐데……. 우선 내게 네가 그렇게 설치는 까닭이나 말해 보아라.”

그러자 사내가 마지못해 걸음을 멈추고 형을 찾는 까닭을 길게 이야기했다.

"아버님께서는 무슨 일이 있었는지 아직 모르실 겝니다. 오늘 낮에 웬 약장수 한 놈이 우리 형제를 먼저 찾아보지도 않고 제멋대로 장바닥에 전을 벌였지 뭡니까? 창봉 쓰는 재주를 보여 주고 약을 팔려는 거였지요. 저는 마을 사람들에게 누구도 그놈에게는 돈을 주지 말라고 단단히 일러두었습니다. 그런데 웬 죄수 한 놈이 톡 튀어나와 무슨 큰 호걸이나 되는 양 은자를 닷 냥씩이나 그 약장수놈에게 줬지 뭡니까? 완전히 우리 게양진의 위신을 까뭉개 버린 셈이지요. 그래서 제가 그놈을 패 주려고 하는데 갑자기 그 약장수 놈이 덤벼들어 저를 메다꽂고 발길질까지 했습니다. 지금도 허리가 결릴 지경이라니까요. 저는 이미 사방에 사람을 풀어 술집이건 객점이건 그놈들에게는 술 한 모금 밥 한 순갈은 물론 잠도 재워 주지 못하게 해 놓았습니다. 먼저 그 세 놈이 몸둘 곳을 없이 해 놓고, 다시 노름방 사람들을 모아 그놈들을 뒤쫓기 시작한 겁니다. 그 약장수 놈은 제가 들었던 객점에서 붙잡아 안 죽을 만큼 두들겨팬 뒤 지금 도두네 집에 묶어 놓았습니다. 내일 큼직한 돌이나 매달아 강물에 던져 넣으려구요. 제 놈이 그래도 뻣뻣하게 나올 수 있는지 봐야지……. 그리고 이제는 그 두 공인과 죄수 놈을 찾고 있는데 영 잡을 수가 없어요. 앞에는 객점도 없는데, 어디 가 처박혔는지 영 알 수가 없어 형을 데리러 온 겁니다. 형을 깨워 길을 나누어 샅샅이 뒤져야지요. 그놈들을 잡지 못하면 이 분을 어디다 풉니까?"

"얘야, 그렇더라도 남의 목숨을 죽여서는 못쓴다. 그 사람은 제 은자를 약장수한테 준 것뿐인데 네가 뭣 때문에 그리 길길이 뛰느냐? 무슨 까닭으로 그 사람을 때려 줘야 한다는 게냐? 네가 맞았다 해도 크게 다친 건 아니니 네 형은 깨우지 마라. 네가 남에게 맞았단 소리를 듣고 형이 그냥 있을 것 같으냐? 공연히 사람의 목숨만 해치게 만들지 말고 내 말대로 해라. 조용히 들어가 자는 게야. 오밤중에 집집이 문을 두드려 마을 사람들을 괴롭히지 않는 게 좋다. 그것도 남을 위하는 길이란 말이다."

주인 늙은이는 좋은 말로 달랬으나 그 건달은 아비의 말을 들은 척도 않았다. 오히려 귀찮다는 듯 대꾸조차 않고 칼을 고쳐 잡더니 집 안으로 뛰어들어 갔다. 그 뒤를 주인 늙은이가 꾸짖으며 쫓았다.

그들 부자간의 말을 엿들은 송강은 절로 몸이 떨렸다. 곁에 있던 공인들에게 소리 죽여 말했다.

"이런 공교로운 일이 있나? 호랑이를 피한다고 하다가 오히려 호랑이 굴에 뛰어든 격이 됐으니……. 아무래도 안 되겠다. 달아나는 게 좋겠소. 저놈이 우리가 여기 있다는 걸 알게 되면 반드시 우리를 죽이려 들 게요. 주인어른은 말하지 않는다 해도 일꾼들이 가만있겠소?"

두 공인도 딴 수가 있을 리 없었다.

"그 말씀이 옳습니다. 꾸물거릴 때가 아니니 어서 달아납시다."

그러면서 주섬주섬 보따리를 챙겼다. 송강이 앞뒤 없이 문을 나서려는 그들을 잡았다.

"우리는 문으로 나가서는 안 될 거요. 벽을 뚫고 뒤로 달아나야 하오."

그리고 목에 썼던 칼을 챙긴 뒤 뒷벽을 뚫기 시작했다. 얼마 안 되어 한 사람이 나갈 만한 구멍이 뚫렸다. 차례로 그 구멍을 빠져나간 세 사람은 짙은 숲속으로 난 샛길로 스며들었다. 아까 세수하다 눈여겨봐 둔 길이었지만 그게 어디에 이르는지까지는 생각해 볼 겨를이 없었다.

한 경은 실히 달렸을 때였다. 세 사람의 눈앞에 문득 허연 갈대꽃이 가득 핀 벌판이 나타났다. 그 앞에 한 줄기 넓은 강이 가로막고 있었다. 물결 거세게 흘러가는 그 강은 바로 심양강이었다.

그사이 장원에서도 송강 일행이 벽을 뚫고 달아난 걸 알아차린 모양이었다. 멀리서 그들을 뒤쫓는 횃불이 어른거리고 사람의 고함 소리가 바람결에 실려 왔다. 되돌아가려 해도 갈 수 없게 된 것이었다.

"하늘이시여, 이 송강을 구해 주옵소서!"

나아갈 수도 물러날 수도 없음을 안 송강이 괴롭게 부르짖었다. 하지만 그렇다고 앉아서 잡히기를 기다리고 있을 수만은 없었다. 세 사람은 우선 갈대숲에 몸을 숨긴 채 뒤쪽을 살펴보았다.

횃불은 점점 가까이 다가오고 있었다. 더욱 급해진 세 사람은 어디가 어딘지도 모르면서 무턱대고 갈대밭 속을 뛰었다. 문득 눈앞이 확 트이며 넓은 강물이 나타났다. 하늘로 오를 재주가 있는 것도 아닌데 땅이 끝나 버린 것이었다. 양쪽으로 펼쳐진 것도 사방이 트인 포구일 뿐이었다.

"이런 고생을 할 줄 일찍 알았더라면 차라리 양산박에나 눌러앉을걸. 이런 꼴이 될 줄 누가 알았겠는가."

송강이 하늘을 우러러보며 그렇게 탄식했다.

바로 그때였다. 갑자기 갈대숲을 헤치고 배 한 척이 저어 나왔다. 그 배를 본 송강이 급한 목소리로 외쳤다.

"이보시오 사공, 이리 와 우리 세 사람을 좀 구해 주시오. 돈은 얼마든지 드리겠소!"

그러자 사공이 느긋하게 물어 왔다.

"당신들은 누구며 어디로 가는 길이오?"

"등 뒤에 칼 가진 도둑들이 우리를 쫓고 있소. 지금 등 뒤에 와 있으니 어서 배를 대 우리를 태워 주시오. 은자를 듬뿍 드리리다."

송강은 물음에 대답할 겨를도 없이 그렇게 사공을 재촉했다. 그제야 사공은 배를 물가에 대었다. 세 사람은 꽁지에 불이 붙은 것처럼 그 배로 기어올랐다. 한 공인은 메고 있던 보따리를 선창에 던져 넣고 또 한 공인은 급한 나머지 들고 있던 수화곤(水火棍)으로 배를 밀었다.

사공은 큰 노를 저으면서 귀를 기울여 공인의 보따리에서 나는 쇳소리를 들었다. 금은이 얼마나 되는지를 가늠하는 듯한 눈치였는데, 소리를 듣고 나서는 은근히 기뻐하는 얼굴이었다.

몇 번 노를 젓기도 전에 배는 어느새 강물 가운데에 떠 있었다. 그사이 물가에는 송강을 뒤쫓던 무리들이 이르러 있었다. 여남은 개의 횃불 아래 몸집 큰 두 사내가 서 있는데, 스무 명이 넘는 사람이 그들을 에워싸고 있었다. 모두 손에 창칼이나 몽둥이를 든 채였다.

"어이, 빨리 뱃머리를 돌려!"

그들이 소리 높이 사공을 을러댔다. 송강과 두 공인은 배에 납작 엎드린 채 사공에게 빌었다.

"사공, 배를 돌려서는 아니 되오. 우리가 많은 은자로 사례할 테니 그냥 저어 가시오."

행여 사공의 마음이 변할까 봐 두려워서였다. 사공은 말없이 고개를 끄덕이고는 유유히 노를 저어 나갔다. 강가에 있는 사람들은 안중에도 없다는 태도였다. 강가의 패거리들이 큰 소리로 외쳤다.

"야, 이 뱃놈아, 배를 돌리지 못하겠느냐? 모조리 죽여 버리겠다."

그러나 사공은 차게 웃을 뿐 아무런 대꾸가 없었다. 물가 패거리가 이번에는 소리 높이 욕을 퍼부었다.

"이 겁없는 뱃놈이 어서 배를 돌리지 않고 무엇하느냐?"

그제야 사공이 비웃음 섞어 받았다.

"이 어르신네는 장(張) 사공이다. 함부로 지껄이지 말라."

그 말을 들은 물가의 패거리가 잠시 조용해졌다. 그러다가 앞장선 사내가 한결 부드러워진 목소리로 소리쳤다.

"아, 장 형이었구려. 형은 우리 형제를 알아보시겠소?"

"내가 눈깔이 빼지 않은 담에야 왜 몰라보겠나?"

"우리를 알아보셨다면 배를 돌리시오. 말씀드릴 게 있소이다."

사내는 사뭇 공손했으나 사공에게는 먹혀 들지 않았다. 여전히 노를 저으며 딴전을 부렸다.

"이야기할 게 있으면 내일 아침에 하세. 나는 지금 바빠서 이만 가 봐야겠네."

그러자 강가의 사내도 말이 거칠어졌다.

"우리 형제 두 사람은 그 배에 실린 세 놈을 잡으려고 한단 말이오."

"지금 내 배에 타고 있는 것은 우리 친척들일세. 칼국수나 한 그릇씩 같이 하자고 모셔 가는 길이라구."

사공은 여전히 그렇게 능청을 떨었다. 물가의 사내가 화를 참고 한 번 더 은근하게 수작을 붙였다.

"그러지 말고 잠깐만 배를 돌리시오. 의논할 일이 있소!"

사공이 이번에는 알지 못할 소리로 그 말을 받았다.

"내 옷이 되고 밥이 될 물건을 너희들에게 바치란 소리겠지. 어림없는 소리."

"장 형, 그런 말씀 마시오. 우리는 그 죄수 놈만 잡으면 되오. 제발 배를 돌리시오."

물가에서 사내가 한 번 더 그렇게 사정을 했다. 사공은 그래도 들은 척 만 척, 한편으로는 노를 저으며 한편으로는 빈정거렸다.

"이것들은 오랜만에 재수 좋게 걸려든 봉인데 어찌 돌아가 자네들에게 바치겠나. 너무 섭섭하게 여기지 말고 다음에 또 보세."

송강도 그 말을 듣고는 있었으나 사공의 속셈을 자기 좋을 대로 헤아렸다. 곁에 있는 두 공인을 쿡 찌르며 수군거렸다.

"저 사공이 어렵게 되었는걸. 우리 세 사람의 목숨을 구해 주었을 뿐만 아니라, 저것들하고 말다툼까지 했으니 저 사공의 은혜를 잊어서는 안 될 거요. 이 배를 타고 강을 건너게 된 게 정말 다행이오."

그사이에도 사공은 쉬지 않고 노를 저어 물가에서 더욱 멀어졌다. 어지간히 마음이 놓인 세 사람은 자기들이 빠져나온 강가 쪽을 바라보았다. 횃불은 아직도 갈대숲 속에서 밝게 타고 있었다.

'이제 됐다. 다행히 좋은 사람을 만나 못된 놈들의 손아귀에서 벗어날 수 있었구나. 겨우 어려운 지경은 면했나 보다.'

송강은 속으로 그렇게 중얼거리며 사공을 보았다. 사공은 세 사람에게는 말 한마디 묻는 법 없이 뱃노래 같은 걸 부르기 시작했다.

물가에서 잔뼈 굵은 이 어르신네
벗과 놀기보다는 돈벌이가 더 좋아
어젯밤 꿈에 빛 무리 찾아들더니
오늘 나와 보니 큰 금덩이가 걸렸네

송강과 두 공인이 가만히 귀 기울여 보니 노래란 게 사람을 오싹하게 만드는 내용이었다. 그래도 송강은 좋게만 생각했다.

'그냥 해 본 노래겠지…….'

하지만 사공은 곧 본색을 드러냈다. 송강과 두 공인이 예사롭지 않은 노랫말을 두고 수군거리고 있는데 사공이 갑자기 노를 뱃전에 걸쳐 놓으며 말했다.

"요놈들아, 이젠 우리끼리 한번 이야기해 보자. 특히 거기 두 공인 놈, 네놈들은 평소에 백성들을 속이고 해쳐 온 놈들이렷다. 오늘 이 어르신네의 손에 걸렸으니 어떻게 해 주랴? 칼국수를 먹을래? 물만두를 먹을래?"

"아니, 사공 양반, 우스갯소리라도 대강 하시오. 칼국수는 뭐고 물만두는 뭐요?"

하도 느닷없는 소리라 송강이 멍해서 물었다. 사공이 두 눈을 부라리며 거칠게 소리쳤다.

"요놈 봐라. 이 어르신네가 네놈들을 잡아먹으려고 그런다, 왜? 만약 네놈들이 칼국수를 먹기를 원한다면 내게 찬바람 도는 칼 한 자루가 있으니 그걸로 네놈들을 끝내 주마. 네 번 다섯 번 칼질할 것도 없이 단칼에 너희 세 놈을 토막내 물에 던져 주지. 또 물만두를 먹기 원한다면 네놈들은 얼른 발가벗고 물속으로 뛰어들어라. 남의 칼에 죽는 게 아니라 네놈들 스스로 죽을 기회를 주는 거다."

표정이고 말투고 우스갯소리를 하는 것 같지는 않았다. 송강은 그제야 자기들이 여우를 피하려다 늑대를 만난 꼴이 된 것임을 알아차렸다. 하도 어이가 없어 두 공인을 잡고 넋두리처럼 말했다.

"아이쿠, 이건 또 무슨 일이냐? 복은 짝지어 오지 않고 화는 홀로 오는 법이 없다더니 정말로 그렇구나!"

사공이 그런 세 사람을 무섭게 노려보며 재촉했다.

"야 이놈들아, 빨리 생각을 해 보고 결정을 해라. 칼국수냐, 물만두냐?"

송강이 겨우 정신을 수습해 사정해 보았다.

"사공 어른, 우리를 어쩌려고 이러시오? 우리는 죄짓고 강주로 귀양 가는 것들이오. 우리를 불쌍히 여겨 부디 목숨만은 붙여 주시오!"

하지만 사공은 눈도 끔뻑 안 했다.

"한가로운 수작 지껄이지 마라. 네놈들을 살려 달라구? 어림도 없다. 세 놈은커녕 반 놈도 못 살려 주겠다. 이 어르신네가 바로 그 유명한 구검(狗臉, 개 상판대기) 장 아무개란 말이다. 아비가 와도 못 알아보고 어미가 가도 못 알아보는 나더러 한 번만 봐달라고? 쓸데없는 소리 말고 빨리 물속으로 꺼지는 게 좋을걸."

그러면서 무섭게 셋을 몰아댔다. 그래도 송강은 단념 않고 다시 사정을 해 보았다.

"저희 보따리에 든 금은과 옷가지는 말할 것도 없고 값나갈 만한 것이면 무엇이든 어르신네께 바치겠습니다. 그러니 제발 우리 셋의 목숨만 살려 주십시오."

사공은 말로는 안 되겠다 싶었던지 갑자기 배 바닥 판자를 열었다. 그가 그 안에서 끄집어낸 것은 시퍼렇게 날이 선 넓적 칼이었다.

"이놈들, 이래도냐?"

사공이 금세 칼로 내려찍을 듯 다가들며 무섭게 소리쳤다. 송강도 이제는 틀렸다 싶었는지 문득 하늘을 우러러보며 탄식했다.

"나는 사람으로 태어나 하늘과 땅을 바로 받들지도 못하고 부모에게도 효도하지 못한 채 가게 되었구나. 더구나 죄까지 지어 애꿎은 두 사람까지 나 때문에 죽게 만들었으니 어찌하면 좋은가?"

그 소리를 들은 두 공인이 송강을 붙들고 울며 말했다.

"압사 어른, 다 틀렸소. 우리 세 사람이 한곳에서 죽게 되었소."

그런 그들을 사공이 다시 재촉했다.

"이놈들, 어서 옷을 벗고 물속으로 뛰어들지 못하겠느냐? 어서 빨리 뛰어들어라. 아니면 이 어르신네가 토막을 내어 던져 줄 테다."

송강과 두 공인은 한 덩이가 되어 얼싸안고 어찌할 줄 몰랐다. 뛰어내리자니 수십 길 되는 시퍼런 강물 한가운데요, 안 뛰어내리자니 사공의 손에 들린 칼이 겁났다. 그때 그런 그들의 귀에 찰싹찰싹 삐걱삐걱 하는 소리가 들렸다. 노 젓는 소리였다.

사공 놈도 그 소리를 들었는지 힐끗 뒤를 돌아보았다. 어둠 속에서 배 한 척이 나는 듯 저어 다가오고 있었다. 그 배에는 모두 세 사람이 타고 있었는데 한 사람은 뱃머리에서 긴 삿대를 질러대고 둘은 배꼬리에서 빠르게 노를 젓고 있었다.

으스름한 별빛 아래 그 배는 곧 송강이 탄 배 앞에 나타났다. 삿대를 비껴 들고 뱃머리에 서 있던 사내가 큰 소리로 시비를 걸어 왔다.

"거기 사공은 누구기에 감히 이 포구에서 일을 벌이는가? 그 배 안의 물건은 누구든 본 사람에게도 몫이 있음을 아나?"

그러자 그때껏 송강을 쥐 잡듯 몰아대던 사공이 갑자기 한풀

꺾인 목소리로 받았다.

"아, 이 형이셨군요. 난 또 누가 오셨나 했더니. 그래 어디 장사라도 나가십니까? 전에는 저 두 분 형제를 데리고 다니시지 않더니 오늘은 웬일입니까? 저두 한몫 끼워 주십쇼."

"이봐, 장가(張哥) 아우, 그렇게 얼렁뚱땅 말로 때워 넘길 생각일랑 말게. 배 안에 있는 게 뭔가? 기름이 반지르르한 것 같은데……."

건너편 뱃전의 사내가 사뭇 위압적으로 이쪽 사공의 말을 받았다. 사공 놈이 할 수 없다는 듯 털어놓았다.

"들으시면 웃으실 겁니다만 이 며칠 정말 형편없었지요. 거기다가 노름에까지 털려 걱정이 태산으로 물가에 나와 앉았는데 문득 저쪽 강 언덕에서 사람이 쫓고 쫓기는 소리가 들리지 않겠습니까? 그래서 배를 저어 가 보았더니 저 세 놈이 보따리와 함께 제 배로 굴러들었지요. 두 놈은 공인이고 한 놈은 새카맣고 작달막한 죄숩니다. 죄수 놈의 말로는 강주로 귀양 가는 길이라는데 모가지에 칼도 안 쓴 게 수상하구요. 저놈들을 뒤쫓던 건 저잣거리의 목가(穆家) 형제였는데 저보고 저것들을 돌려달라고 딱딱거리더군요. 하지만 제가 누굽니까? 척 봐도 기름이 잘잘 흐르는 저것들을 넘겨줄 리 있겠습니까?"

그러자 건너편 배의 사내가 놀란 소리로 물었다.

"뭐야? 그렇다면 혹시 우리 형님 송공명 아닌가?"

송강이 들으니 그 목소리가 어디서 많이 듣던 것이었다. 누군지는 얼른 생각나지 않았지만 소리부터 질렀다.

“거기 배 위에 호걸은 어떤 분이오? 이 송강을 구해 주면 참으로 고맙겠소.”

그 말에 맞은편 배의 사내가 깜짝 놀라 받았다.

“어? 정말로 형님이네. 형님, 어서 나와 보시오.”

이에 송강은 얼른 몸을 일으켜 그 사내를 보았다. 희미한 별빛에 의지해 보니 저쪽 뱃전에 우뚝 선 것은 다름 아닌 혼강룡 이준이었다. 그의 등 뒤에는 출동교 동위와 번강신 동맹이 노를 잡은 채 놀란 고개를 들고 있었다.

송강을 알아본 이준은 얼른 배를 건너와 얼싸안으며 혀를 찼다.

“형님, 얼마나 놀라셨습니까? 이 아우가 조금만 늦었어도 큰일 날 뻔했습니다 하늘이 시켰는지 오늘 밤따라 집에 들어앉았기가 왠지 불안하더군요. 그래서 소금 밀매하는 놈들 덜미나 잡아 볼까 하고 강으로 나왔다가 뜻밖에도 형님을 만나게 된 것입니다. 고생 많으셨지요?”

이준이 송강을 그토록 다정하고 공손히 대하는 걸 보자 사공 놈은 한동안 얼이 빠진 모양이었다. 입이 굳은 사람처럼 눈만 멀뚱멀뚱하다가 이윽고 기어드는 목소리로 이준에게 물었다.

“형님, 그럼 저 가무잡잡한 이가 바로 산동의 급시우 송공명 어른이란 말이오?”

“이제 알아보는 모양이군.”

이준이 나무람 섞어 그렇게 받았다. 사공 놈이 꼬꾸라지듯 송강 앞에 무릎을 꿇으며 짐짓 원망하는 시늉을 했다.

“아이고, 그렇다면 왜 진작 높으신 이름을 대지 않으셨습니까?

제가 알았으면 그런 못된 짓은 않았을 겁니다. 하마터면 천하의 의사를 해칠 뻔하지 않았습니까?"

송강은 그런 사공의 말을 바로 받기 멋쩍어 이준에게 물었다.

"저 호걸은 누군가? 이름이나 알려 주게."

"형님, 아직 모르셨습니까? 저 사람은 저와 의형제를 맺은 장횡(張橫)입니다. 소고산(小孤山) 아래가 고향이고 별명은 선화아(船火兒, 뱃불돌이)지요. 이 심양강에서 방금과 같은 그럴싸한 벌이로 사는 친굽니다."

사람 죽이고 재물 뺏는 일을 그럴싸한 벌이라고 하는 이준의 능청도 어지간했다. 그러나 송강과 두 공인은 그 능청보다 살아난 기쁨에 웃음을 참지 못하고 일어났다.

두 배는 곧 붙어 가듯 나란히 노를 저어 강가에 이르렀다. 배가 언덕에 닿자 장횡은 송강과 두 공인을 부축해 뭍에 내렸다. 이준이 그런 장횡을 보고 빙글거리며 말했다.

"여보게 아우, 내가 일찍이 자네에게 말했듯이 천하의 의사는 산동의 급시우인 운성현 송 압사밖에 없다네. 오늘 이렇게 만났으니 자세히 봐 두게나."

그러자 장횡은 순진하게도 이준이 시키는 대로 했다. 주머니에서 부싯돌을 꺼내 등에 불을 붙이더니 한참이나 송강의 얼굴을 비춰 보는 것이었다.

"형님, 이놈의 죄를 용서해 줍시오."

장횡이 송강의 모습에서 무엇을 보았는지 새삼 그 앞에 엎드려 절을 하며 용서를 빌었다. 송강이 부드러운 미소로 그런 장횡을 가만히 내려다보았다.

"그런데 형님, 형님 같은 의사가 어쩌다가 이렇게 귀양살이를 가게 되었습니까?"

이준이 송강을 대신해 그 물음에 자세히 답해 주었다. 듣고 난 장횡이 문득 무얼 생각했는지 송강을 보고 말했다.

"형님께 일러 드릴 게 하나 있습니다. 저희 어머님께서는 형제를 낳아 길렀는데, 맏이는 바로 이놈이고 그다음이 바로 제 아우올시다. 제 아우는 몸빛이 눈처럼 희고 사오십 리는 거뜬히 헤엄쳐 가는데 또 물속에서 일곱 낮 일곱 밤을 견디는 재주가 있습니다. 그 아이가 물속을 헤어 가는 걸 보면 꼭 한 줄기 흰 줄이 그어지는 것 같지요. 거기다가 몸에 익힌 무예 또한 놀라워서 사람들은 그 아이를 낭리백조(浪裏白條, 물 속 흰 줄)란 별명으로 부르기도 하는데, 이름은 장순(張順)입니다. 원래 우리 형제는 양자강에서 벌이를 했지요. 그러다가 한탕 크게 쳐서……."

장횡은 제가 이야기를 꺼내 놓고도 거기서 갑자기 머뭇거렸다. 뭔가 털어놓기 무안한 게 있는 듯했다.

"마저 들려주시오. 듣고 싶구려."

송강이 그렇게 그의 망설임을 풀어 주었다. 이미 꺼낸 이야기라 장횡이 자랑스럽지 못한 대로 이어 나갔다. 한 짓이란 게 날강도질이나 다름없으니 그럴 법도 했다.

"우리 형제가 노름에 크게 돈을 잃었거나 해서 몹시 궁할 때의 얘깁니다. 제가 먼저 배를 끌고 강변 으슥한 곳으로 가서 사사로이 하는 나룻배처럼 손님을 기다립니다. 한 사람에 백 전만 받겠다며 빨리 타라고 하면 사람들이 얼른 내 배에 오르지요. 그래서 자리가 다 찼다 싶을 때 아우가 손님처럼 꾸며 큰 보따리를 하나 메고 그 배에 타는 겁니다. 나는 모른 척 배를 젓다가 강 한가운데 이르러서 갑자기 노를 걷은 뒤 칼과 갈퀴 같은 걸 꺼내 들고 겁을 주며 뱃삯을 받습니다. 원래는 비싸도 한 사람 앞에 오백 전밖에 안 되는 뱃삯을 삼 관씩 내놓으라고 을러대는 거지요. 그러면 아우가 먼저 일어나 그런 돈은 못 내놓겠다고 덤빕니다. 나는 그런 아우를 한 손으로는 머리를 잡고 한 손으로는 허리춤을 쥔 뒤 번쩍 들어 강물에 내던져 버립니다. 그런 다음 다시 험한 얼굴로 겁을 주며 한 사람 앞에 삼 관씩 내놓으라 하면 배에 탄 사람은 모두 얼이 빠져 달라는 대로 내줍니다. 나는 그 돈을 모두 챙긴 뒤에야 배를 으슥한 곳에 대고 그들을 뭍으로 내쫓아 버립니다. 그때까지도 아우는 죽은 듯 물속에 숨어 있다가 사람들이 모두 없어지고 나면 다시 배에 올라 제가 빼앗아 둔 돈을 나눠 갖고 노름판으로 가거나 했지요……."

그런 장횡의 이야기를 듣고 있던 송강이 빙긋이 웃으며 말했다.

"양자강에서 당신 배를 타려 했던 사람들이 어떤 꼴을 당했는지 짐작이 가오."

그 말에 이준을 비롯한 다른 사람들이 큰 소리로 웃었다. 장횡이 아직도 이야기가 안 끝났는지 머쓱해하면서도 다시 이어갔다.

"그러나 요즈음 아우는 하는 일이 저와 다르지요. 저는 심양강으로 옮겨 아직도 이런 벌이를 계속하고 있지만, 아우 장순은 강주에서 물고기 장사를 하고 있습니다. 이제 형님이 강주로 가신다니 편지라도 한 통 보내고 싶으나 어디 글을 알아야 쓰든지 말든지 하지요."

결국 장횡이 송강에게 하고 싶던 건 그 이야기였다.

"그거야 마을의 글 아는 양반에게 쓰이면 되지."

이준이 그렇게 받고 동맹과 동위를 배에 남겨 놓은 채 앞장을 섰다.

송강과 두 공인은 그런 이준과 장횡을 따라갔다. 얼마 가기도 전에 강가에 휘황하게 타는 횃불이 보였다. 그 불빛을 보고 장횡이 혼잣말처럼 중얼거렸다.

"저 형제가 아직도 돌아가지 않았군!"

"저 형제라니 누구 말인가?"

이준이 장횡의 말을 받아 물었다. 장횡이 떨떠름하다는 투로 말하였다.

"저잣거리의 목가 형제 말이오."

"그럼 그들도 불러 형님을 뵙게 해야지."

이준이 아무것도 모르고 그렇게 나왔다. 송강이 놀라 이준을 말렸다.

"아니 되네. 그들은 나를 잡으려고 찾아다니는 자들이야!"

그러나 이준은 별로 걱정하는 기색이 아니었다.

"형님은 걱정하지 마십시오. 저 형제가 형님을 몰라봐서 그렇지 알고 나면 별일 없을 겁니다. 저들 역시 우리와 비슷한 일을 하는 패거리니까요."

그렇게 송강을 안심시키고는 손가락을 써서 휘파람을 크게 불었다. 그 소리를 듣자 횃불과 사람이 한 덩이가 되어 송강과 이준이 있는 곳으로 몰려왔다.

그들은 이준과 장횡이 송강을 모시듯 공손히 대하는 것을 보고 몹시 놀란 얼굴로 물었다.

"두 분 형께서는 저 세 사람을 어떻게 아시오?"

"자네들 이분이 누구신지 아나?"

이준이 껄껄 웃으며 물었다. 목가 형제가 어리둥절한 눈으로 송강을 훑어보다가 아직도 덜 풀린 속을 드러냈다.

"모르겠소. 우리가 아는 건 다만 저 사람이 우리 말을 무시하고 약장수에게 은자를 주어 이 게양진의 위신을 깎아내렸다는 것뿐이오. 그 때문에 잡아 혼내 주려고 하는데……."

이준이 갑자기 웃음을 거두고 엄한 목소리로 그들 형제에게 일러 주었다.

"이분이 내가 전에 늘 말하던 산동의 급시우 송공명 어른이라네. 거 왜 운성현의 송 압사 말이야. 자네들 두 사람도 얼른 절 올리고 뵙도록 하게!"

그 말을 들은 그들 형제는 칼을 내던지고 송강 앞에 엎드렸다.

"진작부터 크신 이름은 듣고 있었습니다. 오늘 이렇게 뜻밖에 뵙게 되니 기쁘기 짝이 없습니다. 몰라보고 날뛴 저희들을 용서해 주십시오."

형제가 그렇게 용서를 빌자 송강이 그들을 일으켜 세우며 물었다.

"두 분의 이름은 어떻게 되오?"

"저 형제는 이곳 부잣집 아들들입니다. 형은 목홍(穆弘)인데 몰차란(沒遮攔, 못 당할 놈 또는 망나니)이란 별명을 가졌고, 아우는 목춘(穆春)으로 소차란(小遮攔, 작은 망나니)이란 별명이 있는데 이 게양진을 휘어잡고 있는 패거리 중 하나지요. 형님께 터놓고 말씀드리자면 이 게양진에는 삼패(三覇)가 있습니다. 게양령 근처에 자리 잡은 아우 이립(李立)이 그중 하나고, 저잣거리의 저 형제가 그 둘이며, 심양강에서 판을 벌이는 장횡과 장순이 그 셋입니다."

이준이 대신 나서 송강에게 그렇게 알려 주었다. 송강이 문득 생각나는 게 있어 그들 형제에게 청했다.

"우리가 그걸 어찌 알았겠소. 어쨌든 이렇게 서로 알게 되었으니 내 아우들과의 정분을 보아서라도 설영은 놓아주시오."

"그 약장수 말입니까? 형님, 그건 걱정하지 마십시오."

목홍이 웃으며 그리 대답하고 아우를 돌아보았다.

"우리 형님을 모시고 가자. 집으로 가서 예를 갖춰 잘못을 비는 게 좋겠다."

"그것 좋지, 좋구말구. 자네 집으로 가세."

이준이 잘됐다는 듯 손뼉까지 치며 모두의 응낙을 대신했다.

이에 목홍은 먼저 사람을 자기 집으로 보내 양과 돼지를 잡고 술을 걸러 상을 차리도록 한 뒤 동위와 동맹까지 불러 함께 몰려갔다.

그들이 목가의 장원에 이르렀을 때는 새벽이 다 되어 갈 때였다. 모두 목홍의 아버지에게 얼굴을 보이고 갇혀 있던 병대충 설영을 끌어내 오고 하는 사이에 날이 훤히 밝았다. 그사이 술상이 차려져 목홍은 송강을 비롯한 모두를 그리로 안내했다. 그날 그들은 전날 밤을 꼬박 새운 것도 잊고 날이 저물도록 마시다가 모두 그 집에서 묵었다.

다음 날 일찍부터 송강은 길을 떠나려 했다. 그러나 목홍이 놓아 주지 않아 다른 사람들과 함께 그 집에 더 머물게 되었다.

목홍은 송강에게 술과 밥을 대접하는 것으로 그치지 않고, 밖으로 데리고 나가 게양진의 풍광까지 고루고루 보여 주었다.

그러는 사이 사흘이 지나갔다. 송강은 강주에 도착해야 될 날을 어기게 될까 봐 걱정이 되었다. 붙드는데도 기어이 떠나려 하자 사람들은 할 수 없이 그날의 술판을 마지막으로 송강을 놓아 주었다.

못내 아쉬워하는 호걸들과 하루 더 술자리를 같이한 송강은 다음 날 아침 일찍 떠날 채비를 했다. 목홍의 아버지를 찾아보고 여러 호걸들과 작별한 뒤 설영에게 말했다.

"여기 며칠 머물다 강주로 오게 되거든 그때 다시 봅시다."

"형님, 이분 걱정은 마십시오. 제가 잘 돌봐 드리겠습니다."

목홍이 설영을 걱정하는 송강을 그렇게 안심시켰다. 그리고 은자를 듬뿍 내와 송강의 보따리에 넣어 주고 두 공인들에게 얼마씩 쥐여 주었다.

송강이 막 떠나려 할 때 장횡이 편지 한 통을 내밀었다. 빌린 글로 아우 장순에게 쓴 편지였다. 송강은 그 편지를 보따리에 간수하고 목홍의 집을 나섰다.

송강을 보내는 사람들은 모두 심양강가까지 따라왔다. 목홍이 배를 불러 먼저 송강의 보따리를 싣고 다시 송강을 부축해 배에 태웠다. 다른 사람들도 모두 배에 올라 거기서 다시 술잔을 나누며 헤어짐을 아쉬워했다.

하지만 어차피 떠나야 할 송강이었다. 이윽고 호걸들은 모두 내리고 송강과 두 공인을 태운 배는 물결 따라 흘러내려 가기 시작했다. 강가 언덕에서 멀어져 가는 송강의 배를 보며 남은 호걸들은 눈물을 지었다. 함께한 지 며칠 안 되지만 마치 십 년을 함께 어울려 살다 헤어지는 사람들 같았다.

그날 이준과 장횡, 목홍, 목춘, 설영, 동위, 동맹은 송강의 배가 완전히 보이지 않게 된 뒤에야 강가 언덕을 떠나 각기 제집으로 흩어졌다.

신행태보와 흑선풍

두 공인과 배에 오른 송강은 물길로 강주를 향했다. 이번의 뱃사공은 장횡 같은 무리가 아니었다. 바람에 맞게 돛을 올려 이내 강주 언덕에 닿게 해 주었다.

송강은 강주에 이르러서야 죄수가 목에 쓰는 칼을 다시 썼다. 두 공인은 문서를 꺼내 들고 보따리를 진 뒤 똑바로 강주부(江州府)를 찾아갔다.

그때 강주 부윤은 채득장(蔡得章)이란 사람이었다. 조정의 태사인 채경(蔡京)의 아홉째 아들인 까닭에 강주 사람들은 그를 채구지부(九知府)라 불렀다. 채득장의 사람됨은 재물 욕심이 많고 으스대기 좋아하는 데다 사치를 즐겼다. 채경이 그런 아들을 강주로 보낸 데는 다 까닭이 있었다. 강주란 곳이 원래 돈과 곡식이 흔한 곳인 데다 백성의 머릿수가 많고 거기서 나는 물품도 여러 가지라 우려먹을 게 많았다.

두 공인이 송강을 데리고 부청으로 갔을 때 마침 채 구지부는 거기 나와 있었다. 마루 아래 무릎 꿇린 송강과 문서를 번갈아 바라보다가 지부가 문득 물었다.

"네 목칼에는 어찌하여 보낸 곳의 봉인이 붙어 있지 않느냐?"

송강의 생김이 속되지 않음을 보고 의심이 생겨 물어보는 소리였다. 두 공인이 얼른 꾸며 대었다.

"오는 길에 봄비가 잦고 심해 그만 떨어져 버렸습니다."

그러자 지부는 더 오래 잡고 있기가 귀찮은 듯 간단하게 일을 처결했다.

"빨리 문서를 갖춰 성 밖 노영으로 데려가라. 거기서부터는 우리 강주부의 공인에게 그를 끌고 가게 하도록."

이에 두 공인은 송강을 성 밖 노영으로 데려가 그곳 관원들에게 넘겼다. 강주부의 공인들은 송강을 단신방(單身房)에 집어넣고 다음 절차를 기다리게 했다. 그전에 송강은 이미 은자 석 냥을 꺼내 강주부의 공인에게 주어 놓아 관영이나 차발에게까지 송강의 이야기가 좋게 전해졌음은 말할 나위조차 없었다.

제주부에서 따라온 두 공인은 송강을 넘기고 나자 큰 짐을 벗은 듯했다. 다시 강주성 안으로 들어가며 한숨과 함께 중얼거렸다.

"이번 길에 죽도록 놀라기도 여러 번 하였지만 은자도 전에 없이 많이 생겼구나."

그러고는 주아로 들어가 송강을 무사히 넘겨받았다는 문서를 받은 뒤 온 길을 되짚어 제주로 돌아갔다.

한편 단신방에 든 송강은 다시 차발을 불러 은자 열 냥을 쥐어 주고 관영에게 따로이 은자 열 냥을 전해 인사를 차리게 했다. 송강의 후한 씀씀이는 거기서도 그치지 않았다. 감옥 근처에 어리대는 모든 공인들뿐만 아니라 파수 서는 군졸들에게까지도 몇 푼씩 보내 두루 인심을 샀다. 이에 노영 안에 있는 사람들치고 송강을 좋게 보지 않는 사람이 없었다.

오래잖아 관영을 만나 보는 차례가 되었다. 송강은 그때껏 쓰고 있던 칼을 벗고 관영 앞으로 끌려 나갔다. 관영은 이미 차발을 통해 얻어먹은 게 있는지라 부드럽기 그지없었다.

"죄인 송강은 들어라. 태조 무덕 황제의 말씀 이래 새로운 죄수들은 모두 살위봉(殺威棒) 백 대를 맞게 되어 있다. 좌우의 관원들은 죄수를 끌어내 매를 때릴 채비를 하여라!"

입은 격식대로 그렇게 말하고 있어도 눈은 어서 그럴듯한 구실을 대라는 듯 연신 끔벅거렸다. 송강이 눈치를 채고 짐짓 힘없는 목소리로 꾸며 댔다.

"제가 오는 도중에 감기가 몹시 들어 아직껏 낫지를 못했습니다. 부디 너그럽게 보아주십시오."

"그러고 보니 저놈의 모습에 병색이 있구나. 얼굴이 누르께하고 야윈 게 앓고 있음이 분명하다. 매질을 잠시 미루도록 하라. 그리고 듣기에 저놈은 현청에서 일보던 놈이라니 본영(本營) 문서 꾸미는 곳에서 일을 거들게 하라."

송강으로 보면 괴로운 매질을 면했을 뿐만 아니라 감옥 안에 처박혀 지내는 신세까지 면하게 된 것이었다.

공인들은 관영이 시키는 대로 문서를 꾸미고 송강을 초사방(抄事房, 문서 다루는 곳)에서 일하게 했다. 송강은 관영에게 몇 번이고 감사드린 뒤 단신방으로 돌아가 보따리를 챙겨 초사방으로 옮겼다. 송강을 아는 죄수들은 일이 그렇게 풀린 걸 제 일처럼 기뻐하며 경하해 마지않았다.

다음 날 송강은 술을 들여와 여러 죄수들에게 답례했다. 또 차발과 패두(牌頭)들에게 술잔을 돌리는 한편 관영의 거처에도 예물을 보내 한 번 더 환심을 샀다. 모두가 다 넉넉한 금은 덕분이었다. 양산박 호걸들에게서 받은 것에다 이준이 보태고 목가 형제가 보태 골고루 인심을 쓰고도 아직 남은 게 많았다.

송강이 그렇게 노영 안팎의 사람과 사귀는 동안에 보름이 지나갔다. 씀씀이도 후하려니와 사람됨까지 겸손하고 부드러우니 노영 안의 모든 사람이 송강이 온 걸 기뻐했다.

예로부터 이르기를, 세상의 인정은 상대가 잘해 주고 못해 주고에 달렸지만 사람의 얼굴은 언제나 상대의 높고 낮음만을 바라본다 했다. 인정은 인정이고 처지는 처지라는 뜻인데, 그 말은 송강에게도 들어맞았다. 아무리 인심을 써서 남의 호감을 샀다 해도 송강은 어디까지나 귀양 온 죄수에 지나지 않았다.

하루는 초사방에서 어떤 차발과 술을 마시는데, 그 차발이 문득 술을 마시다 말고 송강에게 넌지시 일러 주었다.

"형씨, 전에 내가 절급 나리께도 인정을 쓰라고 귀띔해 주었는데, 어째서 여러 날이 되도록 그분에게는 은자를 보내 드리지 않왔소? 벌써 보름이나 지났으니 내일 그분이 오면 반드시 형씨를 좋게 보지 않을 것이오."

그런데 송강의 대답이 전 같지 않았다.

"그런 사람은 걱정 없소. 다른 죄수나 뜯어먹으라 하시오. 만약 차발 형이 돈을 달란다면 얼마든지 드리겠으나 그런 사람에게는 한 푼도 줄 수 없소. 그가 오면 내게도 다 할 말이 있으니까."

그때껏 너도 좋다, 너도 좋다 하며 은자를 나눠 주던 것과는 달리 그렇게 손을 내젓는 것이었다. 차발이 걱정스러운 듯 그런 송강에게 말했다.

"송 압사, 그런 게 아니오. 절급은 원래가 이익을 밝히는 데다 손발까지 거친 사람이오. 목소리 높여 꾸짖기만 해도 송 압사께는 욕이 아니겠소? 그래서 내가 특별히 일러 드리는 것이오."

"형께서는 마음 쓸 것 없소. 내게 다 생각이 있으니 걱정 마시오. 내가 돈 몇 푼 보낸다고 받을 그도 아니고, 그가 달란다고 줄 나도 아니오."

송강이 그렇게 알 듯 말 듯한 소리를 했다. 차발이 고개를 기웃거리며 송강을 보고 있는데, 패두 하나가 들어와 알렸다.

"절급께서 오셨습니다. 지금 대청에서 화를 내며 새로 온 죄수 놈은 왜 자기에게 마땅히 바쳐야 할 돈을 보내지 않느냐고 꾸짖고 있습니다."

그 말을 들은 차발이 송강을 보고 그것 보라는 듯 혀를 찼다.

"내 말이 어떻소? 그 양반이 직접 왔다니 이상하긴 하오만, 어쨌든 좋지 않을 게요."

그래도 송강은 걱정하는 기색이 없었다. 오히려 빙긋 웃으며 자리에서 일어났다.

"차발 형, 함께 마실 수 없게 돼 죄스럽소. 다음날 한잔 푸근히 합시다. 오늘은 절급을 좀 만나 봐야겠소."

"나는 그 양반을 보고 싶지 않군."

차발이 그러면서 자리에 눌러앉았다. 송강은 차발을 초사방에 남겨 놓고 홀로 노영 대청[點視廳]으로 갔다.

송강이 대청 앞에 이르러 보니 절급이 마루 위 의자에 높이 앉았다가 들어오는 송강을 보고 소리부터 질렀다.

"저게 새로 온 죄수 놈이냐?"

"그렇습니다."

패두 하나가 겁먹은 목소리로 그렇게 대답했다. 절급이 대뜸 욕을 퍼부었다.

"이 꺼벙하고 똥짤막한 놈아, 네놈이 누구 위세를 업고 이런 개수작이냐? 왜 내게 마땅히 바쳐야 할 돈을 아직껏 안 보내고 버티느냐?"

"사람 사이에 인정이란 게 마음이 있어야 오가는 것 아니겠소? 당신은 어찌하여 남을 억눌러 재물을 짜내려 하오? 별로 좋은 사람은 못 되는 것 같군."

송강이 태연히 그렇게 맞받았다. 곁에서 듣고 있던 사람들이 송강의 그같이 당찬 대답에 식은땀을 흘릴 지경이었다. 절급이 더욱 성이나 욕을 퍼부었다.

"이 귀양 온 도적놈이 어찌 이리 뻔뻔스러우냐! 도리어 나를 나무라고 나서? 안 되겠다. 어디 몽둥이 맛 좀 봐라. 백 대를 맞고도 여전히 그렇게 나불거리는가 보자!"

그러면서 송강을 때리려 들었다.

그때 주위에 있던 노영의 구실아치들은 모두가 송강을 좋게 보는 이들뿐이었다. 절급이 송강을 때리려 하자 마음에도 없는 매질을 맡게 될까 보아 슬금슬금 흩어져 버렸다. 그러다 보니 오래잖아 노영 뜰 안에는 마루 위에 있는 절급과 그 아래 꿇어앉은 송강밖에 남지 않게 되었다.

절급은 사람들이 모두 흩어져 버리는 걸 보자 속이 뒤집힐 듯 화가 났다. 직접 몽둥이를 들고 마루에서 달려 내려와 송강을 때리려 했다.

"이보시오, 절급. 내가 무슨 죄가 있다고 매질하려 하시오?"

송강이 가만히 그를 쏘아보며 물었다. 절급이 꽥 소리를 질렀다.

"너는 귀양 온 도적놈이니 내 손안에 든 물건이나 다름없다. 그런데 감히 말대꾸까지 하고 이제는 또 죄가 뭐냐고 물어?"

"당신은 내 잘못을 들추고 있지만 아무리 들춰 봐도 죽을죄는 아닐 것이오."

"죽을죄가 아니라구? 야, 이 자식아, 너 같은 놈 하나 죽이는 건 조금도 어려울 게 없다. 파리 한 마리 잡기보다 쉬운 일이라구."

절급이 그렇게 입에 거품을 물었다. 그래도 송강은 차게 웃을 뿐이었다.

"내가 당신에게 상례전(常例錢)을 바치지 않은 게 죽을죄라면 양산박의 오학구와 한패가 되어 어울리는 죄는 어찌 되오?"

송강이 나직이 그렇게 묻자 절급은 놀란 나머지 손에 있는 몽둥이까지 떨어뜨렸다. 한참을 멍하니 송강을 바라보다가 얼른 물었다.

"너 그게 무슨 소리냐?"

"양산박 오학구와 한패 된 사람 얘길 했소. 내게 무얼 물으시는 게요?"

송강이 여전히 차분하게 대꾸했다. 절급이 갑자기 어쩔 줄 몰라하다 덥석 송강의 옷깃을 잡으며 물었다.

"너 그 소리 누구에게 들었느냐?"

그제야 송강이 빙긋 웃으며 자신을 밝혔다.

"내가 바로 산동 운성현의 송강이오."

그러자 절급은 깜짝 놀라 황망히 읍을 하며 알은체를 했다.

"그러면 그렇지, 형이 바로 급시우 송공명이셨구려."

"그게 무슨 입에 담을 만한 이름이 되겠소."

송강이 그렇게 겸양을 보였다. 문득 고개를 들어 사방을 둘러본 절급이 은근하게 말했다.

"형님, 여기는 긴한 이야기를 나눌 곳이 못 됩니다. 남의 눈이 있어 절도 올리지 못하구요. 저하고 함께 성안으로 들어갑시다. 형님께서 앞서십시오."

사해(四海) 동포가 다 형제라더니 그 절급은 송강을 알아보자마자 형님으로 나왔다. 송강도 그와 할 이야기가 남은 터라 기꺼이 따랐다.

"절급께서는 잠깐만 기다려 주시오. 방문을 잠가 두고 오겠소."

그리고 제 방으로 돌아온 송강은 짐 속에서 오용이 써 준 편지와 은자 몇 냥을 꺼낸 뒤 문을 잠그고 나섰다.

노영을 나선 송강과 그 절급은 강주성 안으로 들어가 어떤 길가 술집에 자리를 잡았다.

“형님은 어디서 오학구를 만나셨습니까?”

둘이만 호젓이 마주 앉게 되자 절급이 송강에게 물었다. 송강은 품 안에 넣어 온 오용의 편지를 꺼내 그에게 건네주었다.

절급은 그 편지를 열어 읽기 시작했다. 이윽고 읽기를 마친 그는 편지를 소매 속에 간직한 뒤 송강 앞에 넙죽 엎드려 절을 했다. 송강이 황망히 답례를 하고 그를 일으키며 비로소 잘못을 빌었다.

“내가 그동안 쓸데없는 소리로 절급의 부아를 질렀소. 너무 노여워하지 마시오.”

“아닙니다. 오히려 이 아우가 살피지 못한 탓이지요. 저는 그저 송씨 성을 쓰는 죄수가 새로 왔다기에 늘 그래 왔듯 은자 닷 냥이 생기겠거니 하고 기다렸습니다. 그런데 보름이 지나도록 다른 죄수들은 다 보내 온 그 돈이 안 오지 않겠습니까? 그래서 오늘 좀 한가하기에 따져 보러 왔는데 뜻밖에도 형님을 만나게 된 것입니다. 노영 안에서 형님께 막말을 너무 해댄 것 같습니다. 부디 너그럽게 보아주십시오.”

절급은 절급대로 송강에게 그렇게 용서를 빌었다.

송강이 절급의 말을 받아 자신이 굳이 상례전을 내지 않은 까닭을 밝혔다.

"실은 차발도 내게 형의 말을 했소. 나도 형을 한번 만나고 싶었으나 어디 사시는지 모르는 데다 성안으로 들어갈 구실이 생겨 주어야지요. 그래서 형을 내게로 부르기 위해 그같이 오래 뻗대었던 거요. 그 은자 닷 냥을 보내지 않으면 틀림없이 형께서 나를 보러 오실 것 같아서였소. 오늘 다행히 이렇게 만나게 되었으니 오랜 바람 하나가 풀리었소."

송강이 상대해 말하고 있는 절급은 바로 양산박의 군사 오학구가 만나 보라고 한 강주 양원의 압로절급 대종(戴宗)이었다. 송나라 때 금릉 일대에서는 절급을 '가장(家長)'이라 하고, 호남 일대에서는 '원장(院長)'이라 했는데 때문에 대종은 대 원장이라고 불리기도 했다.

대종은 사람을 놀라게 할 만한 도술을 지닌 호걸이었다. 군사에 관한 급한 문서를 전하러 길을 떠날 때 '갑마(甲馬)'라는 부적 두 장을 양다리에 묶고 신행법(神行法)으로 걸으면 하루에 오백 리를 갈 수 있었다. 또 두 다리에 갑마 넉 장을 붙이면 하루에 팔백 리까지도 갈 수 있어 사람들은 그를 신행태보 대종이라 불렀다.

그날 송강과 대종은 서로 알게 된 것을 한결같이 기뻐해 마지않았다. 술집 정자에서 이야기를 나누던 그들은 마침내 지나가는 술집 일꾼을 불러 술과 안주를 시키고 누각으로 올라갔다.

술과 안주가 오자 둘은 술잔을 나누며 오래전부터 알던 사이처럼 이야기꽃을 피웠다. 송강은 자신이 만나 본 여러 호걸들과 그들이 하고 있는 일을 이야기했고, 대종은 자신이 어떻게 양산박의 오용과 친하여 서로 오가게 되었는가를 털어놓았다.

이야기를 주고받는 동안에 한층 마음 깊이 서로에게 반하게 된 두 사람은 그렇게 만나게 된 기쁨으로 거듭 술잔을 비웠다. 그런데 두 사람이 여섯 잔씩 마시고 거나해져 갈 무렵 갑자기 누각 아래서 떠들썩하게 싸우는 소리가 들렸다. 술집 일꾼 녀석이 아래로 달려 내려갔다가 도로 올라와 대종에게 다급하게 말했다.

"저 사람은 원장님이 아니면 누구도 말릴 재간이 없습니다. 어찌합니까? 번거로우시더라도 원장님께서 내려가셔서 말려 주십쇼."

"누각 아래서 행패를 부리는 게 누구냐?"

대종이 귀찮다는 듯 그렇게 물었다. 일꾼 녀석이 얼른 대답했다.

"바로 원장님께서 늘상 데리고 다니는 철우(鐵牛)라는 사람입니다. 주인을 불러 돈을 빌려 달라고 떼를 쓰고 있습니다."

그러자 대종이 껄껄 웃으며 몸을 일으켰다.

"그 녀석이 또 여기 와서 억지를 부리는구먼. 난 또 누구라고. 형님 잠깐만 앉아 계십시오. 제가 내려가 꾸짖고 데려오겠습니다."

그러고는 누각을 내려간 대종이 오래잖아 시커멓고 우락부락한 사내 하나를 데리고 올라왔다. 그 생김이 하도 무시무시해 놀란 송강이 대종에게 물었다.

"원장, 이분은 누구요?"

"이 친구는 제가 데리고 있는 소노자(小牢子, 옥졸)인데 이름은 이규(李逵)라 하며 기주 기수현 백장촌(百丈村) 사람입니다. 딴 이름으로는 흑선풍(黑旋風, 검은 회오리바람)이란 게 또 있지요. 그러나 이곳에서는 이 철우(鐵牛)로 부르는 사람이 더 많습니다. 사람을 때려죽이고 고향을 떠났는데 그 뒤 비록 나라의 용서는 받았으나 이미 신세를 망쳐서인지 이곳 강주로 흘러든 뒤로는 돌아갈 생각을 않습니다. 술버릇이 고약해 이곳 사람들이 몹시 겁냅니다만 한 쌍의 넓은 도끼를 잘 쓰고, 주먹질이며 봉술에도 아주 뛰어난 놈이지요. 요즈음은 감옥 안에서 일을 보고 있습니다."

대종이 그렇게 이규를 소개했다.

뻣뻣하게 선 채 송강을 훑어보던 이규가 불쑥 대종에게 물었다.

"형님, 저 새카만 놈은 누굽니까?"

대종은 그런 이규를 나무라는 대신 송강에게 어이없는 웃음을 보내며 말했다.

"형님, 이놈의 버르장머리 없는 짓거리 좀 보십시오. 체면이고 뭐고를 모르는 놈이라니까요!"

이규가 그 말에 불끈했다.

대종이 웃으며 이규를 나무랐다.

"저 어른이 어떤 분인지 알고 그따위 버릇 없는 말투를 사용하느냐? 네놈이 늘 한번 뵙기를 바라던 바로 그분에게 그런 불손한 말을 하다니."

"그럼 산동의 깜둥이 급시우 어른?"

이규의 말에 대종이 참지 못하고 소리쳤다.

"네 이놈! 버르장머리 없는 짓거리 그만하고 인사드리지 못할까?"

그래도 이규는 못 믿는 눈치였다.

"진짜 송공명이시라면야 물론 인사드리지요. 하지만 어디서 굴러온 깜둥이에게 절을 시켜 놓고 형님이 웃으려는 건 아니겠지요?"

"내가 산동의 송강이오."

송강은 그제야 자신을 소개했다.

"실례했습니다. 진작 말씀해 주셔서 저를 즐겁게 해 주시지 않고……."

이규는 잠시 어찌할 바를 몰라 어물어물하다가 송강 앞에 넙죽 엎드렸다.

맞절을 한 송강은 이규에게 물었다.

"좀 전에 저쪽에서 무슨 연유로 화를 내셨습니까?"

이규가 대답했다.

"내가 꽤 큰 은 덩어리를 아는 사람에게 저당 잡히고 돈 열 냥을 꾸어 썼습니다. 그 은덩이를 되돌려 받기 위해 이 집 주인에게 열 냥을 융통해 달라고 했지요. 그 은덩이를 곧 돈으로 바꿔 새로 빌린 열 냥을 바로 갚고 나머지를 쓸 요량이었는데 원체 노랭이라 꾸어 주질 않더군요. 울화가 치밀어 다 부숴 버리려는데 형님이 불렀습니다."

그 이야기를 들은 송강이 은자 열 냥을 꺼냈다.

"이자는 더 필요 없습니까?"

"이자는 따로 갖고 있습니다. 원금 열 냥만 있으면 되지요."

대종이 놀라며 송강을 말렸으나 이규는 망설이지 않고 얼른 챙겼다.

"됐소, 두 분은 여기서 기다려 주십시오. 은덩이를 되찾아 형님들과 성 밖에 나가 한잔합시다. 바로 다녀오겠습니다."

이규는 문 앞에 드리운 발을 날리며 뛰쳐나갔다.

"저놈에게 돈을 주지 말았어야 했습니다. 제가 말리려 했는데 그 녀석이 덥석 받아 버렸군요."

대종이 못마땅한 듯 혀를 끌끌 차며 말했다.

"무슨 까닭이라도?"

송강이 물었다.

"저놈은 술과 노름에 환장해 있습니다. 저놈에게 저당 잡힐 은덩이가 어디 있습니까? 다 엉터리 수작으로 형님을 속인 겁니다. 지금쯤 노름판으로 부리나케 달려가고 있을 겁니다. 돈을 딸 수만 있다면야 되돌려드리겠지만 제까짓 게 무슨 수로 따겠습니까? 형님께 죄송할 따름입니다."

송강이 웃으며 말했다.

"괜찮습니다. 그 정도의 돈이야 노름판에서 날릴 수도 있지요."

"쓸 만한 사람임에는 틀림없으나 산골 촌놈 짓을 너무 해서 걱정입니다. 강주 감옥에서도 마셨다 하면 감방지기들을 그냥 두질 않아서 골칫거리지요. 하지만 좋은 면도 있긴 합니다. 약자를 괴롭히는 녀석들은 그냥 놓아두지를 않으니까요. 어쨌든 난폭하기 이를 데 없어 강주 바닥에선 누구나 두려워하지요."

송강이 술집 주인을 불러 새 술을 시킨 뒤 대종에게 쾌활하게 말했다.

"자, 이제 한 잔 더 마시고 성 밖을 한 바퀴 돌아보기로 합시다. 그전부터 강주의 풍물을 보고 싶어 했는데 이제 이루어진 셈입니다."

"제가 미처 그 생각을 못했군요. 강주의 경치를 둘러보시지요."

한편 이규는 돈을 손에 넣고 곰곰 생각했다.

'역시 굉장하구나. 나와는 아직 깊이 사귄 적도 없는데 쉽게 열 냥을 주다니. 세상의 소문에는 거짓이 없구나. 처음 만나 뵙고도 돈이 없어 잘 모시지도 못하다니. 어쨌든 주신 돈이니 이것을 밑천으로 한판 벌여서 운 좋게 두둑하게 따면 좋은 자리에 모시고 잘 대접해야지.'

이규는 단숨에 성 밖으로 달려 나가 소장을(小張乙)의 도박판에 뛰어들었다.

"야, 당장 시작하자구. 내 패부터 돌려."

송강이 준 열 냥을 꺼내 놓고 이규는 서둘렀다.

"형님, 이번 판은 쉬고 다음 판부터 하시지요."

소장을이 그런 이규를 말렸다. 이규는 듣지 않았다.

"아냐, 나는 먼저 이 판부터 봐야겠어."

"그렇게 서두르지 않는 게 좋으실 텐데……."

"서두르는 게 아니야! 한판 붙겠다는데 왜 그래? 자, 닷 냥 걸었다."

그러면서 닷 냥을 갈라 내놓고 사방을 돌아보며 소리쳤다.

"자, 이제 누가 덤빌래?"

"제가 닷 냥 걸어 보지요."

소장을이 그렇게 받아 주자 이규는 두전(頭錢, 노름 기구. 뒷면은

쾌(快), 앞은 차(叉)라 함)을 잡았다.

"쾌(快)에 건다!"

이규는 그러면서 두전을 던졌으나 나온 것은 차(叉)였다. 소장을이 이규의 돈을 자기 앞으로 끌어갔다. 성이 난 이규가 소리쳤다.

"이번에는 열 냥을 걸겠다."

"전 닷 냥만 걸랍니다. 쾌패만 나오면 형님의 은자를 돌려드리지요."

이규는 다시 두전을 집어 들고 쾌패를 부르며 던졌으나 이번에도 차패가 나왔다. 소장을이 웃으며 이규에게 말했다.

"그것 보십시오. 제가 몇 판 쉬라고 하지 않습디까? 제 말을 안 듣더니 차패만 둘 뽑구 말지 않았우?"

그런데 이규가 갑자기 어거지로 나왔다. 노름에 건 은자를 내놓으려 하지 않는 것이었다.

"이봐, 이 은자는 남의 돈이야."

"누구 돈이건 무슨 상관이우? 노름에 져 놓고 그게 뭔 소리요?"

"하는 수 없지. 그럼 이 돈을 잠깐 빌려주게. 내일 반드시 갚겠네."

어거지가 안 통하자 빌려 달라는 거였지만 노름판에서는 마찬가지로 어거지였다. 소장을이 뻣뻣하게 받았다.

"한가로운 말씀하시네. 노름판에서는 부자지간도 없단 소리 못 들었우? 노름에 져 놓구 무슨 어거지요?"

그러자 이규가 소매를 떨치고 일어나며 눈을 부라렸다.

"어쨌든 내 돈을 돌려줄 테냐? 안 돌려줄 테냐?"

"아니, 형님 왜 이러슈? 지금까지는 노름판에서 깨끗하시더니 오늘은 어째서 이리 억지를 부리실까?"

소장을이 그렇게 받았다. 그러자 이규는 다짜고짜 앞에 있는 은자를 쓸어 넣고, 다시 딴 사람이 걸어 둔 은자 열 냥까지 걷어 소매에 넣은 뒤 눈을 부릅뜨고 소리쳤다.

"이 어르신네가 지금까지는 깨끗하게 놀았다만 오늘은 안 되겠다. 깨끗하게 굴 처지가 못 돼 그러니 어쩔 테냐?"

소장을도 노름판에서 굴러먹던 놈이라 호락호락 넘어가 주지 않았다. 몸을 날려 이규를 덮치며 돈을 뺏으려 들었고 거기 있던 다른 사람들도 제 돈을 찾겠다고 이규에게 덤볐다. 이규의 어거지를 보고 화가 나 덤빈 치들도 있어 이내 이규는 한꺼번에 여남은 명과 싸우게 되었다.

하지만 워낙 이규의 주먹이 세어 싸움은 그리 오래가지 않았다. 이놈 치고 저놈 받고 이규가 한동안 범처럼 설쳐 대자 곧 노름판에는 제대로 서 있는 사람이 하나도 없게 되고 말았다. 이규는 쓰러져 끙끙대는 그들을 버려 두고 밖으로 나왔다.

"형, 어딜 가시우?"

문을 지키던 녀석이 그러면서 이규를 가로막아 보려 했으나 될 일이 아니었다. 이규는 한 발길질로 그를 차 넘기고 거리로 뛰쳐나왔다. 그 뒤를 사람들이 뒤쫓으며 우는소리를 냈다.

"형님, 이건 너무하잖소? 우리 돈을 몽땅 가지고 가시면 어쩐단 말이오?"

그러나 그것도 문께에 이를 때까지뿐, 더는 이규 가까이 가지 못했다.

이규는 그런 그들을 돌아보는 법도 없이 달려 나갔다. 그런데 갑자기 등 뒤에서 누가 뒤쫓아오더니 어깨를 잡으며 소리쳤다.

"이놈, 너는 어째서 남의 돈까지 털어 가느냐?"

"간섭하지 마!"

이규가 꽥 소리치며 돌아보니 어깨를 잡은 것은 다름 아닌 대종이었다. 그런 대종 뒤에는 송강이 빙긋 웃으며 서 있었다. 이규는 부끄럽고도 당황스러워 얼른 변명을 늘어놓았다.

"형님, 이거 죄송합니다. 이래 봬도 노름판에서는 언제나 깨끗한 놈이 저였습니다만 오늘은 그만 이리되었습니다. 형님께 얻은 은자를 잃고 다시 와서 얻을 수도 없는 노릇이라 깨끗하지 못한 노름을 한 셈입니다……."

그때 대종의 등 뒤에서 듣고 있던 송강이 껄껄 웃으며 말했다.

"이보게 아우, 은자가 더 필요하면 내게 와서 더 달라지 않고 왜 그랬나? 뻔하게 노름에서 잃어 놓고 어거지를 쓰다니. 어서 돈을 돌려주고 오게."

그 말에 이규가 벌게진 얼굴로 소매 속의 은자를 꺼내 송강에게 내놓았다. 송강은 얼른 소장을을 불러 돈을 모두 돌려주었다. 소장을이 제 돈만 골라 넣으며 말했다.

"두 분 나리께서 계시니 말씀입니다만 저는 제 것만 가져가겠습니다. 나머지는 이 형의 돈인만큼 비록 노름에서 제게 잃었다 해도 돌려드리렵니다. 그 돈까지 챙겼다가 나중에 무슨 꼴을 당하려구요."

"아닐세, 그건 걱정 말고 모두 가져가게."

송강이 그러면서 돈을 모두 돌려주었다. 그러나 소장을은 끝내 받지 않으려 했다. 송강이 다시 물었다.

"저 사람이 자네 패거리를 두들겨 준 것 같은데 다친 사람은 없나?"

"머리 맞대고 노름하던 놈, 돈 가지고 있던 놈, 문 지키던 놈 해서 안에 여러 놈이 뻗어 있습죠."

"그럼 됐네. 이 돈 가져가 그들 몸조리나 시키게. 자네가 기어이 가져가지 않겠다면 내가 갖다 주겠네."

송강이 다시 소장을에게 돈을 내밀며 권했다. 소장을도 송강이 그렇게까지 나오자 더는 거절하지 못했다. 나머지 열 냥까지 받아 들고 굽신 절한 뒤에 돌아갔다.

"우리는 여기 이 형과 어디 가 술이나 한잔합시다."

소장을이 가 버리자 송강이 대종을 보고 말했다. 대종도 그것 좋다는 듯 받았다.

"요 앞 강가에 비파정이란 정자가 있습니다. 당나라 때 백낙천(白樂天)의 발길이 닿은 곳입지요. 우리 그곳에 가서 술 한잔하며 물가 경치나 보도록 하지요."

"그럼 성안으로 들어가 안줏거리를 좀 산 뒤에 그리로 가도록 합시다."

물가 술집이란 말에 송강이 그런 의견을 냈으나 대종이 고개를 저었다.

"그렇게 하실 것까지 없습니다. 오늘은 거기 술 파는 사람이 있을 겝니다."

이에 세 사람은 그길로 비파정을 향했다.

비파정은 한쪽으로 심양강을 끼고 있는데 한쪽에는 아예 술집이 들어서 있었다. 정자 위에 술자리가 여남은 개 마련되어 있어 세 사람은 그리로 올라갔다.

대종은 그중에 깨끗한 자리를 골라 송강을 윗자리에 앉히고 자신은 그 맞은편에 앉았다. 이규는 대종 옆에 자리 잡았다.

세 사람은 자리를 잡고 앉기 바쁘게 주인을 불러 생선 요리와 술을 시켰다. 주인은 강주의 이름난 술인 옥호춘(玉壺春) 두 동이를 가져와 진흙으로 된 주둥아리를 뜯었다. 그걸 보고 있던 이규가 코를 벌름거리며 말했다.

"술은 사발로 마셔야지, 코딱지만 한 술잔으로는 어디 답답해서……."

그러는 이규를 대종이 나무랐다.

"너는 잔소리 말고 주는 술이나 마셔라."

송강이 빙긋 웃으며 이규를 편들어 주인에게 말했다.

"우리 두 사람에게는 그냥 술잔 둘을 가져다주고 저 사람에게는 사발을 내주시오."

이에 주인은 송강이 시키는 대로 이규에게는 술잔 대신 사발을 내어 술을 따랐다. 이규가 흡족한 듯 웃으며 말했다.

"정말 우리 송강 형님이 제일이라니까. 사람들 사이에 떠도는 말이 하나도 틀린 게 없단 말씀야. 한눈에 이놈의 성미를 처억 알아보시니 여느 분이 아니시지. 이런 분과 형제의 의를 맺은 게 나쁘지는 않은 듯하군."

사람을 앞에 두고 하는 소리지만 워낙 순진해서인지 아첨하는 기색은 전혀 아니었다.

그럭저럭 대여섯 잔 술이 돌았다. 송강은 앞에 앉은 대종과 이규를 보며 그런 호걸들을 알게 된 게 기쁘기 그지없었다. 그 기분에 서슴없이 마시다 보니 다시 몇 잔이 더 비워졌다.

술이 오른 탓인지 송강은 갑자기 얼큰한 생선 매운탕이 먹고 싶어졌다.

"여기 싱싱한 물고기는 없소?"

송강이 대종에게 묻자 대종이 웃으며 대꾸했다.

"형님, 물가 가득 매어진 고깃배를 보지도 못하셨습니까? 원래 이곳은 물고기와 쌀이 흔한 곳으로 이름났는데 어찌 싱싱한 물고기가 없겠습니까?"

"그럼 얼큰한 매운탕으로 술을 깨는 것도 좋겠군."

송강이 그렇게 바라는 걸 밝혔다. 대종은 얼른 술집 주인을 불러 세 사람이 먹을 홍백어(紅白魚) 매운탕을 시켰다. 주인이 금세 매운탕 세 그릇을 끓여 내왔다. 송강이 가져온 매운탕을 보고 한마디했다.

"뚝배기보다 된장 맛이라더니 여긴 된장 맛보다 뚝배기로구먼[美食不如美器]. 술집치고는 아주 좋은 그릇이야."

그러고는 젓가락을 들며 대종과 이규에게도 권했다.

송강이 고기 맛을 보고 국물을 떠먹는 동안 이규는 젓가락도 안 쓰고 손으로 국물에 든 물고기를 꺼내 대가리부터 으적으적 씹어먹었다. 송강은 그걸 보고 웃으며 두어 젓가락 집다 말고 먹기를 그만두었다. 대종이 그런 송강에게 물었다.

“형님, 소금에 절인 물고기라 입맛에 맞지 않으십니까?”

“술 마신 뒤에는 입가심으로 매운탕을 즐겨 먹었는데 오늘 이 물고기는 어째 그리 맛나지 않구려.”

송강이 그렇게 말하자 대종이 맞장구를 쳤다.

“저도 그리 입에 맞지는 않습니다. 소금에 절여 그런 모양이지요.”

그때 벌써 제 몫을 다 비운 이규가 끼어들었다.

“두 분 형님께서 잡숫지 않겠다면 제가 먹어 치우지요.”

그러고는 먼저 송강의 그릇을 들고 가 후룩후룩 마신 뒤 다시 대종의 그릇마저 비워 없앴다. 먹고 마시는 게 얼마나 거친지 국물이 흘러 탁자가 흥건할 지경이었다.

송강은 이규가 세 사발의 매운탕을 다 마시고 물고기를 대가리째 씹어 먹는 것을 보더니 문득 주인을 불렀다.

“이 사람이 몹시 배가 고팠던 모양이오. 고기가 있으면 큼직하게 두어 근 썰어 내오시오. 셈은 이따가 한꺼번에 치르겠소.”

송강이 그같이 청하자 주인이 받았다.

“저희 집에는 양고기뿐 쇠고기는 없습니다. 기름진 양고기뿐인데 괜찮습니까?”

듣고 있던 이규가 무엇에 심술이 났는지 제 앞에 남은 국물을 주인에게 뿌렸다. 대종이 그런 이규를 꾸짖었다.

"너 이게 무슨 짓이냐?"

"저 우라질 녀석 수작 봐요. 내가 쇠고기만 먹는 것처럼 말을 돌려 양고기는 팔지 않으려 들지 않소?"

이규가 씨근거리며 그렇게 말했다. 주인이 그 험한 기세에 감히 성도 못 내고 울상으로 받았다.

"저는 다만 양고기도 괜찮으냐고 물었을 뿐이지 않습니까? 별 이야기 한 것도 없는데 성부터 내시면 어쩝니까?"

송강이 그런 주인을 달랬다.

"어서 가서 고기나 썰어 오시오. 값은 후하게 쳐드리리다."

이에 주인은 화를 참고 안으로 들어가 양고기 세 근을 썰어 왔다. 이규는 고기 접시를 제 앞으로 썩 끌어당기더니 이번에도 손으로 집어 꿀꺽꿀꺽 삼켰다. 순식간에 양고기 세 근을 다 먹어 치우는 이규를 보고 송강이 말했다.

"굉장하군, 정말 먹는 게 호걸답네."

"송씨 형님도 대단하우. 어떻게 남의 속을 그리 잘 아슈? 내가 물고기보다 짐승 고기를 더 좋아하는 걸 알아주셔서 고맙수."

이규가 진정으로 고마워하며 대꾸했다. 어지간히 이규의 입을 막았다 싶었던지 대종이 다시 주인을 불렀다.

"이번에 끓여 온 생선은 소금에 절인 것이라 맛이 별로 없었네. 어디서 싱싱한 놈을 구해 새로 매운탕을 끓여 올 수는 없겠나? 나하고 저 어른이 산뜻하게 입가심할 수 있도록 말이네."

"거짓 없이 말씀드리면 그 생선은 어젯밤에 받은 것입니다요. 싱싱한 놈은 아직 배 안에 있는데 주인이 오지 않아 사지 못하고 있습지요."

주인이 그렇게 대꾸하는 소리를 듣자 이규가 벌떡 몸을 일으켰다.

흰 줄 그어 가듯 물속을 헤엄치는 사내

"내가 가서 두어 마리 펄펄 뛰는 놈을 구해 오겠소. 두 분 형님이 잡숫도록 해야지."

"넌 안 돼. 술집 주인이 몇 마리 구해 올 때까지 기다리자구."

대종이 그렇게 말렸으나 소용없었다. 이규는 내닫듯 술집을 나가더니 어디론가 휑하니 사라졌다. 대종이 어이없다는 듯 웃으며 송강을 보고 말했다.

"형님, 너무 괴이쩍게 생각하지 마십시오. 저놈이 원래가 저렇습니다. 저렇게 체면을 차릴 줄 모르니 살인까지 하게 됐겠지요."

"저 사람의 타고난 성격이 그렇다면 어떻게 고칠 수 있겠소. 나는 오히려 그의 숨김없이 솔직한 게 좋소."

송강이 그렇게 받으며 웃었다. 두 사람은 이규 이야기를 그쯤에서 그치고 다시 술잔을 나누기 시작했다.

한편 비파정을 내려간 이규는 강가에 이르렀다. 강가에는 배들이 한 줄로 주욱 대어 있는데 한 팔구십 척 되어 보였다.

강가 버드나무에 묶인 배 위에서는 어부들이 낮잠을 자거나 찢어진 그물을 깁고 있었고 더러는 배 끝 물에서 목욕을 하고 있기도 했다. 그러나 벌써 오월의 한낮도 다해 붉은 해가 서쪽으로 기울어 있는데도 나와서 고기를 파는 사람은 하나도 없었다.

이규는 아무 배나 닥치는 대로 골라잡고 어정어정 배 곁으로 걸어가서 소리쳤다.

"당신들 배에 산 물고기가 있으면 두 마리만 파시오!"

그러자 한 어부가 받았다.

"우리도 주인이 오기만을 기다리고 있소. 고기가 든 선창은 주인이 오기 전에는 열지 못하오. 당신도 소매꾼들이 물가에 앉아 기다리고 있는 걸 보지 않았소?"

"주인이 어떤 놈이기에 이 야단이야? 잔소리 말고 어서 물고기 두 마리만 내놔!"

이규가 대뜸 험악한 표정을 지으며 그렇게 겁을 주었다. 그러나 그 어부는 별로 겁을 먹는 기색이 아니었다.

"주인이 오지 않았는데 어떻게 선창을 연단 말이오? 또 선창을 못 여는데 무슨 수로 물고기를 꺼내 줄 수 있겠소?"

느릿느릿 그렇게 대꾸했다.

이규는 불끈해서 그 어부를 노려보았다. 그뿐만 아니라 부근에 있는 어떤 어부도 고기를 꺼내 줄 것 같은 얼굴들이 아니었다.

말로 안 되겠다 싶은 이규는 훌쩍 몸을 날려 배 위로 뛰어올랐다. 거기 있던 어부들이 이규를 막아 보려 했지만 될 일이 아니었다. 한주먹씩 얻어터진 뒤 배를 고스란히 이규에게 내주고 물가 언덕으로 달아나는 수밖에 없었다.

이규는 뱃일을 잘 알지 못하는 사람이었다. 물고기를 찾는답시고 배 위를 두리번거리다가 무언가 대나무로 얽은 바자 같은 걸 보고 쓰윽 뽑아 올렸다.

"아이쿠, 망했구나!"

강가 언덕 위로 쫓겨 가 이규가 하는 양을 보고 있던 어부들이 그런 탄식을 내뱉었다. 그러나 자기가 한 짓이 무엇인지 알 턱 없는 이규는 바자를 빼낸 쪽으로 선창 속에 손을 넣어 보았으나 고기 한 마리 잡히지 않았다.

원래 그런 큰 강의 고깃배는 배꼬리 쪽에 선창을 만들고 거기에 구멍을 뚫어 강물이 드나들 수 있게 만들었다. 그리고 그 구멍에 대나무로 얽은 바자를 쳐 그 선창 안에 살아 있는 물고기를 넣어 두는 것이었다. 강주의 물고기가 싱싱한 것은 바로 그 때문이었다.

그런데 이규가 그걸 모르고 그 대나무 바자를 들어올려 버렸으니 물고기들이 어찌 선창 안에 남아 있겠는가. 저마다 좋아라 그 구멍으로 달아나 버리니 이규의 손에 걸릴 게 있을 턱이 없었다. 이규는 그래도 영문을 모르고 다음 배로 건너갔다. 그리고 다시 전처럼 바자를 뽑고 물고기를 찾는다고 빈 선창을 휘저어 대는 것이었다.

강가 언덕에서 그걸 보고 있던 어부들은 더 참을 수 없었다. 이규의 무서운 주먹맛도 잊고 수십 명이 저마다 대나무 삿대와 노를 휘두르며 덤벼들었다.

어부들이 떼를 지어 덤벼들자 이규는 왈칵 성이 났다. 대뜸 겉옷을 걷어붙이고 가벼운 속곳 바람으로 어부들이 휘두르는 대나무 삿대 숲으로 뛰어들었다. 이규가 두 손으로 대나무 삿대를 거머쥐고 당기자 어부들 손에 단단히 쥐어져 있던 삿대들은 연한 파뿌리 뽑히듯 했다.

이규가 한 번에 한 개도 아닌 대여섯 개씩이나 삿대를 빼앗아 지푸라기 꺾듯 하자 어부들은 다시 그 놀라운 힘에 겁을 먹었다. 모두 묶은 배를 풀고 노를 저어 강물 속으로 달아나 버렸다.

한번 성이 난 이규는 그래도 속이 풀리지 않았다. 어부들에게 빼앗은 삿대를 들고 이번에는 물가에 몰려 있던 생선 장수들을 후려패기 시작했다. 그 바람에 팔 고기를 떼러 물가에 나왔던 생선 장수들은 광주리도 제대로 챙기지 못하고 뿔뿔이 흩어져 달아났다.

그렇게 한참 법석을 떨고 있는데 문득 한 희멀건 사내가 강가 샛길로 오고 있는 게 보였다. 달아나던 생선 장수들이 그를 보더니 저마다 소리쳤다.

"주인이 왔다! 이보시오, 주인, 저 시커먼 놈이 선창에 있는 물고기를 모두 놓아주어 버렸소."

그러자 그 사내가 대뜸 이규를 노려보며 소리쳤다.

"이 솥 밑바닥같이 시커먼 놈아, 네놈이 어찌 이리 제멋대로냐?"

그런 그에게 장사꾼들이 다시 일러바쳤다.

"그뿐 아니오. 저놈은 또 언덕으로 올라와 사람을 눈에 띄는 대로 때렸소!"

그걸로 미루어 그 희멀끔한 사내가 생김과는 달리 힘깨나 쓰는 듯했다. 아니나 다를까, 그 사내가 이규를 조금도 겁내는 기색 없이 덤벼들며 욕을 퍼부었다.

"이놈아, 너는 표범 심보에 호랑이 간이라도 가졌단 말이냐? 네놈이 감히 이 어르신네의 마당에 뛰어들어 그 같은 야료를 부리다니!"

하도 사내의 기세가 거세 이규도 한편으로 여전히 삿대로 사람들을 후리면서 곁눈질해 그를 살펴보았다. 여섯 자 대여섯 치쯤 되는 키에 나이는 서른두엇이나 될까. 세 갈래 버들가지 같은 수염을 기르고 머리에는 푸른 망사로 된 만자건(卍字巾)을 쓴 게 여느 장사치 같지는 않았다. 몸에 걸친 흰 비단옷이나 허리에 띤 비단 띠, 발에 꿴 삼으로 짠 미투리도 귀골스러워 손에 든 저울이 아니면 행세깨나 하는 선비의 외양이었다.

그러나 몸놀림은 또 전혀 외양과 달랐다. 사내는 욕설에 이어 재빨리 몸을 날리더니 긴 삿대로 이 사람 저 사람 함부로 두들겨 대는 이규를 저울대로 막으며 소리쳤다.

"이놈, 감히 누구를 때리느냐?"

이규는 대꾸도 않고 삿대를 거두어 그 사내를 후려쳤다. 사내가 선뜻 다가서 삿대를 거머쥐며 뺏으려 들었다. 이규는 기다렸다는 듯 삿대를 놓고 사내의 머리칼을 덥석 움켜쥐었다.

사내도 얼른 삿대를 놓고 이규의 아랫몸으로 기어들며 다리를 걸어 자빠뜨리려 했다. 그러나 소 같은 이규를 이겨 내기에는 너무 힘이 모자랐다. 다리 사이로 빠져나가기는커녕 오히려 이규의 두 다리 사이에 꽉 끼어 옴짝달싹 못하게 되었다.

급하게 된 사내는 얼른 이규의 옆구리에 몇 주먹 질러 넣었다. 그러나 소 같은 이규에게는 벌이 쏘는 것만도 못했다. 사내는 다시 발길질을 날려 보려 했지만 그것도 뜻 같지가 못했다. 여전히 사내의 머리칼을 움켜쥐고 있던 이규가 그 머리통을 내리누르며 주먹으로 사내의 등을 두들겨 댔다. 쇠뭉치나 다름없는 이규의 주먹이 북 치듯 사내를 두들겼으니 어찌 배겨날 수 있겠는가. 오래잖아 사내는 축 늘어져 버렸다.

그래도 이규가 주먹질을 그치지 않고 있는데 누군가 등 뒤에서 허리를 껴안았다. 이어 또 한 사람이 이규의 손을 붙들며 소리쳤다.

"이제 그만하게. 그만하라구!"

그 목소리가 귀에 익은 것이라 돌아보니 두 사람은 바로 송강과 대종이었다. 이규는 할 수 없이 주먹질을 그치고 두 사람을 올려다보았다. 그사이 혼절한 듯 몸을 축 늘이고 있던 사내가 재빨리 몸을 빼내 한 줄기 연기처럼 달아나 버렸다.

그래도 겸연쩍은 나머지 멀뚱히 서 있기만 하는 이규를 대종이 나무랐다.

"거봐, 내가 물고기를 가지러 가지 말라고 하지 않던가. 그새 싸움판을 벌여 사람이나 두들겨 패구. 그러다가 네 주먹에 사람이라도 죽으면 너도 붙들려 가서 목숨을 내놔야 한단 말이야. 뭘 알고나 날뛰는 거야?"

"왜, 나 때문에 얽혀 들까 봐 겁이 나슈? 까짓 놈 때려죽였다 쳐도 내가 다 감당할 테니 걱정 마슈."

이규가 불퉁하게 대종의 말을 받았다. 자신의 진정을 몰라주고 나무라기만 하니 심사가 틀어진 모양이었다.

송강이 그런 이규를 달랬다.

"이보게, 아우. 다투는 건 그만두고 옷이나 걸치게. 가서 술이나 마시자구."

이에 이규도 더 심술을 내지 않고 아까 겉옷을 벗어부쳤던 버드나무 쪽으로 갔다. 그런데 이규가 옷을 찾아 입고 송강과 대종을 뒤쫓으려 할 때였다. 갑자기 등 뒤에서 누군가가 욕설을 퍼부었다.

"이 검정 귀신아, 이번에도 네놈이 이길 수 있는지 한 번 더 겨뤄 보자!"

이규가 퍼뜩 돌아보니 조금 전에 달아난 그 사내였다. 그러나 차림은 전과 전혀 달랐다. 온몸은 벌거벗다시피 하고 물속에서만 입는 짧은 아랫도리만 걸쳤는데 드러난 몸이 눈처럼 희었다. 머리에는 만자건 대신 붉은 끈만 동이고 긴 삿대로 작은 고깃배를 저으며 물가에 떠 있는 게 조금 전에 늘어지도록 얻어맞은 사람 같지가 않았다.

그가 땅바닥이 아니라 배에 있는 게 싸우려 드는 것 같지가 않아 이규가 엉거주춤해 있는데 다시 욕설이 들려왔다.

"이 갈가리 찢어 죽여도 시원찮은 검정 귀신아, 너 같은 놈을 겁낸다면 이 어르신네는 호걸이 아니다. 하지만 달아나는 놈도 호걸일 수는 없지."

그 말을 듣자 이규는 더 참을 수 없었다. 범 같은 소리를 내지르며 겉옷을 벗어부치고 사내 쪽으로 달려갔다.

사내는 오히려 배를 물가로 저어 오더니 한 손으로 삿대를 잡은 채 더 험한 욕을 퍼부었다. 그 앞으로 다가간 이규가 마주 소리쳤다.

"오냐, 내가 왔다. 네놈이 호걸이라면 어서 이리 나오너라."

그러자 사내는 재빨리 삿대를 들어 이규의 넓적다리를 찔렀다. 그러잖아도 화가 나 있던 이규는 넓적다리까지 찔리자 눈이 뒤집혔다. 앞뒤 살필 것도 없이 우르르 달려가 사내의 배 위로 뛰어올랐다. 말로 하자면 길겠지만 모든 게 눈 깜짝할 사이였다.

애초부터 이규를 배 위로 끌어들이는 데 뜻이 있었던 사내는 이규가 배에 오르는 것을 보자 얼른 삿대로 물가를 찍었다. 그리고 두 다리에 힘을 준 채 삿대를 밀자 배는 화살처럼 강 한복판으로 밀려들어 갔다.

이규도 물을 전혀 모르는 것은 아니나, 대단하게 아는 것도 아니었다. 갑자기 물 한가운데로 들어서게 되자 절로 손발이 어지러워지기 시작했다. 사내는 욕설 대신 삿대를 내던지며 차갑게 말했다.

"자, 어서 덤벼 보시지 그래. 이번에도 누가 이기는지 해봐야 될 것 아닌가?"

그러고는 훌쩍 몸을 날려 이규를 잡더니 혼잣말처럼 중얼거렸다.

“네놈을 두들겨 패 주기 전에 먼저 이 강물 맛부터 보여 줘야겠다!”

말뿐만이 아니었다. 이어 그가 두 다리로 배를 일렁이자, 배는 가랑잎처럼 뒤집히며 두 사람은 강물 속으로 떨어졌다.

송강과 대종이 그 일을 알고 강가로 되돌아와 바라보았을 때는 이미 배가 뒤집힌 뒤였다.

“이거 큰일 났구나!”

두 사람은 그렇게 괴로운 소리를 내질렀으나 당장은 어찌해 볼 수가 없었다. 그사이 강가로 몰려든 사람들이 버드나무 그늘에 자리를 잡고 앉으며 고소하다는 듯 말했다.

“저 시커먼 놈 이번에는 용코로 걸렸다. 제 놈이 안 죽고 살아난다 해도 강물깨나 마셔야 할걸.”

그 소리에 더욱 걱정이 된 송강과 대종은 눈길을 모아 강 한복판을 바라보았다. 문득 한 군데 강물이 열리며 그 사내와 이규가 엉킨 채 떠올랐다. 그러나 이미 싸움이라기보다는 이규가 일방적으로 당하고 있는 형국이었다. 사내는 이규를 물 밖으로 꺼냈다 물속으로 처박았다 하면서 물을 먹이고 있었다. 하나는 시커멓고 하나는 하얀 사람이 엉켜 푸른 강물 가운데서 솟았다 가라앉았다 하는데, 그래도 이규가 아직은 간간 주먹을 내뻗어 사람들은 그 싸움 같지 않은 싸움 구경에 연신 갈채를 보냈다.

구경하는 사이에 점점 이규의 눈은 허옇게 뒤집히고 사지도 힘없이 흐느적거렸다. 그래도 사내는 이규를 놓아주지 않고 물속으로 끌어들였다 물 밖으로 밀어냈다 하자 송강은 걱정이 되어 견딜 수 없었다. 급히 대종을 불러 어떻게 이규를 구해 보라 일렀다.

"저 허연 사람은 누구요?"

대종이 모여 있는 구경꾼들에게 물었다. 그들 중에서 사내를 아는 사람이 대답했다.

"저 사람은 이곳의 물고기 도매를 하는 어주인(魚主人) 장순(張順)입니다."

그의 이름을 듣자 송강은 문득 떠오르는 게 있었다.

"그렇다면 낭리백조(浪裏白條, 물결 아래 한줄기 흰 줄)라는 별명이 있는 그 장순이오?"

송강이 그렇게 묻자 그 사람이 고개를 끄덕였다.

"맞소, 바로 그 장순이오."

그러자 송강은 얼른 대종에게 말해 주었다.

"내게 저 사람의 형 장횡이 준 편지가 있소. 마침 노영 안에 두고 왔소마는……."

대종이 그것참 잘됐다는 듯 송강의 말을 듣기 바쁘게 강 한복판을 향해 소리쳤다.

"이보시오, 장 형. 이제 그만하고 내 말을 들으시오. 형님 되시는 장횡이란 분께서 당신에게 보낸 편지가 여기 있소. 그 시커먼 친구는 내 아우이니 이제 그만큼 했으면 봐주시구려. 어서 이리 나와 이야기나 합시다."

장순은 강 복판에 있으면서도 대종의 목소리를 알아들었다. 전부터 아는 사람인 데다 형의 편지까지 있다고 하자 그쯤하고 이규를 놓아주었다.

"원장 어른, 제가 너무 무례한 것이나 아니었는지 모르겠습니다."

물가로 헤어 온 장순이 대종에게 예를 표하며 말했다. 대종은 이규를 구하는 일이 급해 그에게 당부했다.

"장 형이 내 낯을 봐주려거든 우선 저기 물에 빠져 있는 내 아우부터 건져 오시오. 그다음에 나와 함께 가서 또 한 분을 만나보도록 합시다."

장순도 굳이 그걸 마다하지는 않았다. 다시 강물로 뛰어들어 이규에게로 헤어 갔다.

그때 이규는 이미 물을 너무 많이 먹어 정신을 잃고 있었다. 머리를 물속에 처박고 죽은 듯 떠 있는 이규에게로 헤어 간 장순은 한 손으로 그를 끌고 남은 한 손과 두 다리로 헤엄을 쳤다. 워낙 물에 익은 사람이라 덩치 큰 이규를 끌고 나오는데도 평지를 걷는 것 같았다. 배가 다 드러나고 배꼽이 보일 정도로 강물을 헤어 나오는 그의 헤엄 솜씨에 물가에 있던 사람들은 갈채를 아끼지 않았다.

송강 또한 놀라 멍하니 보고 있는 사이에 장순과 이규가 물가에 이르렀다. 끌려 나오면서 겨우 제정신이 돌아온 이규는 기침과 함께 허연 물을 꾸역꾸역 토해 냈다.

"자, 이제 모두 비파정으로 갑시다."

대종이 여럿을 보고 그렇게 청했다.

장순과 이규가 옷을 갖춰 입기를 기다려 네 사람은 비파정으로 갔다. 비파정에 오르기 바쁘게 대종이 장순에게 말했다.

"장 형은 나를 아시오?"

"알구말구요. 다만 인연이 없어 만나 뵙지 못했을 뿐이지요."

장순이 그렇게 대답했다. 대종이 이번에는 이규를 가리키며 장순에게 물었다.

"그럼 이 사람은 전부터 아시오? 아니면 오늘 처음 맞닥뜨린 거요?"

"제가 어찌 이 형을 모르겠습니까? 다만 솜씨를 겨뤄 본 건 오늘이 처음입니다."

그 같은 장순의 대답에 그때껏 말이 없던 이규가 장순을 노려보며 으르렁거렸다.

"네놈이 오늘 내게 물을 흠씬 먹였것다?"

"네놈은 어떻고? 그렇게 사람을 두들기구선……."

장순도 지지 않고 맞받았다. 대종이 그런 두 사람을 달랬다.

"두 사람은 이번 일로 형제간처럼 친하게 될 거요. 옛말에도 싸워 보지 않고는 서로를 알 수 없다 하지 않았소?"

그래도 이규는 속이 안 풀리는지 장순에게 으르렁거리기를 그만두지 않았다.

"너, 다음에 길거리에서 날 만나지 않도록 조심해!"

"나는 물속에서 너를 기다리지."

장순 또한 그렇게 받았으나 실은 이규도 장순도 어느 정도는 속이 풀린 뒤였다.

네 사람이 한바탕 웃은 뒤에 대종이 다시 송강을 가리키며 물었다.

"장 형, 이분 형님이 누군지 아시오?"

"알지도 못하고 뵈온 적도 없는 분이군요."

송강을 한번 쓰윽 훑어본 장순의 대답이었다. 이규가 벌떡 몸을 일으키며 목소리를 높였다.

"이분 형님이 바로 검둥이 송강[黑宋江]이시다!"

그래도 모르겠다면 다시 한번 싸워 보자는 식이었다. 장순도 송강의 이름은 들은 사람이었다.

"그렇다면 산동의 급시우, 운성현의 송 압사 나리십니까?"

그렇게 놀란 소리로 물었다. 대종이 송강을 대신해 받았다.

"그렇소. 바로 공명 형님이오."

"크신 이름을 들은 지 오래더니 오늘에서야 이렇게 뜻밖으로 뵙게 되었습니다. 세상 사람들이 오가며 하는 이야기로는, 형님께서 맑은 덕을 지니시어 어려운 사람을 돌보고 가난한 이를 도우며 의에 재물을 아끼지 않는다 하더군요."

장순이 송강에게 넙죽 절을 올리며 그렇게 말했다. 송강이 부끄러운 듯 몸을 낮추며 겸양을 보였다.

"그게 어찌 내게 당키나 한 말이겠소. 실은 이리로 오는 길에 게양령(揭陽嶺) 아래 있는 혼강룡 이준의 집에 묵은 적이 있고, 또 심양강에서는 목홍을 만났으며, 거기서 형님 되는 장횡도 알게 되었소. 형님은 내게 편지 한 통을 주면서 장 형에게 전해 달라 했는데 마침 노영 안에 두고 가져오지 않았구려. 오늘은 대원장과 저기 이 형이 와서 비파정에서 술 한잔하자기에 강가의 경관도 볼 겸 해서 나왔소. 그런데 내가 술 입가심으로 매운탕 한 그릇 먹었으면 한 게 일을 냈소이다. 저기 이 형이 물고기를 구해 오겠다기에 우리 두 사람이 모두 말렸지만, 기어이 강가로 가더니 곧 소란이 일더군요. 술집 주인더러 알아보라 했더니 어떤 시커먼 사내가 마구 사람들을 때린다 하지 않겠소. 우리는 그게 이 형인 줄 알고 말리려고 나왔다가 이렇게 장 형을 만나게 된 거요. 어쨌든 이 송강으로선 오늘 세 분 호걸을 알게 된 게 하늘의 도움인 듯싶소. 어디 함께 앉아 술이라도 한잔합시다."

그러고는 술집 주인을 불러 다시 술상을 차려 오게 했다. 장순이 자리에 앉다 말고 말했다.

"이미 형님께서 싱싱한 물고기를 잡숫고 싶다 하셨다니 아우가 가서 몇 마리 구해 오겠습니다."

"그거 좋은 말씀이오."

송강도 흔쾌히 허락했다. 이규가 덩달아 일어났다.

"나도 당신과 함께 가겠소."

대종이 이규를 꾸짖어 앉혔다.

"또 가겠다구? 이번에는 아예 물귀신이 되어 돌아올 작정이냐?"

장순이 껄껄 웃으며 이규의 소매를 끌었다.

"이번에는 우리 같이 가서 생선을 가져옵시다. 딴 사람은 상관 말고."

이규와 함께 강가로 나간 장순은 배들이 몰린 쪽에다 대고 휘파람을 불었다. 그 소리에 강가에 떠 있던 배들이 죄다 장순 쪽으로 몰려왔다.

"어느 배에 금빛 잉어가 있는가?"

장순이 그렇게 묻자 한 사공이 대답했다.

"제 배에 있습니다."

그리고 잠깐 사이에 여남은 마리의 금빛 잉어를 가져왔다. 장순은 그중에서 큰 놈으로 네 마리를 골라 버드나무 가지에 꿴 뒤 이규에게 주며 먼저 비파정으로 가져가게 했다.

장순은 잠시 강가에 남아 그날의 장사를 간단히 해치웠다. 고기를 떼러 온 장사치들과의 거래에다 자신의 고깃배들에 할 일을 일러 주는 일이었다.

장순이 술자리로 돌아가자 송강이 고맙다는 인사를 겸해 말했다.

"웬 잉어를 그리 많이 보내셨소. 한 마리만 내도 넉넉할 텐데……."

"대단찮은 물고기 몇 마리 가지고, 뭐 입에 담을 일이나 됩니까? 형님께서 못다 잡수시면 돌아갈 때 가져가셔서 찬거리로 쓰십시오."

장순이 그러고는 나이를 따져 제자리에 앉았다. 이규가 장순보다는 나이가 많아 셋째 자리에 앉고 장순은 끝자리였다. 다시 옥호춘(玉壺春) 중에서도 질 좋은 술이 들어오고 여러 안주와 과일이 들어왔다.

장순이 주인을 불러 잉어 한 마리로는 매운탕을 끓이게 하고 또 한 마리는 회를 뜨고 찜을 쪄 오게 했다.

오래잖아 싱싱한 물고기로 장만한 안주가 들어오자 술자리는 한층 무르익었다. 서로들 가슴을 터놓고 이야기꽃을 피우는데, 문득 한 사람이 끼어들었다. 네 사람이 보니 한 아리따운 계집아이였다. 나이는 열여섯쯤이나 될까. 얇은 비단옷을 걸치고 사뿐히 걸어 들어오더니 나부죽이 절을 하며 네 사람에게 인사를 올렸다.

네 사람이 어리둥절해 있는 사이 그녀는 고운 목소리로 노래를 뽑기 시작했다. 아마도 술집에서 노래를 파는 기녀인 듯했다.

마침 이규는 한창 이야기에 흥이 올라 있을 때였다. 좋은 술, 좋은 안주에 마음 맞는 호걸들과 마주 앉은 자리라 침을 튀겨 가며 떠들어 대는 판에 노래가 끼어들자 이규는 울컥 심술이 났다. 다른 세 사람이 모두 그 노래를 듣느라 입을 다물어 무르익던 이야기판이 깨져 버린 까닭에 더욱 심술이 났는지도 모를 일이었다.

속을 누르지 못하고 벌떡 일어난 이규는 손가락 두 개를 들어 계집아이의 이마를 쿡 찍었다. 이규 쪽으로 보면 반은 장난 같은 손짓이었으나 당하는 계집아이에게는 그렇지가 못했다. 무쇠 방망이에라도 얻어맞은 듯한 날카로운 비명과 함께 정신을 잃고 쓰러졌다.

그 자리에 있던 사람들이 놀라 살펴보니 계집아이의 복숭앗빛 나던 뺨은 흙빛으로 바뀌었고, 입은 숨 쉬는 듯 마는 듯 헤벌어져 있었다. 술집 주인이 달려와 네 사람을 잡고 늘어지며 관가에 고발하겠다고 법석을 떨다가 겨우 제정신을 차려 울상을 지었다.

"네 분 나리, 이 일을 어찌했으면 좋겠습니까?"

주인은 사정하듯 그렇게 말해 놓고 문득 무슨 생각이 났는지 심부름꾼을 불러 물을 떠 오게 했다.

계집아이는 찬물을 한 바가지 뒤집어쓰고야 겨우 깨어났다. 주인이 부축해 일으키며 살펴보니 이마의 살껍질이 조금 벗겨져 있었다. 그 때문에 정신을 잃고 쓰러졌던 모양인데, 어쨌든 다시 깨어났으니 여간 다행이 아니었다.

그때쯤 해서 계집아이의 어미 되는 할멈이 소식을 듣고 달려왔다. 그러나 딸을 건드린 게 다름 아닌 흑선풍 이규란 말을 듣자 놀라기부터 먼저 했다. 한동안 얼빠진 듯 보고 있다가 이규에게는 원망 한마디 하지 못하고 딸에게 다가갔다.

계집아이의 어미는 손수건을 꺼내 딸의 이마를 싸매 주고 흩어진 비녀며 머리 장식을 매만져 주었다. 그걸 보고 있던 송강이 물었다.

"할멈은 성이 무엇이며 어느 집 사람이오?"

할멈이 처연한 목소리로 대답했다.

"나리께 숨김없이 말씀드리면 저희 부부는 송가 성을 쓰며 원래는 경사(京師)에 살았습니다. 이 딸아이의 이름은 옥련(玉蓮)이구요. 영감이 저 아이에게 몇 곡 노래를 가르쳐 이 비파정에서 노래를 팔았는데, 저 아이가 눈치 없이 나리들의 이야기판에 끼어들어 노래부터 부르다가 일을 당한 것입지요. 비록 저분의 실수로 딸아이가 약간 다치기는 했지만 이 일로 관가에 달려갈 생각은 없습니다. 저분도 저분이지만 어찌 나리들께까지 누를 끼치게 할 수 있겠습니까?"

송강이 들으니 사리를 분별할 줄 아는 할멈이었다. 그 마음씨를 귀히 여겨 할멈에게 말했다.

"이따가 나를 따라 노영 안으로 갑시다. 은 스무 냥을 줄 테니 그걸로 따님의 몸조리라도 시키십시오. 그리고 좋은 사람을 골라 시집보내 이런 데서 노래를 팔지 않도록 하십시오."

그러자 할멈은 얼마 안 있어 뒤따라 들어온 영감과 함께 송강에게 절하며 고마움을 나타냈다.

"저희가 어찌 감히 그토록 많은 돈을 받을 수 있겠습니까……."

"나는 한마디도 허튼소리를 않는 사람이오. 한번 주겠다 했으면 그대로 할 것이니 바깥양반은 나를 따라갑시다."

송강이 그렇게 말하자 내외는 몇 번이고 되풀이 머리를 조아렸다.

"나리의 크신 은혜를 실로 어떻게 갚아 드려야 할지…… 정말 고맙습니다."

그때 대종이 이규를 나무랐다.

"이게 무슨 짓이냐? 너 때문에 형님이 또 많은 돈을 쓰게 되지 않았느냐?"

"손가락으로 툭 건드렸는데 저게 자빠지고 말았지 뭡니까? 정말로 저따위 계집은 또 처음 보겠네. 그렇지만 할 수 없지. 어쨌든 손을 댄 건 잘못이니, 성이 나거든 내 따귀를 백 번이라도 때리라구."

이규가 약간은 억울하다는 듯 계집아이 쪽을 보며 말했다. 그 엉터리 같은 변명과 사죄에 그 자리에 있던 사람들이 모두 웃었다. 자리가 거기서 끝나게 되자 장순이 술집 주인을 불러 말했다.

"여기 얼만가? 술값은 내가 다음에 셈하지."

"괜찮습니다. 그냥 가십시오."

주인이 알았다는 듯 그렇게 대답했다. 송강이 어찌 그걸 보고만 있겠는가.

"아니 되오. 내가 두 분을 청했는데 어떻게 형제에게 술값을 물리겠소?"

그러면서 자기가 돈을 내겠다고 나왔다. 장순이 어림없다는 듯 손을 내저었다.

"이런 자리가 아니었으면 저는 형님을 뵙기 어려웠을 것입니다. 형님께서 산동에 계실 때 저희 형제는 그리로 가서 형님을 뵙는 게 원이었습니다. 그런데 이제 운 좋게 여기서 형님을 뵈었으니 한턱 안 내고 어쩌겠습니까? 까짓 술값으로는 오히려 형님을 뵙는 예가 되지 않을지도 모르겠습니다."

대종도 송강에게 권했다.

"송강 형님, 여기 장 형께서 이왕에 한턱 쓰겠다고 나오는 것이니 그냥 맡겨 두시지요."

그러자 송강도 마지못해 물러섰다.

"할 수 없군. 굳이 형제가 사겠다니 그럼 나는 뒷날 술 한잔 사도록 하겠소."

장순은 제 뜻대로 된 걸 기꺼워하며 남은 두 마리의 잉어를 찾아들고 대종, 이규, 송 늙은이와 더불어 비파정을 나섰다.

노성에 이른 다섯 사람은 송강의 방에 자리 잡았다. 송강이 먼저 은자 스무 냥을 꺼내 송 늙은이에게 주었다. 송 늙은이가 거듭 절을 하고 돌아갈 무렵 벌써 날이 저물었다. 송강은 다시 장횡의 편지를 꺼내 장순에게 주었다. 장순은 가져온 잉어를 남겨두고 형의 편지를 받아 돌아갔다.

"아우, 이건 자네가 쓰게."

송강은 또 은자 쉰 냥을 꺼내 이규에게 내밀었다. 하루낮 동안의 사귐이지만 이규가 몹시도 마음에 들어서였다. 이규가 사양하다 돈을 받아 넣자 대종도 그를 데리고 돌아갔다.

송강은 장순이 가져온 잉어 두 마리 중 한 마리는 관영에게 보내고 한 마리는 자신이 먹었다. 그러나 잉어가 원체 싱싱해 지나치게 먹은 탓인지 새벽이 되자 속이 꼬이는 듯 아파 왔다. 뿐만이 아니었다. 이어 설사를 만난 송강은 날이 밝을 때까지 스무 번도 넘게 뒷간을 들락거리게 되었다.

그렇게 되고 나니 아무리 단단한 몸이라도 배겨 낼 수가 없었다. 마침내 송강은 늘어져 앓아눕고 말았다.

송강이 워낙 사람이 좋아 그가 앓아누웠다는 소문이 나자 노영 안 사람들이 모두 몰려와 죽을 쑨다, 약을 지어 온다, 야단을 쳤다. 그런데 바로 그다음 날이었다. 아무것도 모르는 장순은 그저 송강이 물고기를 즐겨하는 것만 보고 다시 금빛 잉어 두 마리를 꿰어 찾아왔다. 형의 편지를 전해 준 데 대한 감사를 겸해서였다.

송강이 배탈을 만나 누운 걸 본 장순은 의원을 불러오려 했다. 송강이 그런 장순을 말렸다.

"내가 너무 먹는 걸 탐내 물고기를 많이 먹고 배탈이 난 거요. 공연히 번거롭게 할 것 없이 설사를 멎게 할 육화탕(六和湯)이나 한 첩 지어 주구려. 그거면 이내 좋아질 거외다."

그리고 장순이 가져온 잉어는 왕(王) 관영과 조(趙) 차발에게 한 마리씩 보냈다. 장순은 그길로 나가 송강에게 육화탕 한 첩을 지어다 주고 돌아갔다. 약이 오자 노영 안의 사람들이 정성 들여 송강에게 달여 먹였다.

이튿날은 대종과 이규가 송강을 찾아왔다. 역시 송강이 아픈 걸 모르고 술과 고기를 마련해 왔다가 송강이 먹지 못할 형편이라 둘이서만 먹다가 해 질 무렵에야 돌아갔다.

한 줄기 흰빛처럼 물속을 헤엄치는 사내, 장순과 송강의 만남에 이어 벌어진 작은 소동이었다.

심양루에 떨어뜨린 불씨

장순이 지어다 준 육화탕이 효험이 있었던지 노영 안 사람들의 정성 덕분인지 한 대엿새 지나자 송강의 배탈은 나았다. 몸이 낫자 송강은 성안으로 들어가 대종을 만나 보고 싶었다. 그러나 혹시 그들이 찾아올까 봐 하루를 기다렸지만 아무도 찾아와 주지 않았다.

이튿날 송강은 일찍 아침밥을 먹고 은자 몇 냥을 챙긴 뒤 노영을 나섰다. 천천히 걸어 거리를 지난 송강은 성안으로 들어가 주아 앞 동네에서 대종의 집을 물어보았다.

"그분은 가족이 없어서인지 집이 따로 있지 않습니다. 성황묘에 있는 관음암에서 지내시는 것 같습디다."

어떤 사람이 송강에게 그렇게 알려 주었다.

송강은 얼른 성황묘를 물어 관음암을 찾아갔다. 그러나 대종은 이미 문에 자물쇠를 채우고 어디론가 나가 버린 뒤였다.

송강은 다시 흑선풍 이규를 찾아 나섰다. 묻는 사람마다 한가지로 대답했다.

"그 사람은 제정신으로 사는 사람이 아니라 집도 없소. 몸을 쉬는 건 감옥 안이고 그 밖에는 여기저기 돌아다니지요. 동쪽에 이틀, 서쪽에 하루 하는 식이니 어디 있는지 알 수 있나요."

이에 송강은 또 장순을 찾아보았다. 얼른 찾을 수 없기는 장순도 마찬가지였다.

"그 양반 성 밖 마을에 살지만 고기를 팔 때는 성 밖 강가에 나가 있어요. 성안에는 물고기 값을 받을 때나 들른답니다."

그게 장순을 아는 사람들의 대답이었다.

그 말을 들은 송강은 하는 수 없이 성을 나왔다. 찾는 사람을 하나도 만나지 못하고 혼자 어슬렁거리게 되니 여간 쓸쓸하지 않았다. 송강은 그 쓸쓸함을 달래려고 강가로 나갔다.

심양강 강변의 경치는 소문대로 아주 뛰어났다. 이내 모든 걸 잊고 수려한 풍경에 취해 걷던 송강은 어떤 술집 앞을 지나게 되었다. 얼굴을 들어 살펴보니 술집 옆에 높이 내건 깃발이 볼만했다. 술이 있음을 알리는 푸른색 깃발에는 '심양강 정고(正庫)'라 쓰여 있었다. 정고라면 여러 개의 같은 이름을 가진 술집 중에서도 본점인 모양이었다.

그러나 그보다 더 눈길을 끄는 것은 처마 밖으로 덩그렇게 걸려 있는 큰 현판이었다. 거기에는 소동파(蘇東坡)의 글씨로 '심양루(潯陽樓)' 석 자가 크게 쓰여 있었다. 그걸 쳐다본 송강이 혼자 중얼거렸다.

'내가 운성현에 있을 때 강주에 심양루란 좋은 곳이 있다는 말을 들었더니 바로 여기로구나. 내 비록 혼자 여기 왔으나 그냥 지나칠 수는 없지. 이런 곳에 한번 올라가 구경하지 않고 어찌 그냥 지나친단 말인가.'

마음이 그리 정해지자 송강은 곧 그 술집으로 다가갔다. 문 양쪽에 붉은 기둥이 서 있고, 거기 다시 세로닫이 흰 현판이 붙어 있는데, 쓰여 있는 것은 각기 '세간무비주(世間無比酒)'와 '천하유명루(天下有名樓)' 다섯 글자였다. 자기 집과 술맛에 대단한 자부심이 있는 듯했다.

안으로 들어간 송강은 누각 위 작은 방에 자리 잡았다. 발을 걷고 밖을 살펴보니 절로 탄성이 나올 만큼 빼어난 경관이었다. 술집 일꾼이 다가와 물었다.

"나리, 기다리는 분이 있으십니까? 아니면 홀로 나오셨습니까?"

"두 사람을 기다리는데 아직 보이지 않는구려. 먼저 좋은 술 한 병과 음식을 좀 가져다주시오. 과일, 고기 다 좋지만 생선은 빼고 말이오."

송강이 홀로 왔다고 하기 어색해 그렇게 둘러대고 주문을 했다.

얼마 안 있어 일꾼이 큰 쟁반을 받쳐 들고 올라왔다. '남교풍월(藍橋風月)'이란 이름의 좋은 술과 나물 안주, 햇과일이 얹혀 있었다.

이어 붉은 쟁반이 날라져 오고 거기에는 양고기 접시와 삶은 닭, 거위 따위가 정갈하게 담겨 있었다. 술만이 아니라 안주도 일품이었다.

송강은 차려진 술상을 보고 흐뭇해서 중얼거렸다.

'훌륭한 안주와 요리에 좋은 그릇들이로구나. 강주란 정말로 좋은 곳이야. 비록 죄를 짓고 귀양을 오기는 했지만 산과 물 구경을 제대로 하게 됐다. 지금껏 이름깨나 있는 산과 물을 몇 군데서 봤지만 여기보다 더 볼만한 곳은 없겠는걸.'

송강의 마음이 그러하니 술맛이 아니 날 리 없었다. 혼자라는 것도 잊고 한꺼번에 두 잔씩 비워 대기 시작했다. 술 마셔 안 취하는 사람이 있겠는가. 얼마 되지 않아 송강은 자신도 모르게 흠뻑 취했다. 갑자기 호기가 치솟는가 싶더니 이내 자신의 처지가 울적해졌다.

'나는 산동에서 나 운성에서 자랐다. 그래도 글을 아는 벼슬아치로 강호의 수많은 호걸들과 사귀고 실속 없는 이름도 얻었다. 그러나 서른이 넘은 지금 이게 무슨 꼴인가. 아름다운 이름도 얻지 못하고 그렇다고 재산을 이룬 것도 아니다. 게다가 이제는 두 볼에 먹자를 뜨고 여기까지 귀양 오지 않았는가. 고향에는 언제 돌아가며 부모 형제는 어떻게 다시 만나겠는가…….'

생각이 그렇게 번지자 술기운이 한층 솟구치며 눈물이 솟았다.

송강은 누각 바람맞이에 홀로 서서 한동안 울적한 감회에 젖어 있었다. 그렇게 얼마나 지났을까. 송강의 머릿속에는 문득 한 수 「서강월사(西江月詞, 宋詩의 한 갈래)」가 떠올랐다. 울적한 감회가 시흥(詩興)으로 이어진 것이었다.

송강은 심부름꾼을 불러 붓과 벼루를 가져오게 했다. 그러고 보니 정자의 회벽에는 앞서 다녀간 사람들이 적어 두고 간 여러 편의 시구가 보였다.

'그렇다, 여기 나도 한 줄 남기자. 뒷날 내가 높이 되어 이곳을 지날 때 다시 읽으면 옛날 생각이 날 게다. 괴로웠던 이 오늘도 그때는 옛말이 되겠지.'

송강은 속으로 그렇게 중얼거리며 벼루에 먹을 갈았다. 그리고 먹이 다 갈리기를 기다려 붓을 들고 듬뿍 찍은 뒤 흰 회벽 위에 휘갈겼다.

어릴 제부터 경전과 역사 익히고
자라서는 권모(權謀) 또한 있었네
사나운 범 쓸쓸한 언덕에 누워
발톱과 이빨 감추고 때를 기다리듯

애달프다, 두 볼에 먹자 새기고
강주에 귀양 온 불쌍한 신세
뒷날 이 한 풀 날 온다면
심양강 어귀는 피로 물들리

그렇게 써 놓고 나니 스스로 읽기에도 후련했다. 송강은 혼자 즐거워 껄껄거리며 다시 몇 잔을 더 마셨다. 술기운이 더해지자 홍도 커져 벌떡 일어난 송강은 미친 듯 손발을 놀리며 춤을 추었다. 그러다가 다시 붓을 들어 앞서의 서강월 뒤에 새로 네 구절을 보탰다.

마음은 산동에 있고 몸은 오(吳)에 있네
낯선 땅과 물을 헤매는 서러움이여
뒷날 뜻을 펼치는 날이 오면
황소(黃巢)가 장부 아님을 비웃으리

그렇게 쓰고 난 송강은 그 밑에다 '운성현 사람 송강 지음'이라고 커다랗게 제 이름까지 밝혀 놓았다.

붓을 탁자에 내려놓은 송강은 다시 한번 자신의 시를 크게 읊어 본 뒤 술잔을 들었다. 몇 잔을 더 비우자 술에 몹시 취해 더 견디기 어려웠다. 이에 송강은 술집 일꾼을 불러 술값을 치렀다. 일꾼에게도 은자를 듬뿍 내렸음은 더 말할 나위도 없었다.

소매를 떨치고 심양루를 내려온 송강은 비틀거리며 노영으로 돌아갔다. 그리고 제 방으로 돌아오기 바쁘게 침상에 쓰러져 곯아떨어졌다.

송강이 다시 눈을 뜬 것은 다음 날이 밝은 뒤였다. 그러나 술은 깨도 자신이 전날 심양루에서 쓴 시에 대해서는 까맣게 잊고 말았다. 그저 과음으로 쓰린 속을 달래며 하루 종일 방 안에 누워 쉬었을 뿐이었다.

그때 강주와 심양강을 두고 마주 보는 곳에 작은 성이 있었는데 이름을 무위군(無爲軍)이라 했다. 대단할 게 없는 시골 마을로

서 그 마을에 통판(通判) 벼슬을 하다 물러나 있는 황문병(黃文炳)이란 사내가 있었다. 비록 경서(經書)를 읽었으나, 남에게 아첨하기 좋아하고 속이 좁은 사내였다. 속이 좁다 보니 배움 있고 재능 있는 사람을 시기하여, 저보다 나으면 해쳤고 못하면 놀려댔다. 한마디로 못난 중에 못돼 빠진 위인이었다.

황문병은 채 구지부가 조정에서 권세를 누리는 채 태사(太師)의 아들이란 말을 듣자 그냥 있지 못했다. 매일 강을 건너 채 구지부를 찾아가 갖은 말로 아첨을 떨며 호감을 사려 애썼다. 그래서 그의 추천으로 다시 한번 벼슬길에 나가 볼 속셈이었다.

송강의 운이 원래가 그랬는지 하필이면 걸려든 게 그 황문병에게였는데, 경위는 이랬다.

그날도 황문병은 일없이 집 안에 처박혀 있기 좀이 쑤셔 하인 두 사람을 데리고 집을 나섰다. 예물을 마련해 배에 싣고 강을 건너가 채 구지부나 찾아볼 작정이었다.

그러나 채 구지부의 저택에 이르러 알아보니 지부는 마침 관아에서 벼슬아치들과 연회를 벌이고 있었다. 그 바람에 황문병은 감히 관아까지 들어가지는 못하고 하릴없이 물러나 제 배가 있는 곳으로 돌아갔다.

그런데 그 배가 있는 곳이 바로 심양루 아래였다. 황문병은 날이 더운 데다 서둘러 집으로 돌아가 봤자 할 일도 없어 심양루에 한번 들러 가기로 마음먹었다. 경치 구경이나 하고 목이라도 축일 셈이었다.

천천히 누각 위로 올라간 황문병은 주위 경치를 휘둘러 보며 난간을 따라 걸었다. 그런 그의 눈에도 누각 벽에 쓰인 글귀들이 들어왔다. 잘된 것도 있었지만 되잖은 감상을 괴발개발 그려 놓은 것도 많았다.

글줄깨나 한다고 자부하는 황문병은 차게 웃으며 누각 벽에 쓰인 글귀들을 읽어 나갔다. 그때 그의 눈을 번쩍 뜨이게 한 게 바로 송강의 서강월 구절과 덧보탠 사구시(四句詩)였다.

"이건 바로 역적질하겠다는 시가 아닌가. 누가 이런 곳에다 이걸 써 놓았지."

다 읽고 난 황문병은 그런 생각으로 글 위쪽을 보았다. '운성현 사람 송강 지음'이라는 글자가 당당하게 쓰여 있었다. 자기 이름을 떳떳하게 밝힌 걸 보고 이상해진 황문병은 다시 한번 그 시구를 차근차근 뜯어보았다.

"'어릴 제부터 경전과 역사 익히고 자라서는 권모 또한 있었네'라, 참 대단한 자부심이로군."

그렇게 첫 구절을 뜯어 읽고 다음 구절에 눈길을 보냈다. '사나운 범 쓸쓸한 언덕에 누워 발톱과 이빨 감추고 때를 기다리듯'이란 구절을 읽은 황문병이 다시 중얼거렸다.

"맞아, 이 친구는 틀림없이 착실하게 살아가는 사람은 아니야."

이어 '애달프다, 두 볼에 먹자 새기고 강주에 귀양 온 불쌍한 신세'란 구절을 보고는 중얼거렸다.

"뜻이 자못 높아 보이더니 알고 보니 한낱 귀양 온 죄수 놈이 아닌가……."

그리고 '뒷날 이 한 풀 날 온다면 심양강 어귀는 피로 물들리'

란 구절에 이르러서는 고개까지 절레절레 내저었다.

"대체 누구와 원수가 졌기에 저리 써 놓았을까. 그렇지만 헛꿈 꾸지 마라. 귀양 온 죄수 놈이라면 출세해 봤자지."

그다음 황문병은 다시 사구시를 한 구절씩 떼어 읽었다.

"'마음은 산동에 있고 몸은 오에 있네. 낯선 땅과 물을 헤매는 서러움이여' 흠 이건 참 볼만하군. 그런데 이게 뭔가. '뒷날 뜻을 펼치는 날이 오면 황소가 장부 아님을 비웃으리?' 쯧쯧, 이런 죽일 놈이 있나. 황소보다 더한 짓을 하겠다니 이게 바로 역적질하겠다는 소리지 뭔가? 반시(反詩)라도 어디 어지간한 반시라야지."

그렇게 읽기를 마친 황문병은 곧 술집 심부름꾼을 불러 물었다.

"저기 저 두 편의 시를 쓴 사람이 누군지 아나?"

"간밤에 혼자 와서 술 한 병을 마시고 간 양반입죠."

"생김은 어떻던가?"

"뺨에 먹자가 새겨져 있는 게 노성 안의 죄수 같았습니다. 생김은 새까만 피부에 키가 작으면서두 통통하구요."

"알았네."

황문병은 그쯤 묻고 난 뒤 붓과 종이를 내오게 했다. 심부름꾼이 그것들을 가져다주자 황문병은 송강이 쓴 시 두 편을 모두 베꼈다.

"여기 이 회벽에 쓰여 있는 글을 결코 긁어 내서는 안 되네. 나라의 큰 변고를 일으킬 수도 있으니 반드시 이대로 둬야 해."

베끼기를 마친 황문병은 술집 심부름꾼에게 그런 다짐을 놓은 뒤에 심양루를 내려갔다. 베낀 시는 소매 깊숙이 간직한 채였다.

심양루를 내려온 황문병은 그날 밤을 자기 배에서 쉰 뒤 다음 날 아침 일찍이 주부로 달려갔다. 어제 마련한 예물 짐을 일꾼들에게 지게 한 채였으나, 더 긴요한 볼일은 따로 있었다.

지부는 마침 공사(公事)를 미뤄 놓고 부중의 사가에서 쉬고 있었다. 그걸 안 황문병은 사람을 보내 한번 뵙기를 청했다. 한참 뒤에 채 구지부가 들어와 후당에서 기다리란 전갈을 보내왔다.

황문병이 후당으로 가서 다시 한참을 기다리니 채 구지부가 나왔다. 황문병은 예가 끝나기 바쁘게 예물 짐을 지부에게 올렸다. 그리고 지부의 얼굴이 활짝 펴지기를 기다려 입을 뗐다.

"저는 어젯밤 강을 건너와 상공을 뵈오려 했으나, 마침 관청의 연회가 있어 감히 부중에 들지 못했습니다. 오늘 이렇게 다시 찾아와 뵙게 되니 기쁩니다."

"통판은 나와 속을 트고 지내는 사인데 들어와 함께 앉은들 안 될 게 뭐 있겠소? 아마도 아랫것들이 무얼 잘못 안 모양이오."

얻어먹은 게 있는지라 채 구지부도 제법 반기는 표정을 지으며 그렇게 받았다.

그때 지부 좌우에서 시중을 드는 사람들이 차를 내왔다. 잠시 용건을 미루고 차를 마신 황문병이 문득 아첨 섞어 물었다.

"이런 말씀 여쭤 어떨는지 모르지만 요즘 동경의 채 태사께옵서는 만안하시온지요."

"며칠 전 글을 내리신 적이 있소이다만……."

채 구지부가 그건 왜 묻느냐는 듯한 얼굴로 말했다. 황문병이 기다렸던 것처럼 날름 받았다.

"거기 뭐 별다른 소식이라도 있었습니까?"

"아버님께서 그 글에 쓰시기를 요사이 태사원(太史院)의 사천감(司天監)이 천자께 걱정스러운 상주를 올렸다 하시었소. 내용인즉 강성(罡星)이 오초(吳楚) 땅을 쪼이고 있어 그곳에 모반을 꾀하는 무리들이 있는 듯하니 미리 살펴 재난을 막아야 한다는 것이오. 그리고 또 요즘 도성에서 아이들에게 불리는 노랫가락 네 구절을 전해 주셨는데 그 내용은 이렇소. '나라를 거덜내는 건 가목(家木), 싸움을 꾸미는 건 수공(水工), 가로세로 어지러운 건 삼십육(三十六), 난리가 퍼지는 건 산동에서부터.' 그래서 내게 당부하시기를 더욱 조심해서 맡은 고을을 지키라 하셨소."

채 구지부는 별로 마음 내키지 않는 대로 아비에게서 받은 글 내용을 일러 주었다. 그 말을 듣고 한참이나 생각에 잠겼던 황문병이 자신도 놀랍다는 듯 무릎을 치며 소리를 높였다.

"상공, 그 일은 결코 우연이 아닙니다."

그러고는 심양루 벽에서 베껴 온 송강의 시를 꺼내 지부에게 바치며 덧붙였다.

"그런 곳에 이런 게 붙어 있을 줄 누가 생각이나 했겠습니까?"

채 구지부는 영문도 잘 모르면서 그 시를 받아 읽어 보았다.

"이것은 반역의 시가 아닌가? 통판은 어디서 이걸 얻었는가?"

두 편을 다 읽고 난 지부가 놀란 얼굴로 그렇게 물었다. 황문병이 대답했다.

"제가 어제 상공을 뵈러 왔다가 그냥 돌아갔다 했지요? 그렇지만 강가로 가니 심심해서 그냥 있을 수가 없었습니다. 더위도 피할 겸 심양루에 올라가 그 회벽에 쓰인 시들을 읽다가 이걸 찾아 냈습지요."

"이 시는 어떤 자가 쓴 것인가?"

"글 위쪽에 운성현 사람 송강이라고 이름을 버젓이 밝히고 있었습니다."

"그 송강이란 놈은 어떤 놈인가?"

"두 볼에 먹자를 새기고 강주로 귀양 왔다는 구절이 있으니 아마도 죄수로 끌려온 놈일 겝니다. 노성에 있는 죄수 중에 한 놈이겠지요."

"귀양 온 죄수 주제에 감히 이따위 짓을 하다니."

지부가 어이없다는 듯 씨근거리며 그렇게 소리쳤다. 황문병이 심각한 얼굴로 지부를 일깨웠다.

"상공, 결코 가볍게 볼 일이 아니올시다. 태사 어른께서 적어 보내셨다는 아이들의 노래가 바로 이놈과 맞아떨어지고 있지 않습니까?"

"그건 또 어째서 그런가?"

거기까지는 생각이 못 미친 지부가 알 수 없다는 듯 물었다.

황문병은 이때가 제 재주를 드러내 보일 때라 생각했다. 문득 목소리를 차분하게 가라앉혀 지부에게 풀이했다.

"아까 그 아이들의 노래에서 '나라를 거덜내는 것은 가목'이라 하셨지요? 그 가(家, 宀)와 목(木) 두 글자를 합치면 송(宋) 자가 되지 않습니까? 또 싸움을 꾸미는 건 수공이라 했지요. 그런데 그 수(水, 氵) 자와 공(工) 자를 합치면 강(江)이 됩니다. 바로 이 반역의 시를 쓴 송강의 이름이 나온 셈입니다. 그걸 하늘이 아이들의 입을 빌려 일러 준 것이니 실로 이 나라 만백성에게는 복이 아닐 수 없습니다."

"그럼 '가로세로 어지럽히는 건 삼십육'과 '난리가 퍼지는 건 산동에서부터'란 구절은 어찌 되는가?"

지부가 황문병의 풀이에 감탄하면서도 아직은 못 믿겠다는 듯 다시 물었다.

"육(六) 둘이 들어가는 해나 육 둘이 들어가는 운세를 삼십육(三十六)으로 나타낸 게 아닐는지요. 육육(六六)은 삼십육(三十六)이니까. 또 '난리가 퍼지는 건 산동에서부터'란 글귀는 그대로 알 수 있구요. 운성현은 바로 산동에 있지 않습니까? 결국 아이들이 노래한 네 구절은 바로 이 송강이란 놈에게 모두가 꼭 들어맞는 셈입니다."

그제야 지부도 고개를 끄덕였다. 그러나 이내 또 걱정되는 게 있다는 듯 황문병에게 물었다.

"그렇지만 그놈이 어디 있는 줄을 모르지 않소?"

"어젯밤 술집 일꾼에게 들으니 그놈은 바로 그저께 그 시를 써 놓고 갔다 합니다. 그놈을 찾는 건 하나도 어려울 것 없지요. 노성에 있는 죄수들의 명부를 갖다 놓고 한번 주욱 읽기만 해도 당장 찾아낼 수 있을 것입니다."

황문병이 미리 준비하고 있었던 듯이나 시원스레 답했다. 그제야 지부의 얼굴이 다시 펴졌다.

"통판의 매서운 안목에 놀랐소. 이제 모든 게 뚜렷해지는구려."

그렇게 황문병을 치켜 주고는 곧 사람을 시켜 노성에 있는 죄수들의 이름이 모두 올라 있는 문서를 가져오게 했다.

오래잖아 그 문서가 오자 지부는 몸소 그것을 펴 들고 죄수들의 이름을 하나하나 짚어 나갔다. 과연 문서 뒤쪽에 보니 오월에 새로 온 죄수로 운성현 송강이란 이름이 있었다. 곁에 있던 황문병이 거보란 듯 말했다.

"바로 그놈입니다. 아이들의 노래에 나온 놈이지요. 머뭇거릴 일이 아닙니다. 행여라도 말이 새어 나가 그놈이 튀면 어쩌시겠습니까? 빨리 사람을 보내 그놈부터 잡아들여 놓고 다시 의논하도록 하시지요."

일이 그쯤 되니 지부도 군소리가 있을 턱이 없었다.

"그 말이 옳소. 그럽시다."

그러고는 양원 압로절급을 불러들이게 했다. 얼마 안 있어 양원 압로절급인 대종이 지부 앞에 읍을 했다.

"너는 내가 딸려 주는 공인들을 데리고 가서 운성현 송강이란 죄수를 잡아 오너라. 그놈은 심양루에 모반을 꾀하는 시를 적은 놈이니 조금도 시각을 지체해서는 아니 된다!"

그 말을 들은 대종은 깜짝 놀랐다. 자세히는 모르지만 송강이 뭔가 일을 저지른 게 틀림없었다.

'어이쿠, 이거 큰일 났구나…….'

대종은 그렇게 중얼거리며 지부 앞을 물러나 절급이니 노자 따위 제 밑에서 일하는 졸개들을 불러 모았다.

"너희들은 각기 돌아가 알맞은 병장을 갖춘 뒤에 내가 거처하는 성황묘에 모여라."

대종이 그렇게 말하자 절급과 노자들은 시키는 대로 흩어져 갔다. 겨우 한숨을 돌린 대종은 자신의 별난 재주인 신행법을 써서 냅다 뛰었다. 말할 것도 없이 송강이 거처하는 노영 안의 초사방을 향해서였다.

눈 깜짝할 사이에 초사방에 이른 대종이 방문을 여니 송강은 마침 방에 있었다. 헐레벌떡 뛰어드는 대종을 황망히 맞으며 말했다.

"그저께 성안으로 들어가 아우를 찾았으나 아우가 없더군. 혼자 심심하기에 심양루에 올라가 한잔했는데 아무래도 과음한 듯하이. 이 이틀 영 제정신이 아니니…… 지금도 이렇게 방 안에 처박혀 그 술독을 푸는 중이라네."

그런 송강에게 대종이 대뜸 물었다.

"형님, 그제 누각 위에 무슨 말을 써 놓으셨습니까?"

"술 취한 놈 미친 소리를 어찌 일일이 다 기억하겠나?"

송강이 태연스레 받았다. 대종이 답답하다는 듯 말했다.

"글쎄, 오늘 지부가 절 부르더니 사람을 데리고 가서 심양루 위에다가 반역의 시를 써 놓은 자를 잡아 오라 하지 않겠습니까? 그런데 그 범인이 바로 운성현 송강이라는 겁니다. 저는 그 말을 듣고 깜짝 놀랐지요. 먼저 졸개들을 성황묘에서 기다리라 해 놓고 이렇게 나 혼자 달려와 형님께 알려 드리는 겁니다. 형님, 도대체 어찌 된 일입니까? 일을 어찌하면 좋습니까?"

그 말을 들은 송강은 가렵지도 않은 머리를 긁적이며 괴롭게 한숨지었다.

"이제 정말 나도 죽는가."

"제가 형님을 구할 수 있는 수를 하나 생각해 보았습니다만 통할지 안 통할지는 모르겠습니다. 아우는 어쩔 수 없이 지금 돌아가면 졸개들을 이끌고 형님을 잡으러 와야 합니다. 그때 형님께서는 머리칼을 풀어 헤치시고 땅바닥에 똥오줌을 싸 갈긴 뒤에 거기에 뒹굴면서 미친 척하십시오. 특히 제가 사람들을 거느리고 덮칠 때는 될 소리 안 될 소리를 마구 지껄이시어 완전히 돈 사람처럼 보여야 합니다. 그러면 저는 그대로 지부에게 돌아가 적당히 둘러대 보겠습니다."

대종이 오면서 궁리해 온 것을 송강에게 자세히 일러 주었다. 송강이 약간 표정을 밝게 해 고마움을 나타냈다.

"아우의 가르침, 정말로 고맙네. 잘됐으면 좋겠네만."

길이 바쁜 대종은 그 말이 떨어지기 바쁘게 송강과 작별하고 성안으로 돌아갔다. 성황묘로 가니 아까 보낸 공인들이 모여 기다리고 있었다. 대종은 그들을 데리고 노성으로 달려가 짐짓 험한 목소리로 물었다.

"어떤 놈이 새로 귀양 온 송강이란 놈이냐?"

그 기세에 주눅이 든 패두가 끽소리 못하고 그들을 초사방으로 안내했다. 방문을 여니 송강이 머리를 풀어 헤치고 똥오줌 위를 뒹굴다가 대종과 공인들을 보고 소리쳤다.

"나는 옥황상제의 사위다. 장인께서 내게 말씀하시기를 천병 십만을 이끌고 가서 너희 강주 놈들을 모조리 죽이라 하셨다. 염라대왕을 선봉으로 삼고 오도장군(五道將軍)에게 뒤를 맡기고 내게는 무게가 팔백 근이나 나가는 금인(金印)을 주셨다. 이제 네놈들 한 놈이라도 살아남는가 보아라."

누가 보아도 영락없이 미친 사람이었다. 공인들이 저희끼리 쑤군거렸다.

"알고 보니 머리가 돈 놈이었군. 저런 놈을 잡아가서 무엇에 쓰나."

대종이 못 이긴 척 맞장구를 쳤다.

"너희들 말이 옳구나. 이대로 돌아가서 말씀을 드려 보고 미친 놈이라도 잡아 오라면 그때 다시 오자."

그러고는 공인들을 데리고 주아로 돌아갔다. 채 구지부는 대청 위에 높이 앉아서 대종과 공인들이 돌아오기를 기다리고 있었다. 대종이 천연스레 지부에게 아뢰었다.

"송강이란 놈은 알고 보니 머리가 돈 놈이었습니다. 똥오줌을 온몸에 처바르고 헛소리를 지껄이는데 우선 구린내, 지린내 때문에 다가갈 수가 없었습니다. 그래서 잡아 오지 못했습니다만."

그 말을 들은 채 구지부가 까닭을 알아보고 있는데 황문병이 불쑥 병풍 뒤에서 나와 지부에게 속살거렸다.

"저 소리를 믿지 마십시오. 제가 본 그 시의 내용이나 글씨 솜씨로는 결코 미친놈일 리가 없습니다. 여기에는 분명히 속임수가 있습니다. 일단 잡아들이십시오."

그 바람에 대종의 말에 넘어갈 듯하던 지부가 돌아섰다.

"통판의 말이 옳소."

그러고는 대종을 돌아보며 소리쳤다.

"어찌 됐거나 그놈을 끌어 오너라. 미치고 안 미치고는 그때 따져 보자."

그렇게 되면 대종도 어쩔 수가 없었다. 속으로는 괴로운 한숨을 내쉬면서도 공인들을 데리고 가서 노성으로 달려갔다.

"형님, 일이 어그러졌습니다. 아무래도 형님을 모셔 가야겠습니다."

그러고는 공인들을 시켜 송강을 묶은 뒤 강주부로 데려갔다.

"저놈을 가까이 끌어 오너라."

지부가 끌려 들어오는 송강을 보고 소리쳤다. 공인들이 송강을 끌어 지부의 발아래로 데려갔다. 송강은 무릎도 꿇지 않고 오히려 눈을 부릅뜬 채 구지부를 노려보며 소리쳤다.

"너는 뭣하는 놈이냐? 감히 나를 잡아 오다니. 나는 옥황상제의 사위다. 장인께서 내게 이르시기를 천병 십만을 이끌고 내려가 너희 강주 놈들을 모조리 죽이라 하셨다. 염라대왕이 선봉장이고 오도장군은 뒤를 맡기로 했다. 또 내게는 금인 한 개를 주셨는데, 무게가 팔백 근이다. 이놈들 어서 달아나거라. 그러지 않으면 너희를 모조리 죽이겠다!"

채 구지부가 그런 송강을 보니 정말로 미친 사람 같았다. 그때 황문병이 또 나서서 속살거렸다.

"속지 마십시오. 먼저 노영의 차발과 패두를 불러서 저놈이 올 때부터 머리가 돌았는지 근래 미쳤는지 물어보십시오. 만약 올 때부터 머리가 돈 놈이라면 저놈은 정말로 돈 놈입니다. 그러나 근래 들어 미친 짓을 하기 시작했다면 거짓으로 미친 척하는 것임에 틀림없습니다."

"그것도 그럴듯하군."

다시 한번 넘어갈 뻔했던 지부가 그런 말로 마음을 다잡았다. 그러고는 사람을 시켜 관영과 차발을 불러오게 했다.

지부가 그들에게 물으니 그들이 어찌 감히 거짓말을 할 수 있겠는가. 자기들이 송강에 대해 아는 대로 대답했다.

"저 사람이 올 때는 미친 증세가 전혀 없었습니다. 그러다가 최근 들어 저런 증세를 보였습니다."

그 말을 들은 지부는 불같이 성을 냈다. 하마터면 속아 넘어갈 뻔했던 데 더욱 성이 났는지도 모를 일이었다. 지부는 옥졸과 형리들을 불러 송강을 사정없이 내려치게 했다. 매 앞에 장사 없다고 한 쉰 대가량 맞자 송강은 정신이 오락가락했다. 살은 터지고 피부는 찢겨 피가 줄줄 흐르고 있었다. 대종은 보고 있기가 괴로울 지경이었으나 구해 낼 도리가 없었다.

송강은 처음에는 어떻게든 미친 소리로 버텨 보려고 했다. 그러나 워낙 모진 매를 맞다 보니 절로 바른말이 튀어나왔다.

"제가 한때의 술기운으로 잘못 그런 모반의 시를 썼습니다. 특별히 딴 뜻이 있었던 건 아닙니다."

하지만 이미 용서받기는 틀린 일이었다. 채 구지부는 송강의 조서를 꾸미게 하는 한편 스물닷 근짜리 큰칼을 씌워 송강을 죽을 죄수들이 갇힌 감옥에 처넣었다. 송강은 얻어맞아 불편한 다리에 목에는 칼까지 쓰고 어두컴컴한 감옥 속으로 던져졌다. 대종은 높고 낮은 옥지기들에게 송강을 잘 보아주라 이르고 먹을 음식을 대주는 것뿐, 더는 송강을 위해 할 수 있는 일이 없었다.

송강의 일을 대충 그렇게 마무리 지은 지부는 황문병을 후당에 불러들이고 새삼 치하했다.

"만약 통판의 높은 견식이 아니었더라면 자칫 저놈의 속임수에 넘어갈 뻔했구려."

황문병이 으쓱해서 수염을 쓸며 말했다.

"상공, 이 일은 늑장을 부려서는 아니 됩니다. 얼른 글 한 통을 써서 밤낮을 가리지 말고 도성에 계신 태사께 알리도록 하십시오. 아울러 이번 일은 나라의 큰일이므로 살려서 보내기보단 이곳에서 목을 잘라 나라의 큰 근심을 없애는 편이 낫다고 아뢰십시오. 만약 살려서 도성으로 올려 보내려다간 가는 도중에 달아날 염려가 있기 때문입니다."

이미 황문병의 예사 아닌 안목을 경험한 채 구지부는 이번에도 두말없이 그의 말에 따랐다.

"통판의 말이 이치에 닿소. 나는 오늘 당장 사람을 뽑아 아버님께 글을 올리겠소. 물론 그 글에는 통판의 공이 적지 않으니 천자께 아뢰어 되도록이면 빨리 부귀영화를 누리게 해 달라는 말씀도 덧붙이지요."

황문병이 입이 헤벌어져서 말했다.

"저는 이 한 몸을 상공의 문하에 맡깁니다. 그렇게만 해 주신다면 등자나 말안장을 거드는 일이라도 마다 않겠습니다."

채 구지부는 황문병이 지켜보는 앞에서 편지를 쓰고 도장을 찍었다. 편지를 봉하는 지부에게 황문병이 물었다.

"상공, 보낼 사람으로 믿을 만한 이가 있습니까?"

"우리 고을의 양원 절급으로 대종이란 사람이 있는데 신행법을 쓰면 하루에 팔백 리 길을 간다 하오. 이 사람을 뽑아서 도성으로 보내면 보름도 되지 않아 갔다 올 게요."

지부가 그렇게 대답했다. 황문병도 아직 대종까지는 의심하지 못했다.

"만약 그렇다면 좋은 일이지요."

그날 채 구지부는 전에 없이 후당으로 술상까지 차려 황문병을 대접했다. 황문병은 하늘에라도 오르는 기분으로 지부의 사가에서 하룻밤을 머문 뒤 무위군으로 돌아갔다.

채 구지부는 편지 외에도 그동안 모은 금은보석을 한 짐 싸서 봉해 놓았다. 아비의 환심을 살 예물이었다.

다음 날이 되었다. 지부는 아침 일찍 대종을 불러 당부했다.

"내가 저기 있는 예물과 편지 한 통을 도성의 태사부에 보내려 하네. 아버님 생신이 유월 보름인데 날이 가까워 올 뿐 아니라 긴히 올릴 말씀도 있어서네. 자네 수고스럽겠지만 나를 위해 한 번 가주게. 아버님께는 답장 한 통만 받아 오면 되네. 이 일만 잘 치르면 자네에게도 무거운 상을 내리겠네. 자네는 신행법을 안다 하니 오래 걸리지는 않겠지. 가는 길에 행여라도 소홀함이 있어 일을 그르쳐서는 아니 될 것일세."

"제가 어찌 마다할 수 있겠습니까? 다녀오지요."

대종은 그렇게 대답하고 지부 앞을 물러났다. 그러고는 그길로 송강이 갇힌 감옥으로 찾아가 말했다.

"형님 됐습니다. 이제 마음 놓으십시오. 지부는 나를 뽑아 도성으로 보내면서 보름 안에 돌아오라고 했습니다. 태사부에 가서 보고 형님을 구할 방책을 짜내도록 하지요. 그동안 형님의 음식 수발은 이규에게 맡겨 놓았으니 알아서 잘할 겁니다. 며칠만 참고 기다리십시오."

"아우가 애써 이 한목숨 구해진다면 그보다 더 고마운 일이 어디 있겠는가."

송강이 안도의 한숨과 함께 그렇게 말했다.

송강과 헤어진 대종은 곧 이규를 불렀다.

"송강 형님이 반역의 시를 잘못 써서 지금 잡혀 들어가 앞으로 어찌 될지 모르겠다. 나는 이제 지부에게 뽑혀 동경으로 간다. 곧 돌아올 것이지만 형님 음식 수발이 걱정이구나. 아침저녁 네가 알아서 잘 돌봐 드려라."

이규는 그런 대종의 말을 호기 좋게 받았다.

"까짓, 반시 몇 구절 읊조렸다고 무슨 난리들이오. 정말 모반하는 놈들은 높은 벼슬아치들인데……. 어쨌든 형님은 안심하고 동경을 다녀오시오. 감옥 안 일은 내가 책임지겠소. 어떤 놈이든 우리 형님을 건드리기만 하면 내 큰 도끼로 대갈통을 짜개 놓겠소."

대종은 이런 이규가 오히려 불안했다. 떠날 무렵 다시 이규를 찾아보고 당부했다.

"부디 조심해라. 너무 술을 마시지 말고 형님 음식 수발 잘해 드려라. 네놈이 취해서 우리 형님 굶길까 봐 걱정이다."

"걱정 말고 떠나시라니까요. 만약 수상쩍은 데가 있으면 제가 술 한 방울 입에 대지 않고 종일 살피지요. 형님이 돌아올 때까지는 밤새도록 감옥 안에서 송강 형님을 모시겠습니다."

이규가 다시 한번 그렇게 다짐했다. 대종은 그제야 마음이 놓이는 듯했다.

"아우, 자네가 그런 마음으로 형님을 모시겠다니 좀 안심이 되네. 그래만 주면 오죽 좋겠나."

그러고는 그날로 길을 떠났다. 대종이 떠난 뒤로 이규는 정말로 술을 끊고 아침부터 저녁까지 송강 곁에서 시중을 들었다.

움직이는 양산박

이규에게 송강을 맡긴 대종은 그길로 자기 거처로 돌아갔다. 신고 있던 헌 신을 삼으로 꼰 미투리로 갈아 신고 몸에는 겉옷을 걸쳤다. 허리에 선패(宣牌)를 꽂고 머릿수건도 새것으로 바꾸었다. 보따리를 꾸린 뒤 지부가 준 편지와 노자를 챙겨 넣고 성을 나서는데 두 다리에는 네 개의 갑마(甲馬)를 붙였다. 이른바 신행법을 쓰기 위한 것으로서 입으로는 끊임없이 주문을 외워 효력을 보탰다.

하룻길을 걸은 뒤 날이 저물자 대종은 객점에 들어 쉬었다. 그리고 다음 날도 일찍 일어난 대종은 아침밥을 먹기 바쁘게 길을 떠났다. 역시 다리에는 갑마를 달고 주문을 외며 내달으니 걸음이 어찌나 빠른지 귓전에 들리는 것은 바람 소리뿐이었다. 발이 흙에 닿지 않고 내달다가 점심마저 간편하게 길가에서 때우고 다시 달려 해 질 무렵에는 또 객점에서 하룻밤을 쉬었다.

사흘째가 되었다. 역시 새벽같이 일어난 대종은 시원할 때 걷기 위해 일찍 길을 떠났다. 갑마와 주문의 힘을 빌려 삼백 리 달리고 나니 어느새 사시가 되었다. 주위를 둘러봐도 변변한 주막 하나 보이지 않는데 끼니마저 제대로 때우지 못해 목이 마르고 배가 고팠다.

내달으며 줄곧 사방을 둘러보던 대종은 어떤 숲가에서 호수를 낀 술집 하나를 찾아냈다. 눈 깜짝할 새 그 앞으로 달려가 살펴보니 몹시 깨끗한 술집이었다. 스무남은 개의 술자리가 놓여 있는데 모두가 붉은 기름을 칠해 번들거렸다. 대종은 갑마를 떼고 술집 안으로 들어가 구석 자리에 앉았다. 메고 있던 신롱(信籠, 공물 담는 자루)과 봇짐을 내려놓고 겉옷을 벗은 뒤 찬물 한 그릇을 청해 들었다. 그리고 난간 쪽으로 옮겨 앉으니 좀 견딜 만했다.

"손님, 술은 얼마나 가져올까요? 고기도 좀 드시겠습니까? 고기는 돼지고기, 양고기, 쇠고기가 있습니다."

술집 일꾼이 대종에게 다가와 그렇게 물었다. 대종이 대답했다.

"술은 많이 필요하지 않소. 우선 먹을 것이나 좀 갖다 주시오."

"저희들은 술도 팔고 밥도 팔지요. 만두도 있고 국물도 있습니다. 그런데 음식은 어떤 걸로 드시겠습니까?"

"지금 이것저것 가릴 처지가 아니네. 되는 대로 국과 밥부터 가져오게."

배가 고픈 대종이 재촉하듯 말했다. 일꾼이 다시 물었다.

"맵게 요리한 두부가 있는데 그건 어떻습니까?"

"좋소, 가져오시오."

대종이 그같이 대답하자 안으로 들어간 술집 일꾼은 오래지 않아 음식을 내왔다. 매운 양념을 얹은 두부 한 사발과 나물 두 접시에 술 석 잔이었다.

대종은 배고프고 목마르던 참이라 나온 음식을 모조리 긁어 먹었다. 그런데 이게 어찌 된 일인가. 음식을 다 먹고 나자 갑자기 하늘과 땅이 빙빙 돌며 눈앞에 별이 번뜩여 몸을 가눌 수가 없었다. 대종이 탁자 옆으로 쓰러지는 걸 보고 술집 일꾼이 소리쳤다.

"쓰러져라. 쓰러져라."

그때 안에서 다시 한 사람이 달려 나왔다. 다름 아닌 양산박의 두령 중 하나인 한지홀률(旱地忽律) 주귀였다.

"저 보따리들은 안으로 들이고 몸을 뒤져 보아라. 몸에는 어떤 걸 지녔는지 보자."

주귀가 그렇게 말하자 일꾼은 시키는 대로 했다. 대종의 몸에서는 자루 하나가 나오고 그 안에서는 또 한 통의 편지가 나왔다. 일꾼이 그 편지를 주귀에게 갖다 바치자 주귀는 겉봉을 열어 보았다. 편지 겉봉에는 '평안가신(平安家信), 소자 아버님께 백 번 절하며 올림. 불초 채득장(蔡得章)'이라고 쓰여 있었다. 채득장이란 이름이 어딘가 낯익은 것이었다. 주귀는 얼른 알맹이를 꺼내 보았다. 거기에는 대강 이런 내용이 적혀 있었다.

……이번에 소자는 도성에서 떠돌고 있다는 아이들의 요망한 노래에 들어맞는 반역의 시를 적발하고 그 시를 지은 산동의 송강이란 놈을 붙잡았습니다. 지금 감옥에 가두어 놓고 아버님의 처분을 기다리고 있습니다…….

거기까지 읽은 주귀는 깜짝 놀랐다. 한참을 멍하니 앉았다가 얼른 정신을 차려 대종이 끌려가 있는 방으로 뛰어갔다. 이때 일꾼들은 대종을 큰 도마 위에 올려놓고 막 잡으려 하던 중이었다. 각을 뜨기 위해 옷을 벗기는데 대종의 몸에서 붉고 푸른 글씨를 쓴 옻칠한 선패가 나왔다. 마침 방 안으로 들어온 주귀가 그걸 보고 거기 쓰인 글자를 읽었다. '강주 양원 압로절급 대종'이란 글씨가 새겨져 있었다.

"이 사람에게 손대지 마라. 내가 평소 우리 군사에게 들은 말이 있다. 강주에는 신행태보 대종이란 사람이 있는데 자신과 매우 가깝게 지낸다 하였다. 이름을 보니 이 사람이 바로 그인 것 같다. 그런데 어째서 이 사람이 송강을 해치려는 편지를 가지고 가는 걸까? 이 편지가 내 손에 떨어진 것은 정말 하늘의 도움이로구나!"

주귀는 그렇게 소리치고 일꾼들을 향했다.

"이보게들, 얼른 독을 푸는 약을 가져와 이 사람을 깨우게. 내가 알아볼 게 있네."

그러자 일꾼들은 안으로 들어가 해독약을 내왔다. 물에 푼 약을 대종의 입에 부어 넣으니 얼마 안 되어 대종이 부시시 눈을 떴다. 엉금엉금 기며 몸을 일으키던 대종은 주귀가 채 구지부의 편지를 손에 들고 있는 걸 보고 버럭 소리를 질렀다.

"너는 어떤 놈이냐? 정말 간도 크구나. 감히 내게 몽한약을 먹여 정신을 잃게 하다니. 거기다가 지금은 또 태사부로 가는 편지를 함부로 뜯어보았으니 네 죄가 무엇인지 알기나 하느냐?"

주귀가 빙긋이 웃으며 받았다.

"이따위 편지가 뭐 대단하다고 그러시오. 태사부로 가는 편지가 아니라 대송 황제에게 가는 편지라도 못 뜯어볼 건 없지."

"이보시오, 호걸. 당신은 누구요? 이름이나 한번 들읍시다."

주귀가 말하는 품에 놀란 대종이 얼른 그렇게 물었다. 주귀가 천천히 대꾸했다.

"나는 양산박 두령 중의 하나인 한지홀률 주귀요."

"양산박의 두령이시라면 군사 오학구를 알겠구려?"

"오학구는 우리 대채의 군사로서 병권을 쥐고 있는 분이오. 그런데 당신이 어떻게 그 사람을 아시오?"

주귀가 대강 짐작을 하면서도 그렇게 물어보았다. 대종이 그제야 반가운 얼굴로 말했다.

"그와 나는 예로부터 가깝게 알고 지내는 사이요."

"그렇다면 형이 바로 군사께서 늘상 말씀하시던 강주 신행태보 대 원장이시오?"

"그렇소이다."

대종의 그 같은 대답에 주귀가 영 알 수 없다는 표정으로 물었다.

"지난날, 송공명이 강주로 귀양 갈 때 우리 산채를 지나간 적이 있소. 그때 오(吳) 군사가 당신에게 보내는 편지 한 통을 주었는데 그걸 받지 못하셨소? 그런데 지금 당신은 어찌해서 송공명의 목숨을 오히려 해치려 하는 거요?"

"송공명은 나와 형제처럼 가까이 지내는 분이오. 그러나 그분은 지금 반역의 시를 읊다가 붙잡혀서 나로서는 구해 낼 길이 없소. 내가 지금 도성으로 가는 것도 실은 어떻게 그를 구해 낼 방도를 찾아보기 위함이외다. 내가 그분의 목숨을 해치려 하다니 어찌 그럴 수가 있겠소."

대종은 그러면서 손까지 저었다. 그래도 주귀는 믿을 수가 없는지 들고 있던 채 지부의 편지를 대종에게 내밀며 말했다.

"당신을 못 믿는 건 아니지만, 여기 편지를 보시오."

편지를 받아 본 대종은 깜짝 놀랐다. 내용을 모르는 그로서는 당연한 일이었다.

자칫하면 주귀의 오해를 살지도 모른다는 생각에 대종은 송강에게서 오학구의 편지를 받은 때부터 송강이 심양루에서 술에 취해 반역의 시를 쓸 때까지 있었던 일을 자세하게 들려주었다. 다 듣고 난 주귀가 비로소 고개를 끄덕이며 말했다.

"일이 그렇게 됐다면 대 원장께서 몸소 산채로 가 보시는 게 좋겠소. 거기서 여러 두령들과 좋은 계책을 짜내면 송공명의 목숨을 구할 수 있을 것이오."

그리고 새삼 술과 밥을 내어 대종을 대접하는 한편, 물가로 가서 양산박을 향해 소리 나는 화살 한 대를 날려 보냈다. 오래잖아 졸개 하나가 조각배를 저어 건너왔다. 주귀는 대종과 함께 그 배에 타고 금사탄을 건너가 대채로 올라갔다.

오용은 주귀가 대종과 함께 양산박에 이르렀다는 전갈을 받자 황망히 산을 내려와 맞아들였다.

"참으로 뵈온 지 오래구려. 오늘은 무슨 바람이 불어 이곳까지 오시었소? 자, 우선 대채로 올라갑시다."

그런 말로 인사를 나눈 오용은 대종의 소매를 끌며 대채로 안내했다. 이어서 여러 두령들과 인사가 끝나자 주귀가 먼저 대종이 오게 된 까닭을 밝혔다. 송강이 옥에 갇혀 있다는 말을 듣고 놀란 조개는 얼른 대종에게 자리를 권한 뒤 송강이 관가에 잡혀가게 된 일을 세밀하게 물었다.

대종은 거기서 다시 한번 송강에게 일어난 일을 자세히 들려주었다. 듣고 난 조개는 깜짝 놀라 여러 두령들을 일으키고 인마를 점검하여 산을 내려가려 했다. 강주를 들이치고 송강의 목숨을 구하려는 것이었다. 오용이 그런 조개를 말렸다.

"형님, 서둘러서는 안 됩니다. 강주는 여기서 길이 머니 군마가 이르기 전에 소문부터 먼저 날 것입니다. 이른바 풀섶을 건드려 뱀을 놀라게 하는 격이 되어 자칫하면 오히려 송공명의 목숨을 해치게 되지요. 이번 일은 힘으로 나설 것이 아니라 꾀로 뜻을 이루도록 해야지요. 이 오용이 비록 재주 없으나 약간의 계책이 있습니다. 제 소견에 송공명의 목숨을 구하는 일은 여기 대 원장께 달린 것 같습니다."

"군사의 묘한 계책을 들려주시오."

오용의 말에 조금 진정된 조개가 그렇게 청했다. 오용이 차분한 목소리로 입을 열었다.

"지금 채 구지부는 대 원장을 뽑아 동경으로 글을 올리고 있습니다. 태사의 회보대로 일을 처결하려 함이지요. 우리는 바로 이 편지를 가지고 장계취계(將計就計)하도록 합시다. 한 통의 거짓 회보를 써서 대 원장으로 하여금 채 구지부에 갖다 주기로 하지요. 송강을 죽이지 말고 사람을 뽑아 몰래 동경으로 후송하라고 쓰는 겁니다. 그래서 송강의 죄를 자세히 따진 후에 여럿 앞에서 목을 베면 아이들의 요망한 노래도 자취를 감출 것이라는 이유를 들어 말입니다. 그다음 채 구지부가 송강을 호송하여 이곳을 지날 때 우리가 산을 내려가 빼앗으면 되지 않겠습니까?"

"만약 이리로 지나가지 않으면 큰일을 그르치게 되지 않겠소?"

조개가 걱정스레 물었다.

공손승이 곁에서 오용을 편들었다.

"그거야 무슨 어려움이 있겠습니까? 우리가 여기저기 사람을 풀어 살피게 하면 어느 길로 가는지 알 수 있을 것이고, 그렇다면 빼앗기도 어렵지 않겠지요. 다만, 아예 동경으로 호송하지 않고 송공명을 죽여 버릴까 걱정입니다."

그러자 조개가 다시 딴 걱정을 했다.

"그렇다 치더라도 누가 채경(蔡京)의 글씨를 그대로 흉내 낼 수 있단 말이오?"

"그것도 제가 이미 생각해 둔 게 있습니다. 지금 세상에는 네 가지 서체가 유행하고 있지요. 소동파(蘇東坡), 황노직(黃魯直), 미

원장(米元章), 채경 이 네 사람의 서체로서 보통 이들을 송조사절(宋朝四絶)이라 부릅니다. 그런데 제가 알고 있는 사람 중에 제주성에 살고 있는 소양(蕭讓)이란 수재(秀才)가 있습니다. 이 사람이 여러 종류의 서체를 잘 흉내 내어 사람들은 그를 성수서생(聖手書生, 거룩한 손을 가진 서생)이라 부릅니다. 거기다가 창봉과 도검까지 잘 써 호걸이라 할 만하지요."

"그럼 그가 채경의 글씨도 흉내 낼 수 있단 말이오?"

"물론이지요. 저는 그 사람이 채경쯤은 넉넉히 흉내 낼 수 있으리라 봅니다. 그렇지 못하다 해도 여기 이 대 원장의 도움이 있으면 넉넉합니다. 그 사람을 데리러 가는 길에 태안주(泰安州) 악묘(嶽廟)에 있는 도비문(道碑文)을 베껴 오게 하면 되지요. 그게 채경의 글씨니까 그대로 흉내 내면 될 겁니다. 소양에게는 먼저 은자 오십 냥을 보내 집안 살림에 쓰게 하고 이곳으로 데려온 뒤 다시 사람을 보내 그 가족들마저 데려오면 그도 우리와 한패가 되어줄 겁니다."

오용의 그 같은 대답에 조개는 또 딴 걱정을 꺼냈다.

"글씨는 그렇게 흉내 낸다 치더라도 도장은 어떻게 하시겠소?"

"그것도 이미 속으로 생각해 둔 것이 있습니다. 제가 아는 사람 중에 그 방면으로 이 나라 제일이 제주성 안에 살고 있지요. 성명은 김대견(金大堅)이라 하며 비석을 잘 파고 도장 역시 잘 새기지요. 사람들은 그가 옥으로 도장을 잘 새긴다 해서 옥비장(玉臂匠, 옥 팔을 가진 장인)이라 합니다. 게다가 창봉도 잘 쓰니 데려올 만하지요. 그에게 은자 오십 냥을 보내고 비석 새길 일이 있다고 속여 불러오도록 합시다. 이 두 사람 모두 우리 산채에 쓸모 있는 사람이 될 겁니다."

오용이 이번에도 준비하고 있던 것처럼이나 술술 대답했다. 그쯤 되자 조개도 마음이 놓이는 모양이었다.

"그것 참 잘되었군."

하고는 서둘러 인마 내기를 그만두는 대신 크게 잔치를 열게 하고 대종을 잘 대접했다.

다음 날이었다. 아침을 먹기 바쁘게 대종을 청한 조개는 은자 백여 냥을 내놓으며 소양과 김대견을 불러오는 일을 맡겼다. 대종은 나그네 차림에 다리에는 갑마를 두르고 산을 내려가 금사탄에서 물을 건넜다.

신행법을 쓴 걸음이라 두 시진도 안 되어 대종은 제주에 이를 수 있었다. 먼저 성수서생 소양이 사는 곳을 묻자 길 가던 사람이 손가락으로 가리키며 알려 주었다.

"주아 동쪽 문묘 앞에 삽니다."

그 말을 들은 대종은 한달음에 소양의 집 문 앞에 이르러 헛기침을 하며 물었다.

"소 선생 계십니까?"

그러자 안에서 한 수재가 나와 대종을 보더니 낯선 사람이라 이상한지 물었다.

"나그네는 어디서 오셨소? 무슨 일로 오신 거요?"

대종은 그가 바로 소양임을 알아차리고 공손히 예를 한 뒤 말했다.

“저는 태안주 악묘를 받드는 사람입니다. 이번에 우리 묘에서 오악루(五嶽樓)를 고쳐 짓기로 하고 고을 부자들이 도비문을 세우려 한바, 특히 저를 보내 백은(白銀) 오십 냥을 주면서 선생님을 모셔 오라 했습니다. 적지만 이 돈을 살림에 보태 쓰시고 저와 함께 우리 악묘로 가서 도비문을 써 주셨으면 고맙겠습니다. 정해진 날짜라 미룰 수 없으니 서둘러 주십시오.”

“제가 비록 글을 짓고 쓸 줄도 안다고는 하나 그리 대단한 재주는 못 됩니다. 설령 제가 응한다 하더라도 비를 세우고자 한다면 따로이 각자장(刻字匠)을 쓰셔야 할 겁니다.”

소양의 그 같은 말을 대종이 받았다. 대종은 내심 마음을 놓으며 넌지시 그에게 김대견의 일도 꺼내 보았다.

“제게 은자 오십 냥이 더 있는데, 이는 옥비장 김대견을 모셔 갈 돈입니다. 그분에게 글 새기는 일을 맡기려는바 혹시 그분이 계신 곳을 아신다면 함께 찾아가서 모시고 받아 둔 날짜 안으로 돌아갔으면 합니다.”

그러자 소양은 두말없이 따라나설 기색이었다. 은자 오십 냥을 거둔 뒤에 그길로 대종과 함께 김대견을 찾아 나섰다. 문묘를 지난 지 얼마 안 되어 소양이 한곳을 가리키며 말했다.

“저기 오고 있는 사람이 옥비장 김대견이오.”

대종이 보니 맞은편에서 어떤 사람이 오고 있었다. 소양은 그를 불러 대종을 소개시킨 뒤 태안주 악묘의 오악루를 고쳐 짓는 일이며 그 고을 부자들이 돈을 내어 도비문을 세우려 한다는 일 등을 일러 주고 덧붙였다.

"여기 이분이 특별히 은자 오십 냥을 가지고 와서 자네와 나에게 가자고 하는데 어쩔 텐가?"

그러자 김대견도 은자를 보고 기꺼워하는 눈치였다. 소양과 함께 대종을 술집으로 청해 들이고 술 한잔을 대접했다. 대종은 김대견에게도 은자 오십 냥을 건네주며 살림에 보태 쓰라 하고 덧붙였다.

"날을 고를 줄 아는 분이 이미 받아 둔 날짜가 있습니다. 두 분께서는 오늘 바로 떠나도록 하시지요."

소양이 그 말에 대답했다.

"지금 날이 몹시 더워 당장 움직인댔자 멀리 가지는 못할 것이오. 게다가 이 앞에는 잠잘 곳이 없소. 여기서 자고 새벽에 일찍 일어나 함께 떠나도록 합시다."

"그게 옳은 말이오."

김대견도 그렇게 소양을 거들었다. 이에 대종은 두 사람과 다음 날 일찍 떠나기로 약정하고 소양의 집에서 하룻밤을 묵었다.

다음 날 새벽이었다. 김대견은 일찌감치 봇짐을 싸 짊어지고 소양의 집으로 와서 두 사람을 찾았다. 기다리고 있던 대종과 소양도 곧 길을 나서 제주성을 벗어났다. 한 십 리나 갔을까, 대종이 문득 두 사람에게 말했다.

"두 분 선생의 걸음이 더디니 제가 먼저 가서 우리 고을 사람들에게 두 분을 맞을 채비를 하게 이르지요."

그러고는 큰 걸음으로 성큼성큼 앞서 가기 시작했다. 소양과 김대견은 등에 봇짐을 진 채 천천히 걸어 그 뒤를 따랐다. 그러다 보니 걸음은 더욱 늦어져 미시가 되어도 칠팔십 리를 채 걷지 못했다. 갑자기 앞쪽에서 한소리 휘파람이 울리더니 산기슭으로부터 한 떼의 사람이 몰려나왔다. 대강 사오십 명 정도였다. 앞선 호걸이 두 사람에게 호령했다.

“너희 두 놈은 뭣하는 놈이며 어디로 가느냐? 얘들아, 저놈들을 묶어라. 염통을 꺼내 술안주나 해야겠다.”

그는 다름 아닌 청풍산의 왕왜호였다. 그러나 왕왜호를 알 리 없는 소양은 사정부터 먼저 했다.

“저희 두 사람은 태안주 비석 세우는 데 글을 쓰고 새겨 주러 가는 중입니다. 돈은 한 푼도 없고 그저 다 떨어진 옷 몇 벌이 있을 뿐입니다.”

“나는 네놈들의 재물이나 옷가지는 필요하지 않다. 단지 네놈들의 염통과 간이 술안주로 필요할 뿐이다. 똑똑하게 생긴 놈들이니 맛도 좋겠지.”

왕왜호가 그렇게 이죽거려 다시 겁을 주었다. 소양과 김대견이 원래 무예를 모르는 사람들이 아니었다. 왕왜호가 너무 자기들을 얕보는 것 같아 벌컥 화가 났다. 각기 몸에 숨기고 있던 방망이를 꺼내 들고 왕왜호를 덮쳤다. 왕왜호도 칼을 뽑아 두 사람과 맞섰다. 세 사람이 손에 든 무기로 서로 얽혔다 떨어지기를 대여섯 번, 왕왜호가 못 견디겠다는 듯 몸을 돌려 달아나기 시작했다. 소양과 김대견은 기세가 올랐다. 겁없이 왕왜호를 쫓는데 문득 산 위에서 징 소리가 울렸다. 왼쪽으로 짓쳐 나오는 것은 운리금강 송만이요, 오른편에서 뛰어나오는 것은 모착천 두천이요, 뒤에서 덮치는 것은 백면낭군 정천수였다. 각기 서른 명 남짓을 데리고 한꺼번에 덤비니 소양과 김대견이 다소간 솜씨가 있다 한들 어찌 당하겠는가. 금세 사로잡혀 숲속으로 끌려 들어갔다.

그런데 알 수 없는 일이 일어났다. 숲속으로 들어가 앉기 바쁘게 그들 네 명의 호걸이 묶여 있는 소양과 김대견에게 말했다.

"두 분 안심하시오. 우리들은 조 천왕의 영을 받들어 특히 두 분을 산 위로 모셔 가려 왔소."

소양이 어이없다는 듯 물었다.

"산채에 우리 같은 사람들이 무슨 소용이 있소. 우리 두 사람은 닭 한 마리 묶을 힘도 없으니 산채의 귀한 쌀만 축낼 뿐이오."

두천이 그런 소양의 말에 조금 상세한 귀띔을 해 주었다.

"우리 오 군사께서는 이미 두 분을 잘 알고 계시오. 거기다가 두 분은 무예까지 능하시지 않소. 그래서 이번에 특히 대종을 보내 모셔 오게 한 거요."

듣느니 또 새로운 말이었다. 소양과 김대견은 어이없다는 듯 서로 얼굴을 마주 보며 한숨을 내쉬었다.

네 호걸은 두 사람을 한지홀률 주귀의 주막으로 데려가서 술과 밥을 잘 대접한 뒤 배에 태웠다. 물을 건너 양산박의 산채에 이르자 조개와 오용을 비롯한 여러 두령들이 나와 그들을 맞아들이고 잔치를 벌였다. 술잔이 몇 번 오간 뒤에 조개가 채경의 편지 일을 대강 알려 준 뒤 두 사람에게 뜻을 물었다.

"그 때문에 두 분을 산으로 모신 것입니다. 우리와 함께 대의를 떠받들 뜻은 없으시오?"

그러자 두 사람은 오학구를 보며 주저하는 말투로 대답했다.

"우리가 여기에 머무르는 것은 상관없으나 두 사람 모두 가솔이 바깥에 남아 있는 게 걱정이외다. 뒷날 관가에서 알면 반드시 괴롭히지 않겠습니까?"

"그건 걱정하지 마십시오. 내일 날이 밝으면 알게 될 것입니다."

오학구는 그런 알 듯 말 듯한 소리로 술만 권했다. 두 사람도 당장은 어찌할 수 없어 주는 술을 받다가 산채에서 잠자리에 들었다.

다음 날 날이 밝았을 때였다. 졸개 하나가 뛰어들어와 소리쳤다.

"모두들 오셨습니다."

그 말을 들은 오학구가 소양과 김대견에게 말했다.

"두 분 형제께서 몸소 내려가셔서 가족들을 맞으시지요."

소양과 김대견은 도무지 그 말을 믿을 수 없었다. 반은 믿고 반은 의심하며 산 아래로 내려가 보니 몇 대의 가마가 올라오고 있는데 안에는 자신들의 가족들이 타고 있었다. 두 사람은 놀라 한동안 멍하니 서 있다가 가족들에게 경위를 물었다. 가족들이 대답했다.

"당신이 어제 집을 나선 뒤에 한 떼의 사람들이 가마를 가지고 와서 말하기를 당신이 성 밖 주막에서 더위를 먹고 앓아누워 있으니 와서 구해 가라는 것이었습니다. 그래서 가마에 올랐는데 성 밖을 나서도 내려 주지 않고 바로 이곳까지 온 것입니다."

그런 대답은 두 집이 다 같았다. 소양과 김대견은 이제 더 할 말이 없어졌다. 할 수 없이 산채로 들어가 양산박의 두령들과 한패거리가 되었다.

양가의 가솔들을 산채에 안정시킨 뒤 오학구는 먼저 소양을 불러 채경의 글씨를 흉내 낸 거짓 편지로 송강을 구해 낼 일을 의논했다. 소양에게 군소리가 있을 리 없었다. 김대견도 마찬가지였다.

"전에 여러 번 채경의 도장을 파 본 적이 있습니다."

그러면서 필요한 도장이 어떤 것인가를 물을 뿐이었다.

두 사람이 바삐 서둘러 채경의 글씨체에 그럴듯한 도장까지 찍힌 답장이 마련되었다. 대종은 그 편지를 전해 받기 바쁘게 양산박의 두령들과 작별하고 산을 내려갔다. 졸개들이 배를 내어 금사탄 건너 주귀의 주막으로 보내 주었다. 대종은 거기서 네 개의 갑마를 다리에 묶고 나는 듯 달려 강주로 돌아갔다.

대종을 보낸 뒤 오용은 여러 두령들과 함께 다시 대채에서 술자리를 벌였다. 한창 흥겹게 술잔을 나누던 중에 오용이 갑자기 괴로운 한숨을 내쉬었다. 그 소리를 들은 두령들이 오용에게 물었다.

"군사는 무엇 때문에 그리 괴로운 한숨을 쉬는 거요?"

오용이 감추지 않고 털어놓았다.

"여러분들은 모르시지만 이번 편지가 오히려 대종과 송공명의 목숨을 앗게 될 것 같소!"

"아니, 그럼 그 편지에 무슨 크게 잘못된 거라도 있소?"

두령들이 깜짝 놀라 그렇게 물었다. 오학구가 다시 한번 길고 괴로운 한숨을 내쉰 뒤 까닭을 밝혔다.

“내가 한때의 급한 마음에 앞만 보고 뒤는 생각하지 못한 것 같소. 보낸 글에는 아주 큰 흠이 있어 지부가 가짜인 줄 알아채기 십상일 거요.”

“저는 채 태사의 글씨를 한 획도 어김없이 흉내를 내었고 문장도 이상한 데가 없도록 매만졌습니다. 그런데 어디에 그토록 큰 흠이 있단 말씀입니까?”

소양이 변명이라도 하듯 얼른 오용의 말을 받았다. 김대견도 알 수 없다는 듯 머리를 기웃거리며 소양을 거들어 말했다.

“제가 판 도장 역시 점 하나 틀리지 않는데 어디가 그토록 잘못됐단 말입니까?”

그 말에 오용이 괴로운 듯 받았다.

“대 원장이 편지를 가지고 돌아갈 때 내가 세밀히 살피지 못하는 바람에 놓쳐 버린 게 있소. 혹시 거기 찍은 도장은 전문(篆文)으로 ‘한림채경(翰林蔡京)’ 넉 자를 새긴 게 아니었소? 그런데 이제 그 도장 바람에 들통이 나 대종은 붙들리고 말 것이오.”

“제가 보니 채 태사의 편지나 문서에는 모두 그 도장이 찍혀 있었습니다. 그걸 점 하나 틀리지 않게 옮겨 팠는데 어째서 들통이 난단 말입니까?”

김대견이 그래도 알 수 없다는 듯 오용을 쳐다보며 그렇게 물었다. 오용이 맥 빠진 소리로 대꾸했다.

“여러분께서 아시는지 모르겠지만 지금 강주의 채 구지부는 동경 채 태사의 아들이오. 그런데 아비가 자식에게 주는 글에 어찌 관직과 이름을 새긴 도장을 찍겠소? 바로 그게 잘못된 것이고 내가 살피지 못한 점이오. 이제 대종은 강주에 이르기만 하면 그것 때문에 추궁을 받게 될 것이오."

그제야 일이 잘못된 것을 확연하게 알게 된 조개가 급한 궁리를 했다.

"얼른 사람을 보내 대종을 데려오는 게 어떻소? 그래서 다시 글을 써서 줘 보내면 될 거 아니오?"

"도대체 그 사람을 어떻게 따라잡는단 말이오? 그는 세상이 다 알다시피 신행법으로 가고 있으니 지금쯤은 오백 리도 넘게 가 있을 거요. 하지만 어쨌든 머뭇거리고 있을 때가 아닙니다. 우리 모두가 나서서 그 두 사람을 구해 낼 방도를 생각해 내야지요."

오용이 무안해하면서도 서두르는 기색으로 받았다. 조개가 그런 오용에게 물었다.

"어떻게 그들을 구하겠단 말인가? 무슨 좋은 꾀가 있나?"

그러자 오용은 곁으로 다가가 무어라고 귓속말을 한참이나 했다. 듣고 난 조개가 고개를 끄덕였다.

"반드시 제 말대로 해 주시되 특히 날짜를 어기는 일이 있어서는 아니 됩니다."

오용이 조개에게 그런 다짐을 받았다. 양산박의 두령들은 그날부터 바쁘게 움직이기 시작했다. 오용의 계책을 그대로 받은 조개의 명에 따른 것이었다. 이런저런 차림으로 연이어 산을 내려가는데 그 향하는 곳은 한결같이 강주였다.

한편 대종은 채 구지부가 준 기한에 맞추어 강주로 돌아왔다.

관아로 들어가 채 태사의 답장을 바치니 지부는 우선 기한을 어기지 않은 것이 기특해 술부터 내렸다. 대종이 석 잔 술을 마시는 사이에 답장을 받아 든 지부가 물었다.

"그래 우리 태사님은 뵈었느냐?"

"제가 밤중에 이르렀다가 곧 되돌아왔기에 태사 어른을 뵙지는 못했습니다."

대종이 얼른 그렇게 둘러대었다. 그사이 편지를 뜯어본 지부가 혼자 중얼거렸다.

"내가 보낸 여러 예물들을 잘 받으셨다는군……."

그리고 중간에는,

"천자께옵서 친히 요망한 송강을 보시겠다는군. 죄수를 옮기는 수레에 실어 밤낮을 가리지 말고 도성으로 끌어오라는 말씀이고 또 도중에는 실수가 없도록 조심하라는 분부도 있군."

하다가 다 읽은 뒤에는 고개를 끄덕이며 덧붙였다.

"황문병에게는 머지않아 천자께 아뢰어 반드시 높은 벼슬을 내리겠다는 말씀까지 하셨네."

그 말투나 표정으로 보아 대종을 의심하는 눈치는 조금도 없었다. 오히려 대종에게 은자 스물닷 냥까지 상을 내리고 거짓 편지가 시키는 대로 따를 준비에 들어갔다.

송강도 양산박으로

지부가 한편으로는 죄인 실어 나를 수레를 만들게 하고 다른 한편으로는 그 수레를 도성으로 호송해 갈 사람을 뽑고 하는 걸 보며 대종은 느긋한 마음으로 그 앞을 물러났다. 그리고 자신의 거처로 돌아가 짐을 푼 뒤 술과 고기를 사 송강을 찾아보고 그간에 있었던 일을 전했다. 송강이 듣고 기뻐했음은 말할 나위도 없었다.

한 이틀 지나자 죄인 실어 나를 수레가 다 만들어졌다. 채 구지부가 그사이 뽑아 둔 사람들에게 길 떠날 채비를 재촉하고 있을 때 문지기가 들어와 알렸다.

"무위군의 황 통판(通判)이 찾아오시어 뵙기를 청합니다."

"들라 이르라."

지부는 그렇게 이르고 황문병을 반갑게 맞아들여 뒤채 조용한 방으로 이끌었다. 황문병은 이번에도 맨손으로 오지 않았다. 몇 가지 쏠쏠한 예물에다 계절에 맞는 술과 새로 난 과일을 바치자 지부가 고마운 뜻을 나타냈다.

"이거 번번이 받기만 해서 정말 어찌해야 할지 모르겠구려."

"시골 바닥에서 나는 보잘것없는 것들이옵니다. 상공께서 입에 담을 것조차 못 됩니다."

황문병이 그렇게 겸양을 부렸다. 지부는 그런 황문병이 더욱 마음에 들었다. 먼저 그에게 기쁜 소식부터 일러 주었다.

"이제 곧 경에게 높은 벼슬이 내릴 것이오."

"상공께서 그것을 어떻게 아십니까?"

황문병이 기쁘기보다는 이상한 게 먼저란 듯 그렇게 물었다. 지부가 기꺼운 표정으로 대종이 돌아온 일을 알렸다.

"편지를 가져갔던 사람이 그제 이미 돌아왔소. 요망한 송강을 도성으로 끌어오라는구려. 아울러 통판의 공을 천자께 아뢰었더니 공에게 높은 벼슬을 내리시겠다더란 게요. 이 모두가 아버님의 답신에 쓰여 있었소."

그래도 무엇이 이상한지 황문병은 쥐 같은 눈을 한참이나 깜빡이다가 건성으로 받았다.

"일이 그렇게 되었다면 모두가 태사 어른의 하늘 같은 은혜입지요. 그런데 편지 심부름을 했다는 그 사람 정말 귀신같군요. 그 사이에 벌써 다녀오다니……."

"통판은 잘 믿지 못하시겠지만 사실이오. 뭣하다면 아버님의 편지를 보여 드려 의심을 풀어 드릴 수도 있소."

대종이 그사이에 벌써 돌아온 걸 황문병이 믿지 못하는 걸로 안 지부가 그렇게 말했다. 황문병이 대뜸 그런 지부의 말꼬리에 매달렸다.

"저 같은 게 어찌 감히 두 부자분 사이에 오간 편지를 볼 수 있겠습니까만 이왕 저를 믿어 주신다니 한번 보았으면 좋겠습니다."

"통판과 나는 이미 서로 마음을 트고 오가는 사인데 그 편지를 보여 준다 해서 안 될 일이 무어겠소."

지부는 그렇게 선선히 허락하고 부리는 사람을 시켜 아비에게서 온 편지를 내어 오게 했다. 황문병은 그 편지를 받아 들더니 처음부터 끝까지 찬찬히 읽어 나갔다. 그가 살피는 것은 편지 내용뿐만이 아니었다. 봉투며 편지에 찍힌 도장까지 샅샅이 뒤집으며 훑어보았다.

"이 편지는 결코 진짜가 아닙니다."

이윽고 황문병이 고개를 내저으며 그렇게 잘라 말하였다. 지부가 어이없다는 듯 받았다.

"그건 아무래도 통판이 틀린 듯하오. 이것은 틀림없이 아버님이 손수 써 내리신 글이오. 그런데 어찌 진짜가 아니란 말이오?"

"상공, 죄송스럽지만 한 가지만 묻겠습니다. 전에도 부자분 사이를 오가는 편지에 이런 도장을 찍었습니까?"

황문병이 조금도 흔들림 없는 어조로 그렇게 물었다. 지부도 그제야 정색이 되었으나 아직도 대단하게 여기지는 않는 눈치였다.

"그야…… 평소 오가는 편지에는 물론 도장을 안 찍지요. 그저 아버님 친필로 몇 자 써 내리실 뿐입니다. 그런데 이번에는 편지 한쪽에 도장을 찍으시고 봉투에도 직인이 보이는데……."

그러자 황문병이 그런 지부의 말을 다그치듯 받았다.

"상공, 저를 말 많다 나무라지 마시고 들어주십시오. 그 편지 속의 글씨체는 딴 사람도 얼마든지 흉내 내어 상공을 속일 수 있습니다. 요즈음 세상에는 소(蘇), 황(黃), 미(米), 채(蔡) 네 가지의 글씨체가 크게 성행하고 있습니다. 무릇 글씨를 배운 이치고 그네 서체를 조금쯤은 흉내 내지 못하는 이가 없을 정도지요. 그 도장도 그렇습니다. 거기 찍힌 도장은 태사 어른께서 한림학사로 계실 때에 쓰던 것입니다. 역시 천하에 널리 알려진 도장이지요. 거기다가 지금은 태사로 계신데 어찌하여 한림학사 시절의 도장을 쓰신단 말입니까? 우연히 잘못 쓰시게 된 것이라고 보려 해도 이상한 점이 너무 많습니다. 제가 공연히 의심한다고만 생각지 마시고 편지 심부름을 간 사람을 불러 자세히 따져 보는 것이 좋을 듯합니다. 태사부 안의 일을 이것저것 물으시어 그가 만약 제대로 대답하지 못한다면 이 편지는 가짜로 보아도 틀림이 없을 것입니다. 말 많다 소리를 들더라도 상공께서 제게 베푸신 은덕을 생각하니 이 말씀을 아니 드릴 수가 없습니다."

그러자 채 구지부도 슬그머니 의심이 나는지 황문병이 시키는 대로 따랐다.

"그거야 어려울 것도 없소. 그 사람은 아직 한 번도 도성 구경을 한 적이 없는 사람이라 몇 마디만 물어도 정말 다녀왔는지 안

다녀왔는지 금세 알 수 있을 거요."

그렇게 말하고는 황문병을 병풍 뒤에 숨어 있게 한 뒤 사람을 보내 대종을 불렀다. 명을 받은 공인들이 사방으로 대종을 찾아 나섰다.

그때 대종은 관아 안에서 술을 마시고 있었다. 전날 감옥을 찾아가 송강을 보고 양산박의 일을 귀띔해 준 터라 마음 편하게 술잔을 기울이고 있는데 공인들이 몰려와 지부가 찾고 있다는 말을 전했다. 워낙 쉽게 속아 넘어가던 지부라 대종은 별로 걱정하지 않고 지부 앞으로 나갔다.

"전날 네가 수고롭게 먼 길을 다녀왔는데 아직 상을 내리지 못했구나. 몇 가지 알아볼 일만 알아본 뒤 큰 상을 내리겠다."

"제가 상공의 믿음을 입어 그 일을 맡도록 뽑혔는데 어찌 태만할 수 있겠습니까? 무어든 물어 주십시오."

대종이 그렇게 태연스레 받았다. 지부가 날카로운 물음을 쏟아내기 시작했다.

"내가 연일 일이 바빠 너에게 자세한 걸 묻지 못했다. 이번에 도성에 갔을 때 어느 문으로 들어갔더냐?"

"제가 도성에 이르렀을 때는 이미 날이 저물어 어떤 문으로 들어갔는지 잘 살펴보지 못했습니다."

"우리 집 문 앞에 갔을 때 누가 너를 맞아들였으며 너는 집 안 어디서 묵었느냐?"

"제가 태사 어른 댁을 찾아가니 어떤 문지기가 먼저 편지를 받아 안에 전하더군요. 그리고 오래잖아 예물 짐도 받아들였습니니다. 저는 그 뒤 따로 객점에서 잤습지요. 이튿날 아침 일찍 다시 문 앞에서 기다리노라니 그 문지기가 태사 어른의 답장을 내다 주었습니다. 저는 혹시라도 정한 기일을 넘길까 겁이 나서 이것저것 따져 볼 것이 없이 되돌아 달려왔지요."

대종은 되는 대로 그렇게 둘러대었다. 그러나 지부는 점점 의심쩍은 눈초리가 되어 대종을 보며 따져 묻기를 계속했다.

"네가 본 우리 집 문지기는 나이가 얼마나 되더냐? 또 검고 야윈 사람이더냐, 희고 통통한 사람이더냐? 키는 어느쯤 되고 수염은 있더냐, 없더냐?"

"제가 첫날 거기 갔을 때는 이미 날이 깜깜했고 다음 날 갔을 때는 새벽이라 날이 아직 밝지 않았습니다. 그래서 자세히 보지는 못했으나 문지기는 그렇게 늙지 않은 나이에 중키였고 수염도 조금 있는 것 같았습니다."

대종은 겨우겨우 그렇게 끼워 맞췄으나 거기서 일은 들통이 나고 말았다.

"저놈을 잡아 묶어라."

지부가 화가 나 시뻘게진 얼굴로 그렇게 소리치자 뜰 아래 있던 십여 명 군졸들이 대종을 덮쳐 멧돼지 옭듯 옭아 버렸다. 움치고 뛸 겨를조차 없이 묶여 지부 앞에 무릎 꿇리게 된 대종은 그래도 뻗댄다고 뻗대어 보았다.

"정말 왜 이러십니까? 저는 아무 죄도 없습니다."

지부가 그런 대종을 꾸짖었다.

"이 죽일 놈, 우리 집 늙은 문지기 왕공은 이미 여러 해 전에 죽어 지금은 그 아들이 문을 지키고 있다. 그런데 뭐, 나이가 지긋하고 수염이 있어? 거기다 문지기가 바로 사랑에 드는 법은 없고 편지나 전갈이 있으면 반드시 요부당(繇府堂)의 장 간판(幹辦)을 통해 이 도관(都管)을 거친 뒤에야 안으로 들게 된다. 예물도 마찬가지, 따라서 답신은 빨라야 사흘을 기다려야 되는데 무슨 엉터리 수작이냐? 나는 편지뿐만 아니라 두 짐의 예물까지 보냈으니 마땅히 집안에서 믿고 부리는 자를 내보내 네놈에게 여러 가지를 물었을 것이다. 그따위로 덥석 물건을 받아들이고 하룻밤에 답장을 써 내주는 그런 일은 없다. 그런데 나를 속이려 들어? 좋게 말할 때 바로 대라. 이 편지는 어디서 났느냐?"

"저는 마음이 바빠 그저 빨리 갔다 올 생각에 모든 걸 차분히 살피지 못했을 뿐 분명 그 편지는 태사부에서 나온 것입니다."

대종은 여전히 그렇게 뻗대었다. 지부가 목소리를 높였다.

"닥쳐라. 이 흉측한 놈, 매를 맞고서야 바로 댈 작정이냐? 여봐라, 저놈이 바른말 할 때까지 몹시 쳐라."

그러자 군졸들이 매를 들고 나와 알던 정 보던 정 없이 내리쳤다. 지부가 보고 있는 눈앞이니 그럴 수밖에 없는 일이었다. 곧 대종의 살가죽은 찢어지고 살은 터져 온몸이 벌겋게 피로 물들었다. 매에 못 이긴 대종이 마침내 털어놓기 시작했다.

"바로 아뢰겠습니다. 실은 제가 양산박을 지나다가 한 떼의 도둑 떼를 만나 산채로 붙잡혀 가게 되었습니다. 그들은 제 배를 가르기 전에 몸을 뒤졌는데 거기서 상공의 편지를 보게 되었습지요. 놈들은 예물 짐을 빼앗은 뒤에 저를 놓아 보내 주려 했으나 저는 그대로 돌아올 수 없어 차라리 죽여 달라고 덤볐습니다. 그러자 놈들은 그 거짓 답장을 써 주며 저보고 한패가 되자 했습니다. 저도 벌받을 게 두려워 상공을 속여 보려 했구요……."

"그러면 그렇지. 네놈이 중간에 엉터리 수작을 끼워 놓고 있다만 양산박 도적들과 한패거리임에 틀림이 없다. 그래서 내 예물을 가로채고 송강까지도 어찌해 보려 했지. 여봐라, 저놈이 모든 걸 털어놓을 때까지 계속 쳐라."

한번 매질의 효과를 본 지부가 다시 그렇게 소리쳤다. 하지만 대종은 자신이 양산박 사람들과 전부터 알고 지낸 일만은 털어놓지 않았다. 몇 차례 모진 매질 뒤에 물어도 대종의 말이 처음과 다름없자 지부도 그 일에만은 넘어가 주었다.

"더 물을 필요 없다. 저놈에게 큰칼을 씌워 감옥에 가두어라."

그렇게 심문은 끝났다. 사실 따져 보면 대종이 털어놓은 것만 해도 여간 엄청난 일이 아니었다.

"만약 통판의 밝은 눈이 아니었더라면 나는 큰일을 그르칠 뻔했소."

안으로 들어간 지부는 거기서 기다리던 황문병에게 감사부터 했다. 그러나 황문병은 그걸로 만족하지 않았다.

"제가 보기에 그 대종이란 놈은 틀림없이 양산박 것들과 한패거리 같습니다. 그것들과 무리를 지어 모반하려 드는 것이니 일찍 없애지 않으면 반드시 뒷날의 걱정거리가 될 것입니다."

그렇게 대종과 송강을 어서 죽이라고 부추겼다. 여러 번 그의 말이 맞아떨어지는 걸 겪은 뒤라 지부도 고개를 끄덕였다.

"알겠소. 저 두 놈의 조서를 받아 문서로 남긴 뒤에는 저잣거리에 끌어내어 목을 베도록 합시다. 조정에는 그다음에 일을 상주하도록 하지요."

그제야 황문병도 속이 차는지 간사한 웃음으로 지부를 추어주었다.

"정말로 밝은 안목이십니다. 그렇게만 하면 첫째로는 조정의 기쁨이니 상공께서도 큰 공을 세우신 게 되며, 둘째로는 양산박의 도적 떼가 이곳 감옥을 들이치러 오는 걸 막는 길이 됩니다."

"모두가 다 통판의 밝은 눈 때문이지 내 공이 무엇 있겠소. 반드시 그 일을 조정에 아뢰어 통판의 공을 헛되게 하지 않겠소."

지부가 그렇게 받고 황문병을 잘 대접한 뒤 돌려보냈다.

다음 날 채 구지부는 그 일을 맡은 공목(孔目)을 불러 분부했다.

"빨리 문서를 꾸며라. 송강이란 놈과 대종의 죄를 함께 묶어 공초(供招)를 받아야 한다. 그리고 놈들의 죄명을 적은 푯말도 만들어 내일이라도 그걸 저잣거리에 내걸고 사람 많은 데서 목을 베도록. 예로부터 역모를 꾸민 죄인은 우물쭈물 말고 빨리 처결하라 했다. 어서 송강과 대종을 죽여 뒷날의 근심거리를 없애야겠다."

그때 불려 간 이는 황(黃) 공목이란 사람이었는데 대종과 가깝게 지내던 사이였다. 어떻게 구해 낼 길은 없지만 날짜라도 끌어보려 마음먹었다.

"내일은 나라의 기일(忌日)입니다. 모레는 칠월 보름 중원절(中元節)이굽쇼. 두 날 모두 형을 시행할 수는 없는 날입지요. 그다음은 또 나라의 경명절(景命節)이라 아무래도 처형은 닷새가 지난 뒤라야 되겠습니다."

황 공목이 그렇게 말하자 채 구지부도 급한 마음을 달래는 수밖에 없었다. 엿새째 되는 아침부터 서둘러 송강과 대종을 죽이기로 하고 거기에 따라 준비를 시켰다.

"그날은 아침 일찍 사람을 보내 저자의 네거리에 형장을 만들도록 한다. 아침밥을 먹은 뒤 망나니와 군사들을 모으는데 군사는 한 오백 명쯤 내도록. 먼저 그들을 감옥 앞에 늘여 세운 뒤 사시가 되거든 내게도 알려라. 나도 몸소 나가 그 두 놈의 목이 달아나는 걸 살필 작정이다."

애써 처형 날짜를 미루기는 했지만 황 공목이 할 수 있는 일은 그뿐이었다. 처형 날에 쓸 '참(斬)'이란 푯말 두 개를 마련하고 막연히 기다리는 수밖에 없었다. 강주 노성의 높고 낮은 구실아치들치고 송강, 대종과 친하지 않은 이가 거의 없었지만 구할 수 없기는 마찬가지였다. 그저 괴로운 한숨만 쉬며 죽게 될 두 사람을 동정할 뿐이었다.

이윽고 처형 날이 다가왔다. 수백 군사들이 에워싼 가운데 감옥에서 끌려 나온 송강과 대종은 형을 받을 채비에 들어갔다. 머리칼은 흐트러지지 않게 아교 물로 빗겨 배[梨]처럼 뭉친 뒤 그 위에 사형수임을 나타내는 붉은 끈을 얹고 종이꽃을 꽂았다. 청면성자(青面聖者, 감옥의 신을 이르는 말)의 제단 아래 끌려가 마지막 밥상[長休飯]을 받고 영별주(永別酒)를 얻어 마시는 것으로 감옥에서의 절차는 끝났다.

이어 군사들은 송강과 대종을 나란히 걸리고 앞뒤로 수십 명씩 에워싼 채 감옥을 나섰다. 모든 게 잘되어 나가다 엉뚱하게 일이 꼬여 그 모양이 된 송강과 대종은 기가 막혔다. 서로 마주 쳐다보며 탄식만 했다. 무엇보다 기막힌 것은 양산박의 두령들이 알지도 못하는 사이에 죽게 된 일이었다.

하지만 강주 사람들에게는 그 모든 게 좋은 구경거리일 뿐이었다. 어른 아이 할 것 없이 거리로 나와 밀치고 밀리며 구경하는데 그 수가 몇천은 되었다. 그런 사람들 사이를 송강이 절뚝거리며 앞서고, 대종은 머리를 푹 수그린 채 뒤따랐다.

저잣거리를 지나 형장에 이르자 수백 군사들이 창칼로 숲을 이루며 빙 둘러 있는 게 보였다. 그 가운데 송강은 남쪽을 향해 무릎을 꿇리고 대종은 북쪽을 향해 무릎을 꿇리었다. 이제 오시 삼각(三刻)이 되어 감참관(監斬官)이 오면 그들의 목은 날아갈 판이었다.

등을 맞대듯 꿇어앉은 두 사람 곁에는 그들의 죄를 알리는 푯말이 높이 내걸렸다.

강주부 죄인 송강

이자는 반역의 시를 지어 읊었을 뿐만 아니라 요망한 말을 퍼뜨리고, 양산박의 도적들과 내통하여 모반하려 했다. 법에 따라 목을 벤다.

또 다른 죄인 대종

이자는 송강을 빼내려고 가짜 편지를 관가에 갖다 바치고,

역시 양산박의 도적들과 내통해 모반하려 했다. 법에 따라 목을 벤다.

감찰관 강주 지부 채득장

그때 지부는 말 위에 높이 앉아 송강과 대종의 목이 날아가기를 기다리고 있었다. 그런데 아직 처형할 시각이 안 되어 기다리는데 형장 동쪽이 술렁거렸다. 한 떼의 땅꾼들이 뱀 잡는 막대기며 자루를 든 채 형장 안을 구경하겠다고 밀고 든 것이었다. 군사들이 두들겨 쫓으려 하였으나 부득부득 떼를 쓰며 물러나지 않자 부근은 절로 시끄러워지지 않을 수 없었다.

소동은 땅꾼들만으로 그치지 않았다. 군사들과 땅꾼들이 밀고 당기고 하는데 이번에는 형장 서쪽으로 한 떼의 약장수들이 밀려들었다. 창봉 쓰는 재주로 사람을 끌어모아 약을 파는 이들로 그들 역시 형장 안으로 들어가겠다고 어거지였다.

"이놈들, 몰라도 너무 모르는구나. 여기가 어디라고 함부로 밀고 들어?"

군사들이 그렇게 을러댔으나 그들은 눈도 끔뻑 않았다. 오히려 빈정거리듯 맞받아치는 것이었다.

"이런 촌사람들 보게. 우리는 주(州)고 부(府)고 못 가는 데가 없는 사람들이란 말씀이야. 사람 죽는 구경이라면 안 가 본 데가 없어. 도성에서 천자가 사람을 죽일 때도 구경은 맘 놓고 하게 하는데 이 조그만 곳에서 사람 둘 목 베는 것 가지고 되게 법석을 떠네. 한번 보기만 하겠다는데 사람은 왜 때리구 야단이야?"

그리되니 그곳에서도 시비가 아니 일 수 없었다. 그편을 지키던 군사들과 약장수 떼거리가 다시 옥신각신하는 걸 보고 감참관인 지부가 소리쳤다.

"내쫓아! 함부로 못 들어오게 해!"

그러나 약장수들은 여전히 들여다보겠다고 아우성을 쳤다.

그 바람에 서쪽도 시끄러워져 가고 있는데 다시 남쪽이 시끄러워졌다. 어디서 왔는지 멜대를 진 한 무리의 짐꾼들이 다시 형장으로 들이민 것이었다.

"어이, 이봐, 어디로들 가려는 거야?"

그쪽을 지키던 군사들이 그들을 막았다. 그러자 짐꾼들이 입을 모아 말했다.

"우리가 진 것은 지부 나리 댁으로 가는 물건들이오. 당신들이 어찌 감히 우리를 막는 거요?"

형장이 원래 저자 네거리라는 걸 감고 드는 수작이었다. 지부네 물건을 옮기는 사람들이란 말에 약간 기가 죽기는 해도 때가 때인지라 군사들은 물러나지 않았다.

"자네들이 지부 나리 댁 사람들이라도 안 돼. 딴 길루 돌아가라구."

그러자 짐꾼들은 모두 메고 있던 짐을 내려놓고 구경하는 사람들 틈에 끼었다. 형이 끝나면 지나겠다는 투였다.

그 무렵 해서 형장 북쪽도 조용하지는 못했다. 그곳에는 또 한 떼의 장사치들이 수레 두 대를 앞세우고 나타났다.

"서! 여기가 어디라고 함부로 밀고 드는 거야?"

군사들이 그런 장사치들을 가로막으며 소리쳤다. 장사꾼들이 멀쩡한 얼굴로 떼를 썼다.

"우리는 길이 바쁘오. 얼른 지나가게 비켜 주시오."

"이것들 봐라. 여기가 어딘데 함부로 지나가려느냐? 정 길이 바쁘거든 다른 데로 돌아가거라. 여긴 안 된다!"

군사들이 그렇게 소리쳤지만 장사치들은 들은 척도 않았다. 꾸역꾸역 밀고 들며 속 뒤집는 소리들만 해 댔다.

"말이야 그럴듯하지만 그게 될 소리요? 우리는 도성에서 온 사람들이라 길은 이 길밖에 모르오. 또 큰길로 나가자면 이 길밖에 없고……."

그래서 북쪽 역시 옥신각신이 벌어졌다. 장사치들이 수레와 짐보따리를 세워 놓고 버티는 바람에 생기는 소란이었다.

사방이 다 시끄럽자 채 구지부도 마침내는 힘으로 어찌해 볼 생각을 버렸다. 물러나지 않겠다면 그대로 두고 처형을 시작할 양으로 시각이 되기만을 기다렸다.

오래잖아 사람들을 헤치고 형장 가운데로 온 구실아치 하나가 소리 높이 외쳤다.

"오시 삼각이오!"

"어서 죄수들의 목을 쳐라!"

감참관인 지부가 기다렸다는 듯 영을 내렸다. 그러자 옥졸 둘이 나와 송강과 대종이 목에 쓰고 있던 칼을 벗겼다. 이어 사람 목 자르는 데 쓰는 큰 칼을 든 망나니 둘이 나타났다.

그런데 바로 그때였다. 장사꾼들이 끄는 수레 위에 앉아 있던 장사꾼 차림의 사내 하나가 갑자기 벌떡 일어서더니 품 안에서 작은 징 하나를 꺼내 딩딩딩 세 번씩 두 차례 두들겼다. 그러자 사방에서 함성이 일며 진작부터 와서 옥신각신하고 있던 땅꾼, 약장수, 짐꾼, 장사치 들이 한꺼번에 들고일어났다.

그와 때를 같이해 네거리 모퉁이 찻집 누각에서도 한 사내가 뛰어내렸다. 호랑이 같은 얼굴에 옷을 벗어부쳐 시커먼 맨살을 그대로 드러내고 있는데, 양손에는 두 자루 넓적한 도끼를 나눠 쥐고 있었다.

벽력같은 고함을 지르며 높은 곳에서 뛰어내린 사내는 형장에 이르기 바쁘게 도끼를 휘둘러 두 망나니부터 쪼개 버렸다. 그리고 다른 쪽은 돌아보지도 않고 똑바로 감참관인 채 구지부를 향해 덮쳐 갔다. 군사들이 급히 창칼을 들어 그런 사내를 막아 보려 했으나 될 일이 아니었다. 겨우 지부만 구해 내 꽁지가 빠지게 내뺄 뿐이었다.

그 무렵 형장 동쪽의 땅꾼과 뱀 재주 부리는 패거리도 손을 쓰기 시작했다. 저마다 품속에서 칼 한 자루씩을 꺼내 들고 형장을 지키는 군사들에게 덤볐다. 서쪽의 약장수들도 마찬가지였다. 재주를 보일 때 쓰는 창봉을 휘둘러 군사들을 후려 댔다. 남쪽의 짐꾼들은 짐꾼들대로 짐 나르는 데 쓰는 멜대를 빼내더니 구경꾼, 군사 가릴 것 없이 닥치는 대로 패 넘기기 시작했다.

북쪽의 장사치들은 더 무서웠다. 수레를 밀어 그대로 형장 가운데로 뚫고 들더니 그중에 하나는 송강에게로 뛰어가고 또 하나는 대종의 등 뒤로 달려갔다. 그사이 나머지 장사치들은 수레에서 활과 화살을 꺼내 쏜다, 돌을 꺼내 던진다, 표창을 날린다 해서 군사들이나 옥졸이 그 근처에 얼씬도 못하게 했다. 말할 것도 없이 송강과 대종을 구하기 위함이었다.

그 형장을 덮친 이 사람들은 누구였을까? 그들은 바로 오용의 계책에 따라 양산박에서 내려온 여러 두령과 그 졸개들이었다. 장사꾼들로 꾸민 것은 조개와 화영·황신·여방·곽성이었고, 약장수 패거리로 꾸민 것은 연순·유당·두천·송만이었다. 짐꾼들로 꾸민 것은 주귀·왕왜호·정천수·석용이었으며, 땅꾼들로 꾸민 것은 완소이·완소오·완소칠·백승이었다. 그들 열일곱 두령이 졸개 백여 명을 거느리고 몸소 달려온 것이었다.

그런데 그들에게도 낯선 사람이 하나 더 있었다. 몸집 크고 거무튀튀한 사내로서 넓적한 도끼 둘을 수레바퀴처럼 휘두르며 닥치는 대로 찍는데 조개를 비롯한 양산박 사람들은 그가 누군지 알 수가 없었다. 그러나 보기에는 힘도 으뜸이요 사람도 가장 많이 죽이는 것 같았다.

그 사내를 보고 있던 조개가 문득 무엇을 떠올렸는지 여러 호걸들을 보고 말했다.

"전에 대종이 말하기를 흑선풍 이규란 사람이 송공명과 아주 가깝다 했소. 아마도 저 사람이 그인가 보오."

그러고는 그 사내를 향해 소리쳤다.

"앞에 계신 호걸은 혹시 흑선풍 아니시오?"

그러나 그 사내는 조개의 물음에 대답도 않고 무거운 도끼질만 해 댔다. 조개는 그가 흑선풍 이규인 줄로 알고 송강과 대종을 구해 낸 졸개에게 그 뒤만 따라가라 일렀다.

그날 그 저자 네거리는 군관과 백성 할 것 없이 죽은 사람들의 시체로 덮이고 흐르는 피는 개울을 이룰 정도였다. 양산박의 두령들은 군사들을 쫓은 뒤 끌고 온 수레며 병기를 수습해 그 거무튀튀한 사내를 뒤따라 성을 빠져나갔다. 그들 뒤에는 화영과 황신, 여방, 곽성 들이 화살을 어지럽게 날려 쫓아오는 무리를 막았다. 그 바람에 강주 백성들은 물론 군사들도 감히 그들을 뒤쫓을 엄두를 내지 못했다.

그 거무튀튀한 사내는 성을 나가서 똑바로 강변을 향했다. 온몸에 피를 뒤집어쓰고 닥치는 대로 사람을 찍어 넘기며 내닫는 그를 향해 조개가 다시 소리쳤다.

"백성들은 건드리지 마시오. 함부로 사람을 상해서는 아니 되오!"

그래도 그 사내는 도끼를 휘둘러 눈에 띄는 대로 사람을 죽여댔다. 마치 피 맛에 취해 눈이 뒤집힌 사람 같았다.

성을 나와 강변을 따라 닫기 오 리 남짓했을까, 갑자기 눈앞에 도도히 흘러내리는 큰 강이 나왔다. 길이 거기서 끝난 걸 보고 조개는 자신도 모르게 괴로운 신음을 냈다. 형장을 뒤집어엎는 데까지는 좋았지만 어쨌든 그들은 쫓기는 사람들이었다. 겨우 백몇십 명으로 수천의 강주 군사를 끝까지 이겨 낼 수는 없었기 때문이었다.

그 거무튀튀한 사내도 조개가 신음하는 뜻을 알아차린 듯했다. 그제야 입을 열어 무뚝뚝하게 소리쳤다.

"겁내실 것 없소. 우리 형님은 저기 사당 안에 계실 거요."

그 소리에 조개를 비롯한 양산박 사람들은 그가 가리키는 곳을 보았다. 정말로 강가 한곳에 큰 사당이 하나 있었다. 그 사당의 굳게 닫힌 문을 도끼로 찍어 열어젖힌 사내가 곧장 안으로 뛰어들었다. 호걸들이 뒤따르며 안을 들여다보니 아름드리 푸른 소나무가 우거진 그늘에 사당이 섰는데 처마에는 '백룡신묘(白龍神廟)' 넉 자가 금칠로 크게 쓰인 현판이 걸려 있었다.

그때 송강과 대종은 양산박 졸개들이 이끄는 대로 그 묘 안에서 쉬고 있었다. 갑자기 벼락 치는 소리와 함께 대문이 쪼개지며 사람들이 사당 안으로 밀려들었다. 송강이 놀라 보니 조개를 비롯한 양산박의 두령들이 아닌가.

"형님, 이렇게 만나 뵙는 게 정녕 꿈은 아닌지요?"

송강이 조개를 보고 울먹이며 말했다. 조개가 그런 송강의 두 손을 맞잡으며 위로했다.

"산채에 머물자고 권해도 기어이 내려가시더니 오늘 이 고생을 하시는구려. 이제 우리가 왔으니 형은 마음 푹 놓으시오."

그러고는 아무래도 궁금해 못 견디겠다는 듯 거무튀튀한 사내를 눈으로 가리키며 송강에게 물었다.

"한데 저기 저 호걸은 뉘시오?"

"저 사람이 바로 흑선풍 이규요. 내가 감옥 안에 있을 때도 몇 번이나 나를 빼내려고 했으나 그렇게는 몇 발 달아나지 못할 것 같아 그의 말을 따르지 못했지요. 그랬더니 오늘은 결국 참지 못하고 나선 모양입니다."

송강이 그렇게 알려 주었다. 조개가 고개를 끄덕이며 이규를 치켜세웠다.

"정말로 저런 호걸은 어디서도 얻기 어려울 것이오. 힘도 엄청나지만 창칼과 화살도 두려워하는 빛이 없었소!"

그때 화영이 와서 조개를 깨우쳤다.

"우선 두 분 형께 새 옷이나 올리십시오. 몰골이 영 말씀이 아닙니다."

사형수 차림으로 있는 송강과 대종이 보기 안돼서 하는 소리였다. 이때 이규가 다시 쌍도끼를 둘러메고 우르르 사당 행랑 쪽으로 달려 나갔다. 송강이 그런 이규를 세웠다.

"이보게 아우, 어딜 가나?"

"사당 안에 있는 놈들은 싹 죽여 버리려구요. 귀신이건 사람이건."

이규가 씩씩거리며 그렇게 대답했다. 대낮에 문을 걸어 잠그고 아무도 내다보지 않는 게 괘씸하다는 이유였다. 송강이 이규를 달래듯 불렀다.

"그러지 말고 이리 오게. 여기 와서 우리 형님과 두령들께 인사나 드리라구."

그제야 이규는 도끼를 내려놓고 양산박 두령들 쪽으로 왔다. 그래도 사람 알아보는 눈은 있는지 먼저 조개 앞으로 간 이규가 털썩 무릎을 꿇으며 말했다.

"형님, 이 철우(鐵牛)가 너무 함부로 날뛴 걸 너그러이 보아줍시오."

조개가 빙긋이 웃으며 그를 일으키고 나머지 여러 두령과도 인사를 나누게 했다. 알고 보니 양산박 두령 주귀와 이규는 고향이 같았다. 두 사람이 그걸 반가워하고 있는데, 화영이 걱정스러운 얼굴로 조개에게 말했다.

"형님, 이거 영 안 좋은데요. 형님께서 여기 이 형을 따라가라 하시기에 무턱대고 여기까지 오기는 했습니다만 앞에는 큰 강물이 가로막고 길은 끊겼습니다. 배도 한 척 없구요. 이러고 있다가 성안의 관군들이라도 몰려오면 어떡합니까?"

"그건 걱정하지 마시오. 나와 여러 두령들께서는 이 길로 다시 성을 들이쳐 버립시다. 채 구지부 놈하고 그 곁에 알랑거리던 것들까지 깡그리 죽여 버리자구요!"

이규가 화영의 말을 받아 그렇게 큰소리를 쳤다. 그때쯤에서야 겨우 제정신이 돌아온 대종이 이규를 나무랐다.

"아우, 함부로 성질부리는 게 아니야. 성안에 군사가 얼마나 되는지 알아? 줄잡아 오륙천은 되는데 우리 백여 명이 무슨 수로 당해 내? 만약 그들이 몰려오면 고스란히 당하고 말 거야."

그때 완소칠이 한 의견을 냈다.

"제가 보니 강 건너에 배가 몇 척 묶여 있었습니다. 우리 삼 형제가 물을 헤엄쳐 건너 그 배들을 빼앗아 오면 모두 탈 수 있을 것입니다. 어떻습니까?"

"그게 가장 나을 듯싶소."

걱정스러운 얼굴로 있던 조개가 선뜻 완소칠의 의견을 따라 주었다.

이에 완씨 삼 형제는 입고 있던 옷을 벗고 비수 한 자루씩만 입에 문 채 강물로 뛰어들었다. 그런데 그들 형제가 강 한가운데쯤을 헤어 갈 때였다. 문득 상류에서 배 세 척이 바람을 받으며 나는 듯 떠내려 오는 게 보였다. 배마다 여남은 명이 탔는데 모두가 하나같이 손에 창칼을 들고 있어 강가에 있던 사람들은 놀라지 않을 수가 없었다.

"내 목숨도 여기서 끝장인가……."

송강은 그렇게 중얼거리며 사당을 나가 다가오는 배 위의 사람들을 자세히 살폈다.

앞선 뱃머리에 한 몸집 큰 사내가 앉았는데, 번쩍거리는 오고차(五股叉)를 들고 있는 게 여간 억세 보이지 않았다. 머리는 붉은 끈으로 질끈 묶고, 아랫도리에는 흰 비단 바지를 입은 채 앉아 끊임없이 휘파람을 불어 대고 있었다.

송강은 두려운 중에도 그 모습이 눈에 익어 자세히 살폈다. 알고 보니 그는 다름 아닌 장순(張順)이었다. 송강이 반가워 손을 흔들며 소리쳤다.

"형제, 나를 좀 구해 주시오!"

"좋지요, 알겠습니다."

장순이 그렇게 대답하고 급히 배를 몰아 강가에 대었다. 그 배 세 척이 물가에 닿는 걸 보고 완씨 삼 형제가 되돌아 헤엄쳐 나왔다.

송강은 먼저 장순이 데리고 온 여남은 명 장골들을 살펴보았다. 그와 가까운 강가의 사공들 같았다. 이어 장순의 형 장횡이 목홍, 목춘, 설영 외에도 여남은 명 장원의 일꾼들을 배에 싣고 강가에 닿았다. 세 번째 배에는 이준이 이립, 동맹, 동위와 여남은 명 소금장수를 끌어모아 이끌고 있었다. 하나같이 창칼과 몽둥이를 든 게 우연히 나선 사람들 같지는 않았다.

"형님이 관가에 잡혀갔다는 소리를 들었습니다만 마음만 괴로울 뿐 어떻게 구해 낼 길이 있어야지요. 며칠 전에는 또 대 원장께서 갇히셨단 소리를 들은 데다 이규 형까지 보이지 않으니 답답해 미칠 것 같았습니다. 하는 수 없이 저희 형님을 찾아가 의논한 끝에 목 태공의 장원을 근거로 아는 사람들을 모아 보기로 했습니다. 강주를 힘으로 들이쳐 송 형님과 대 원장을 구할 작정이었습지요. 그래서 오늘에야 겨우 강주로 나서려는데 뜻밖에도 딴 곳에서 온 호걸들이 이미 형님을 구출해 냈다더군요. 그 소리에 놀라 급히 이리로 달려오는 길입니다……."

장순이 울먹이며 송강에게 그렇게 말해 놓고, 다시 궁금한 듯 곁에 있는 호걸들을 보며 물었다.

"여기 호걸들은 어디서 오신 분들인지…… 혹시 양산박에서 오신 의사(義士) 조 천왕이 아니십니까?"

"저분이 바로 조개 형님이외다. 여러분도 모두 사당 안으로 들어가 서로 인사나 나누도록 합시다."

송강이 그런 대답으로 장순과 함께 온 사람들을 사당 안으로 이끌었다. 이에 장순, 장횡, 이준, 목홍 등 아홉 사람에 양산박에서 온 열일곱 두령, 그리고 송강, 대종, 이규를 합쳐 모두 스물아홉 명의 호걸들은 다시 백룡묘(白龍廟) 안으로 들어가 인사를 나누었다. 이른바 '백룡묘의 만남'이 바로 그것이었다.

그들 스물아홉이 서로 예를 하며 만나게 된 걸 반가워하고 있는데 양산박에서 내려온 졸개 하나가 뛰어들어와 급하게 알렸다.

"강주성 안에서 북소리, 징 소리가 요란하더니 드디어 군사를 정돈해 우리를 뒤쫓고 있습니다. 깃발은 해를 가리고 창칼은 삼밭처럼 늘어선 게 여간 기세가 아닙니다. 앞으로는 갑옷 입은 군사가 서고, 뒤로는 긴 창과 큰 도끼를 든 군사가 떠받치며 지금 이리로 밀고 드는 중입니다."

그 말이 끝나기도 전에 이규가 쌍도끼를 들고 일어나며 소리쳤다.

"갑시다! 이것들을 그냥……."

그러고는 그대로 사당문을 뛰어나갔다. 조개도 이번에는 어쩔 수 없다는 듯 이규의 뜻을 뒷받침해 주었다.

"생각하고 자시고 할 것도 없소. 우리 모두 뛰어나가 강주 군사를 박살내 버립시다. 양산박으로 돌아가는 건 그다음 일이오!"

"명대로 따르겠습니다."

여러 호걸들도 그렇게 응답하며 백여 명 졸개들과 함께 사당문을 뛰쳐나갔다. 그사이 유당과 주귀는 송강과 대종을 배에 태우고, 이준과 장순, 완씨 삼 형제는 배들을 정돈해 만일에 대비했다.

성안에서 나온 관군은 오륙천 명 되었는데 앞장은 마군이 서고 있었다. 한결같이 갑주 투구와 활과 화살통을 메고 긴 창을 들고 있었다. 그 뒤를 보군들이 떼를 지어 깃발을 흔들고 함성을 지르며 뒤따랐다.

관군의 그처럼 엄청난 기세에도 이규는 걸음 한번 주춤 않고 마주쳐 나갔다. 벌거벗은 몸뚱이에 쌍도끼를 풍차처럼 휘두르며 찍어 대니 성난 범이라도 그보다 더할 것 같지 않았다.

그런 이규의 뒤를 화영, 황신, 여방, 곽성 네 호걸이 떠받치며 따랐다. 특히 화영은 앞을 막고 있는 마군이 모두 긴 창을 들고 있는 게 걱정스러웠다. 이규의 도끼가 짧은 무기라 긴 창이 먼저 이규를 다칠 것 같아서였다. 화영은 가만히 화살 한 개를 뽑아 앞장선 장수의 말을 향해 날렸다. 화살은 어김없이 말에게 꽂혔다. 말은 아픔과 놀람으로 되돌아서더니 미친 듯 날뛰기 시작했다.

그 바람에 마군들뿐만 아니라 놀란 말굽에 짓밟히게 된 보군들까지 어지러워졌다. 호걸들이 그 틈을 놓치지 않고 한꺼번에 덮쳐 가니 이내 싸움터는 관군의 시체로 덮이고 강물은 피로 벌겋게 물들여졌다. 관군은 싸움 한번 제대로 해 보지 못하고 무너져 버린 셈이었다.

승세를 탄 호걸들은 그런 관군을 쫓아 강주성 아래까지 밀고 들어갔다. 그러나 아무리 양산박 호걸들이라 해도 그 군세로 큰 성 하나를 떨어뜨리기에는 무리였다. 성 위에서 돌과 통나무가 비 오듯 떨어지는 가운데 관군이 쫓겨 들어가 성문을 걸어 잠그자 더는 어찌해 보는 수가 없었다.

호걸들은 아직도 성이 안 차 길길이 날뛰는 이규를 달래 백룡묘로 돌아갔다. 조개는 혹시라도 빠진 사람이 없나를 살펴보게 한 뒤 모두 배에 오르게 했다.

여러 호걸들과 여기저기서 모인 사람들이 모두 배에 오르자 세 척의 배는 노를 거두고 돛을 달았다. 마침 부는 바람에 세 척 배는 나는 듯 강물을 가르며 목 태공의 장원으로 향했다.

오래잖아 배는 목 태공의 장원이 있는 강변에 이르렀다. 일행이 뭍에 오르자 목홍이 그들을 집 안으로 이끌었다. 목 태공이 반갑게 일행을 맞아들였다. 송강을 비롯한 양산박 두령들의 인사를 받은 목 태공이 말했다.

"여러 두령들께서는 이번 일로 며칠을 밤낮없이 고단하셨을 거요. 각기 방에 들어가 쉬시며 몸을 돌보도록 하시오."

두령들도 고단하던 참이라 그 말을 따랐다. 각기 정해 주는 방에 들어가 의복의 먼지를 떨거나 병장기를 살펴본 뒤 쉬었다.

그사이 목홍은 일꾼들을 불러 황소 한 마리와 양, 돼지 여남은 마리를 잡고 닭, 오리며 물고기까지 갖춰 음식을 장만하게 했다. 곧 음식이 마련되고 잔치가 벌어졌다. 목홍은 쉬고 있는 두령들을 불러내 술과 음식을 권했다.

술잔을 나누며 이야기를 나누던 중 조개가 새삼 목홍 형제에게 고마움을 나타냈다.

"만약 두 분 형께서 제때에 배를 내어 구해 주시지 않았더라면 우리는 모두 사로잡혀 갈 뻔했소이다그려."

"그렇다면 당신들은 왜 그 길을 골라서 가셨소?"

두 아들을 대신하여 목 태공이 그렇게 물었다. 이규가 불쑥 끼어들었다.

"나는 그저 죽일 놈들이 많이 있는 곳만 찾아 내달았는데, 이 사람들이 줄레줄레 따라오더군요. 내가 부른 건 아닙니다."

제가 앞장선 꼴이 된 걸 변명하는 소리였다. 그걸 모르고 이규가 길을 잘 알아 앞장선 걸로 믿고 뒤따랐던 호걸들이 모두 크게 웃었다.

송강이 문득 일어나 정색을 하고 여러 사람들에게 자신을 구해 준 걸 감사했다.

"이 송강은 여러 호걸들이 구해 주시지 않았더라면 저기 대 원장과 함께 지금쯤은 이 세상 사람이 아닐 겁니다. 오늘 이 은혜 실로 푸른 바다같이 깊고 넓으니 어떻게 보답을 드려야 하올는지……."

그러고는 이어 그답지 않게 살기 띤 얼굴이 되어 말했다.

"다만 한스러운 것은 황문병 그놈을 그냥 두고 가야 하는 일입니다. 그놈은 그동안 갖은 소리로 지부를 충동질하여 악착같이 우리를 죽이려 들었는데 어찌 이 한을 풀지 않고 그냥 떠날 수 있겠습니까! 이런 청을 다시 드리기는 뭣합니다만, 여러 호걸께서는 이왕 정을 쓰신 김에 무위군(無爲軍)을 들이쳐 황문병 그놈을 죽이고 떠나도록 했으면 좋겠습니다. 이는 송강의 한을 풀 수 있을 뿐만 아니라 세상을 위해서도 해로운 물건을 없애는 좋은 일이 될 것입니다. 양산박으로 돌아가는 것은 그 뒤로 하는 게 어떻겠습니까?"

조개가 무리의 우두머리다운 신중함으로 대답했다.

"우리가 병영에 숨어들고 성채를 들이치는 일은 한 번으로 그쳐야 하오. 또다시 그런 일을 한다면 지나치지 않겠소? 더군다나 그 놈이 간교해 대비라도 하고 있다면 낭패 보기 십상일 것이오. 이번에는 이대로 돌아가는 게 낫겠소. 산채에서 더 많은 군사를 모으고 오학구, 공손승 두 분 선생에다 임충과 진명 같은 장수까지 데리고 와서 원수를 갚아도 늦지 않을 것이오."

"한번 산채로 돌아가면 다시 이곳으로 오기는 어려울 것입니다. 첫째는 산이 험하고 길이 멀기 때문이고, 둘째는 강주에서 널리 문서로 알려 이리로 오는 동안 거쳐야 할 고을마다 힘을 다해 우리를 막을 것이기 때문입니다. 황문병을 용서하기로 한다면 모를까, 손을 쓰려 한다면 오히려 지금이 꼭 알맞은 때입니다. 아직 준비조차 제대로 안 된 이때 들이쳐야 원수를 갚을 수 있습니다."

송강이 조개의 말에도 뜻을 굽히지 않고 그렇게 받았다. 화영이 곁에서 송강을 거들었다.

"형님 말씀이 옳습니다. 하지만 그렇더라도 무위군으로 가는 길을 아무도 모르고 그곳의 지세에도 캄캄하니 거기 따른 사전의 준비는 필요할 듯합니다. 먼저 사람을 강주성 안으로 보내 그곳의 움직임을 살피게 하는 한편, 무위군으로 가는 길이며 황문병이 제집에 있는지도 알아 오게 하지요. 그런 다음 움직이면 큰 탈은 없을 것입니다."

그러자 설영이 스스로 나섰다.

"제가 여러 해 강호를 떠다녀 그곳 무위군에 대해서도 아는 게 좀 있습니다. 한번 가서 살펴보고 싶은데 어떻습니까?"

의논이 그렇게 쏠리자 조개도 굳이 송강의 뜻을 막으려 하지는 않았다. 아무 말 없이 좌중을 둘러보는데 송강이 나서서 일을 매듭지었다.

“아우님이 가 주시겠다면 더할 나위 없이 좋지. 갔다 오시오.”

이에 설영은 그 자리서 간단한 보따리를 꾸려 무위군으로 떠났다.

목 태공의 장원에 남은 양산박 두령들은 곧 무위군을 칠 준비에 들어갔다. 설영이 자세한 걸 알아 온 뒤의 계책을 의논하는 한편 창칼이며 활과 화살, 배 따위를 점검해 싸움에 모자람이 없게 했다.

설영은 이틀 뒤에 낯선 사람 하나를 데리고 돌아왔다. 설영이 그 사람을 데려와 여럿에게 절을 시키자 송강이 궁금해 물었다.

“아우, 이분 장사는 누군가?”

“후건(侯健)이라고 하는데 홍도(洪都)가 고향이지요. 바느질 솜씨가 아주 뛰어난 데다 창봉도 잘 씁니다. 한때 제게 창봉 쓰는 법을 배운 적도 있구요. 살결이 검고 몸이 호리호리하지만 그만큼 가볍고 날래기도 해 사람들은 그를 통비원(通臂猿, 긴팔원숭이)이라 부르기도 합니다. 지금 황문병의 집 안에서 일하고 있는 걸 보고 이곳으로 데려왔습니다.”

그 말을 들은 송강은 몹시 기뻐하며 후건을 두령들과 한자리에 앉게 하고 이것저것을 물었다. 후건도 역시 지살성(地煞星)의 하나라 그런지 이내 양산박의 두령들과 배짱이 맞았다. 오래전부터 알던 사이처럼 한 무리가 되어 섞였다.

송강은 먼저 설영에게 강주성 안의 소식과 함께 무위군으로 가는 길에 대해 물었다.

"채 구지부가 관군과 백성들 중에서 죽고 다친 사람을 헤아려 보니 죽은 자만도 오백이 넘고 다치거나 화살 맞은 자는 수도 헤아릴 수 없었다 합니다. 지금은 급히 조정에 글을 올려 그 일을 알리는 한편 낮 동안에도 성문을 굳게 닫아걸고 출입을 엄히 막고 있습니다……."

이어 설영은 송강과 대종을 죽이려 든 것이 채 구지부가 아니라 황문병이 지부를 세 번 네 번 꼬드겨서 된 일이라는 것과, 형장을 습격당해 사형수를 빼앗긴 뒤로 성안의 군민이 모두 겁을 먹고 있으며, 그 때문에 성안은 밤낮없이 싸움 준비에 분주하다는 따위 소식들을 전했다. 그러나 무위군에 대해서는 새로 알아온 게 별로 없었다.

"제가 무위군도 살펴보러 가긴 했습니다만 마침 저 사람을 만났기로 그에게서 듣기로 하고 그냥 돌아왔습니다. 자세한 건 저 사람이 알고 있습니다."

그러면서 무위군의 일을 후건에게로 슬쩍 미는 것이었다. 송강이 그 말을 받아 후건에게 물었다.

"어떻게 그곳 일을 그리 잘 알게 되시었소?"

"저는 어려서부터 창봉 익히기를 좋아해, 설(薛) 사부님께도 오래 배운 적이 있습니다. 그 은혜만 해도 아는 대로 말씀드리지 않을 수 없습니다. 저는 얼마 전부터 황 통판의 집에서 옷 짓는 일을 맡아 하고 있습니다. 그 때문에 그 집에서 나오다가 스승님을 뵙게 되었지요. 그리고 형님의 우레 같은 이름과 아울러 이번 일을 알게 돼, 작은 도움이라도 될까 하여 이렇게 온 것입니다.

이제 형님과도 가까이 알게 되었으니 제가 본 대로 들은 대로 모두 말씀드리겠습니다. 황문병에게는 황문엽(黃文燁)이라는 친형이 있습니다. 한 어미에게서 태어났지만 평생 착한 일만 가려 해 무위군 성안 사람들은 그를 '황부처[黃面佛]'라고 부릅니다. 이웃을 위해 다리를 놓고 길을 닦는 일, 부처를 세우고 스님을 공양하는 일, 병든 사람을 구하고 가난한 이를 돕는 일, 실로 그 사람이 한 착한 일은 이루 다 헤아리기 어려울 정도지요. 그런데 그 같은 형에 비해 황문병은 밤과 낮처럼 뒤집혀 있는 놈입니다. 비록 통판 벼슬을 한 적은 있다지만 마음에는 언제나 남을 해칠 생각뿐이고 하는 짓도 매양 못된 짓뿐이지요. 오죽하면 무위군 사람들이 그를 '황벌침[蜂刺]'이라 부르겠습니까? 이들 형제는 따로 살림을 나 살지만 집은 한 골목에 나란히 있습니다. 이 집 문 저쪽이 저 집이라는 식으로 붙어 있는데, 구별을 하자면 성 쪽으로 있는 게 황문병의 집이고 큰길 쪽으로 있는 게 황문엽의 집입니다. 저는 아까 말씀드렸듯 황문병의 집에서 일하는바, 하루는 황통판이 집으로 돌아와 이런 소리를 하더군요. '이번 일은 채 구지부가 깜박 속아 넘어간 걸 내가 바로잡았지. 먼저 역적들의 목을 벤 뒤에 조정에 알리라구.'라구요. 그 말이 귀에 들어가자 황문엽이 아우를 나무랐습니다. '또 제 목숨 줄일 짓을 하고 있구나. 너하고 상관없는 일인데 어찌하여 남을 해치려고만 드느냐? 하늘의 이치가 살아 있다면 반드시 응보를 받을 게다. 스스로 화를 부른다는 게 달리 있는 줄 아느냐?'라고요. 황문병은 들은 척도 않더니, 이틀 전 형장이 습격받았단 말을 듣자 형편을 살피러 강주로 나갔습니다. 그리고 채 구지부와 무슨 계교를 꾸미는지 아직껏 집으로 돌아오지 않고 있습니다."

"황문병의 집과 그 형의 집 사이는 얼마나 되오?"

후건의 이야기를 듣고 난 송강이 무슨 생각에서인지 그렇게 물었다. 후건이 또한 아는 대로 대답했다.

"원래는 한집이었는데 둘로 나뉘었으니 떨어져 봐야 얼마이겠습니까? 기껏 두 집 사이에는 채마밭 한 뙈기가 있을 뿐입니다."

"황문병의 가솔들은 얼마나 되오?"

"남녀 합쳐 한 쉰 명 가깝지요."

그러자 송강이 기쁜 얼굴로 말했다.

"하늘이 내 원수를 갚아 주시려고 이 사람을 보냈구나! 그렇지만 나 홀로는 어림없는 일, 여러 형제께서 이 송강을 도와주기 바라오."

"그같이 못된 놈을 없애고 형님의 원수를 갚는 일이라면 어찌 마다하겠습니까? 죽는 한이 있더라도 물러나지 않겠습니다."

여러 두령들이 맹세하듯 그렇게 입을 모았다. 힘을 얻은 송강이 다시 목소리를 가다듬어 말했다.

"내가 미워하는 것은 황문병 그 한 놈뿐, 무위군의 사람들은 아니외다. 그의 형도 어질고 덕이 높다 하니 역시 해쳐서는 아니 되오. 만약 그 사람을 해치면 천하가 다 나의 어질지 못함을 비웃을 것이오. 형제들도 그곳을 칠 때 죄 없는 사람들은 터럭 하나 건드려선 아니 되오. 그리고 이번 일에는 내게 한 가지 계책이 있는데, 거기에 대해서는 형제들의 아낌없는 도움을 바라겠소."

"모든 걸 형님의 가르침대로 따르겠습니다."

이번에도 여러 두령들이 한 목구멍에서 나온 듯한 소리로 송강의 말을 받았다. 그러자 송강은 바로 마음속의 계책을 펴내기 시작했다.

"목 태공께서는 번거로우시겠지만 자루 팔구십 개와 나뭇단 백여 개, 그리고 큰 배 다섯 척과 작은 배 두 척만 마련해 주십시오. 작은 배 두 척은 장순과 이준 형제가 맡고 큰 배 다섯 척은 완씨 삼 형제와 장횡, 동위 두 분이 맡아 주시오. 물을 잘 아는 이들이라야 이번 계책은 성공할 수 있소."

"마른 나뭇단이나 기름, 자루 따위는 모두 저희 집에 있고, 저희 일꾼들도 물질은 좀 합니다. 형님께서 쓰고 싶은 대로 쓰십시오."

목홍이 그렇게 송강의 기분을 돋워 주었다. 송강이 한층 열띤 목소리로 이었다.

"후건 형제는 먼저 설영과 백승을 데리고 무위군으로 가 숨어 계시오. 내일 밤 삼경 이점쯤 방울을 단 비둘기를 날려 보낼 것이니 그게 움직일 시각이오. 그 방울 소리를 듣거든 백승 형제는 먼저 성벽으로 올라가 황문병의 집 부근에 흰 비단 깃대를 꽂아 놓고 원래 있던 곳으로 돌아가시오."

이어 송강은 석용과 두천을 불러 거지 차림으로 무위군 성문 왼쪽에 숨어 있다가 불길이 일거든 바로 문지기 군사를 죽이게 했다. 또 이준과 장순은 작은 배로 강물 위에 떠다니며 계책에 따라 움직일 때까지 기다리게 하니, 그걸로 일단 첫 배치는 끝난 셈이었다.

송강의 명에 따라 후건, 백승, 설영이 먼저 떠나고, 이어 거지로 꾸민 석용과 두천이 떠났다. 모두 품 안에는 날카로운 비수들을 감추고 있었다.

그다음은 큰 배에다 모래 자루와 나뭇단을 싣는 일이었다. 남은 사람들과 장원의 일꾼들이 힘을 합치니 그 일도 별 어려움 없이 끝났다.

이윽고 떠날 시각이 되자 호걸들은 각기 몸단속을 하고 병장기를 챙긴 뒤 배에 나눠 탔다. 선창 안에는 양산박의 졸개들과 여기저기서 모은 장정들이 이미 가득 타고 있었다.

조개와 송강, 화영이 오른 것은 동위가 맡아 부리기로 한 배였다. 연순, 왕왜호, 정천수는 장횡의 배에 오르고, 대종과 유당, 황신은 완소이의 배에 올랐다. 여방, 곽성, 이립은 완소오의 배에, 목홍, 목춘, 이규는 완소칠의 배에 올랐다. 다만 주귀와 송만은 목 태공의 장원에 남아 강주성의 움직임을 살피기로 했다.

동맹은 따로 빠른 고기잡이배 한 척을 저어 앞서 나가며 길을 열었다. 그러나 그 배에도 싸울 장정들은 얼마간 숨어 있었다. 그 뒤를 여러 배가 노를 저으며 가만히 뒤따라 무위군으로 향했다.

때는 칠월 한여름이었으나 밤은 서늘하고 바람은 고요했다. 맑은 강물에 흰 달빛이 비치고, 물에는 산그늘이 잠기어 아래위가 한가지로 푸르게만 보였다. 배들은 그런 강물 위를 저어 초경 무렵에는 벌써 무위군 강가에 이르렀다.

배들을 강가 사람의 눈에 잘 안 띄는 갈대숲에 한 줄로 숨기고 있는데 정탐을 나갔던 동맹의 배가 돌아와 알렸다.

"성안에는 아무런 움직임이 없습니다."

그 말을 들은 송강은 이끌고 온 사람들에게 모래 자루와 마른 나뭇단을 모두 강 언덕에 부리게 하고 성벽 쪽으로 다가갔다. 시각을 알리는 북소리에 가만히 귀 기울여 보니 밤은 아직 이경이었다.

송강은 양산박의 졸개들을 시켜 모래 자루와 나뭇단을 성벽 곁에 쌓게 했다. 그런 다음, 장횡과 완씨 삼 형제 및 동씨 형제에게 배를 지키게 하고 나머지 호걸들은 병장기를 들게 해 성벽 쪽으로 몰아갔다.

송강과 두령들이 성벽 곁에 이르러 쳐다보니 거기서 북문이 오 리쯤 될 듯했다. 송강은 얼른 방울 단 비둘기를 날리게 했다. 그러자 성벽 위에 긴 대나무 장대에 묶인 흰 깃발이 올랐다.

백승이 내다 건 것으로, 양산박 두령들은 제대로 찾아온 셈이었다.

그 깃발을 본 송강은 사람들을 시켜 모래 자루를 성벽에 기대 쌓게 했다. 그리고 그 모래 자루를 층계 삼아 나뭇단이며 기름 적신 마른 풀단을 성벽 위로 올려놓았다. 그때 기다리고 있던 백승이 나타났다.

"바로 저 골목이 황문병의 집이오."

백승이 한 곳을 가리키며 그렇게 알려 주었다. 송강이 그런 백승에게 물었다.

"설영과 후건은 어디 있소?"

"두 사람은 황문병의 집 안에 몰래 숨어들었습니다. 지금쯤은 형님이 오시기를 눈 빠지게 기다리고 있을 겁니다."

백승의 그 같은 대답에 송강이 다시 물었다.

"석용과 두천은 보지 못했나?"

"그 둘은 성문 왼편에서 기다리고 있습니다."

백승이 대답했다. 모든 게 계획대로 된 걸 안 송강은 여러 호걸들을 이끌고 성벽을 내려가 황문병의 집으로 달려갔다. 문 앞에 이르니 후건이 처마 아래 몸을 숨기고 있는 게 보였다. 송강이 후건을 불러 귓속말로 시켰다.

"형제는 채마밭으로 가 문을 열고 우리 편 사람들이 나뭇단이며 기름 적신 마른 풀단을 안으로 옮길 수 있게 해 주시오. 그리고 설영에게 불을 지르게 한 뒤 황문병의 대문을 두드리며 소리를 지르시오. '담 너머 나리 댁에 불이 났소. 살림살이며 궤짝들을 이곳에 좀 옮겨야겠소!'라고 말이오. 그래서 문이 열리면 나머지는 우리가 알아서 하겠소."

후건은 송강이 시킨 대로 하기 위해 달려갔다. 송강은 호걸들을 두 패로 나누어 때가 오기를 기다렸다.

후건이 먼저 가서 채마밭 문을 열자 송강의 졸개들은 나뭇단을 그곳에 갖다 쌓았다. 이어 후건이 불씨를 설영에게 주자 설영은 그것들에 불을 붙였다.

그사이 황문병의 집 대문 앞으로 달려간 후건이 문을 두드리며 송강이 시킨 대로 소리쳤다. 안에서 그 소리를 들은 문지기가 정말로 담 너머에서 불길이 이는 걸 보고 놀라 대문을 열어젖혔다. 송강과 조개를 비롯한 호걸들이 기다렸다는 듯 함성을 지르며 문 안으로 뛰어들었다.

송강의 원수를 갚는 일이라 호걸들의 손길은 비정하기 그지없었다. 사람이라고 생긴 것은 보이는 대로 죽이니 잠깐 동안에 사오십 명이나 되는 황문병의 가솔들은 하나도 살아남지 못했다.

그런데 애석한 것은 표적인 황문병이 보이지 않는 것이었다. 집 안을 이 잡듯 뒤져도 끝내 황문병을 잡지 못한 호걸들은 백성들을 괴롭혀 끌어모은 황문병의 재물을 분풀이 삼아 남김 없이 털었다.

이윽고 한소리 큰 휘파람이 들리자 여러 두령들과 졸개들은 황문병의 재물이 담긴 궤짝과 값나가는 물건들을 성벽 위로 날랐다.

그 무렵 성문 곁에 있던 석용과 두천도 움직이기 시작했다. 두 사람은 불길을 보기 바쁘게 품 안에서 칼을 꺼내 성문을 지키던 군사들을 찔러 넘겼다. 그리고 근처 동네에서 사다리며 물통을 들고 불을 끄러 몰려오는 사람들을 향해 소리쳤다.

"모두 서시오. 우리들은 양산박에서 온 호걸들로 수천 명이 이곳에 왔소. 황문병 일가를 모조리 죽여 송강과 대종의 원수를 갚으려 하니 여러분은 끼어들지 마시오. 어서 빨리 집으로 돌아가 몸을 숨기고 나오지 않는 게 좋을 것이오!"

그러나 성안 사람들은 그 말이 믿기지 않는 눈치였다. 모두 걸음을 멈추고 뻔히 서서 구경을 했다. 그때 흑선풍 이규가 넓적한 도끼 둘을 풍차처럼 휘두르며 휩쓸듯 그들에게 덤볐다. 그제야 놀란 사람들은 비명과 함께 사다리며 물통을 내동댕이치며 달아났다. 그런데 성안의 재수 없는 군졸 몇이 사람을 데리고 불을 끈답시고 그리로 달려왔다. 화영이 앞장선 군졸 하나를 활로 쏴 넘겼다. 이규가 도끼를 휘두르며 그들을 향해 큰 소리로 외쳤다.

"죽고 싶은 놈은 와서 불을 꺼라!"

그러자 그 군사들도 콩 사발 엎어진 듯 사방으로 흩어져 달아났다.

불을 든 설영은 황문병의 집 안을 들락거리며 여기저기 불을 붙였다. 순식간에 불꽃에 휩싸인 황문병의 집은 서까래 하나 남지 않고 깡그리 타 버렸다.

그때 무위군의 성문은 이미 이규의 도끼에 활짝 열린 뒤였다. 호걸들의 절반은 모래 자루가 층계를 이룬 성벽을 넘어 빠져나가고, 절반은 성문을 통해 버젓이 무위군을 빠져나갔다.

기다리고 있던 완씨 삼 형제와 동맹 형제, 장횡 등은 돌아온 호걸들을 반갑게 맞고, 그들이 날라 온 황문병의 재물을 배에 실었다. 무위군 사람들은 이미 양산박의 호걸들이 강주로 밀고 나와 형장을 치고 숱한 사람을 죽였다는 소문을 듣고 있었다. 거기다가 눈앞에서 그들의 재빠르고도 무시무시한 움직임을 보게 되자 감히 뒤쫓을 엄두조차 내지 못했다. 그 바람에 양산박 두령들은 무인지경 가듯 무위군을 휩쓸고 돌아올 수 있었다. 다만 한스러운 것은 황문병을 잡지 못한 일이었다.

한편 강주는 무위군에서 치솟는 연기와 불길 때문에 성안이 온통 들썩거렸다. 하늘을 찌를 듯한 불길과 연기가 아무래도 예사롭지 않은 까닭이었다.

사람들이 놀라 그 일을 주부에 알렸다. 마침 그 안에서 얼찐거리던 황문병이 그 소리를 듣고 얼른 지부에게 달려가 말했다.

"저희 마을에 불이 났다고 합니다. 얼른 집으로 돌아가 봐야겠습니다."

채 구지부는 특별히 황문병을 위해 성문을 열게 하고 관선(官船) 한 척을 내주며 다녀오라 했다.

황문병은 지부에게 감사할 경황도 없이 성을 나와 부리는 하인과 함께 배에 올랐다. 배를 무위군 쪽으로 저어 가며 보니 불길은 갈수록 거세어지고 있었다. 그쪽 강물이 온통 벌겋게 물들어 있는 듯 보일 지경이었다. 무위군의 지리를 잘 아는 뱃사공이 황문병을 한층 다급하게 만들었다.

"저 불은 북문 근처에서 일고 있는 듯합니다."

바로 자기 집 부근이라는 소리에 황문병은 연신 사공만 재촉할 뿐이었다.

황문병의 배가 강물 한가운데에 들었을 때 갑자기 배 한 척이 강물 위쪽에서 빠르게 저어 와 스쳐 갔다. 이어 또 한 척의 작은 배가 저어 왔는데 그 배가 이상했다. 앞서의 배처럼 지나가지 않고 황문병이 탄 관선에 바짝 붙는 것이었다.

"이놈, 이 배가 어떤 배라고 그렇게 바짝 붙느냐? 잘못하면 부딪히겠다!"

황문병의 하인이 주인의 위세만 믿고 그 작은 배의 사공을 그렇게 꾸짖었다. 갑자기 그 배에서 한 몸집 큰 사내가 일어서더니 갈고리를 던져 관선에 걸며 웅얼웅얼 대답했다.

"무위군에 불난 걸 알리려고 강주로 가는 배요!"

"어디서 불이 났느냐?"

황문병이 궁금증을 참지 못하고 나서서 물었다. 사내가 조금 망설이는 기색도 없이 그 물음에 답했다.

"북문의 황 통판 댁이오. 양산박 패거리가 와서 집 안의 사람을 모조리 죽이고 재물을 턴 뒤 불을 질렀소! 지금 한창 타고 있는 중이오."

설마 하던 황문병은 그 말에 괴로운 신음부터 내질렀다. 눈앞이 아찔하며 잠시 자신이 어디 있는지조차 알 수 없을 지경이었다.

그때 작은 배의 사내가 갈고리 줄을 힘껏 당겨 배를 붙이더니 훌쩍 몸을 날려 관선으로 뛰어올랐다.

황문병은 눈치가 빠른 사람이었다. 그 총중에도 뭔가 일이 잘못되고 있음을 알아차리고 얼른 배 뒤로 달아났다. 그리고 다시 물로 뛰어드는 게 제 딴에는 강가로 헤어 가 뭍으로 달아날 작정이었다.

하지만 일은 황문병의 뜻 같지가 못했다. 다시 눈앞에 배 한 척이 나타나는가 싶더니 한 사내가 텀벙 물속으로 뛰어들었다. 곧장 황문병에게로 헤어 온 사내는 황문병의 허리춤과 머리칼을 양손으로 감아쥐고 용 한번 쓰는 법 없이 배 위로 던져 올렸다. 배 위에서는 또 좀전의 그 몸집 큰 사내가 냉큼 황문병을 받아 올리더니 참바로 꽁꽁 얽어 버리는 것이었다.

물속에서 황문병을 잡아 올린 것은 바로 낭리백조 장순이었고,

배 위에서 받아 밧줄로 묶은 것은 혼강룡 이준이었다.

황문병이 사로잡히는 걸 보고 놀란 관선의 사공들은 그대로 배 바닥에 엎드리며 목숨을 빌었다. 이준이 그들에게 점잖게 말했다.

"너희들은 죽이지 않을 테니 걱정하지 마라. 우리는 황문병만 잡아가면 된다. 너희는 돌아가 채 구지부에게 전해라. 우리 양산박 호걸들은 잠시 그의 머리를 그에게 맡겨 둔 것뿐이니 그리 알라고. 머지않아 그 목을 찾으러 올 터이니 정신 바짝 차리고 있으라고."

"예예, 반드시 그렇게 전하겠습니다."

사공들이 벌벌 떨며 연신 고개를 꾸벅거렸다.

이준과 장순은 사로잡은 황문병을 자기들 배로 옮기고 관선은 약속대로 일없이 보내 주었다. 그리고 나는 듯 배를 저어 목 태공의 장원으로 돌아갔다.

장원 앞 강 언덕에 이르니 여러 두령들은 무위군에서 날라 온 물건들을 집 안으로 옮기느라 한창이었다.

황문병을 사로잡아 왔다는 말을 듣자 송강은 몹시 기뻐했다. 다른 두령들도 이제 송강의 한을 풀게 된 걸 함께 기뻐하며 우르르 몰려들었다.

"어디 낯짝이나 한번 보자."

그런 두령들 앞으로 장순과 이준이 황문병을 끌어내렸다.

숱한 재물 궤짝과 황문병을 앞세운 두령들이 목 태공의 장원 앞에 이르자 거기서 기다리던 주귀와 송만이 반갑게 달려 나와 맞아들였다.

송강은 황문병의 옷을 벗기고 마당의 버드나무에 묶게 했다. 두령들은 그 버드나무에 빙 둘러앉았다. 송강이 술을 내오게 해 위로 조개로부터 아래로 백승까지 서른 명 호걸들에게 차례로 한 잔씩 돌렸다.

이윽고 송강이 황문병에게로 눈길을 돌려 꾸짖기 시작했다.

"황문병 이놈, 너는 예전에도 나하고 원수진 일이 없고 요즘에도 서로 다툰 적이 없는데 어찌하여 나를 그토록 악착스레 해치려 하였느냐? 네댓 번씩이나 채 구지부를 꼬드겨 나와 대종을 죽이려 하다니, 명색이 성현의 글을 읽었다면서 그렇게 독하고 모질 수 있느냐? 네 애비 죽인 원수도 아닌데 도대체 이럴 수가 있는 일이냐? 네 형 황문엽은 너와 같은 배를 빌려 태어났지만 착한 일을 많이 해 '황부처'라 불린다는 소리를 들었다. 그 때문에 우리는 간밤에도 그의 터럭 하나 다치지 않았다. 그런데 너는 고을 사람들을 얼마나 해쳤기에 무위군 사람들이 너를 '황벌침'이라고까지 하느냐? 권세에 빌붙어 벼슬아치를 썩게 하고 백성들을 괴롭혔으니, 내 이제 네놈의 그 '벌침'을 뽑아 주겠다!"

"제 잘못은 제가 잘 압니다. 어서 죽여 주십시오."

다급하게 된 황문병은 그저 엎드려 그렇게 빌 뿐이었다. 조개가 보다 못해 버럭 소리를 질렀다.

"야 이놈아, 네놈이 살아날까 걱정이 돼 죽여 주기를 비느냐? 못된 놈, 진작에 이런 날이 올 줄을 알고 몸가짐을 바르게 할 일이지……."

그 말을 받아 송강이 좌우를 돌아보며 차갑게 물었다.

"어느 형제가 나를 대신해 저놈을 죽이겠소?"

그러자 흑선풍 이규가 벌떡 일어나며 소리쳤다.

"제가 하지요. 보아하니 살이 통통해 고기를 저며 구워 먹으면 아주 맛나겠는데요."

"거 좋지. 여봐라, 잘 드는 칼과 숯불을 내오너라. 저놈의 고기를 한 점 한 점 저며 불고기로 술안주나 해야겠다. 그러면 여러 아우들도 화가 풀리겠지."

조개가 그렇게 맞장구를 쳤다. 이규가 번득이는 칼을 꺼내 황문병을 노려보며 빈정거렸다.

"요놈, 채 구지부네 뒤채에서 속살거려 남을 해칠 때가 좋았지. 네놈은 어서 죽여 달라지만 그리는 안 되겠다. 되도록 천천히 죽여주마!"

그러고는 먼저 허벅지의 살코기를 떼내 숯불에 구웠다. 살 깊은 곳만 골라 야금야금 술안주로 구워 먹는 동안에 황문병은 괴롭게 죽어 갔다. 그리하여 더 베어 낼 살코기가 없다 싶어지자 이규는 비로소 황문병의 가슴을 갈라 그 간과 염통으로 호걸들의 해장국을 끓이게 했다.

황문병이 참혹하게 죽은 뒤 두령들은 초당 위의 송강에게 몰려가 그 시원한 한풀이를 경하했다. 그러자 송강이 갑자기 그들 앞에 무릎을 꿇었다. 놀란 두령들도 얼결에 마주 무릎을 꿇으며 물었다.

"형님 왜 이러십니까? 무슨 일이든 거리낌없이 말씀하십시오.

형님 말씀이라면 우리 형제들이 어찌 감히 아니 듣겠습니까?"

송강이 목소리를 가다듬어 말했다.

"제가 재주 없으면서 젊어서부터 먹물 든 벼슬아치 노릇을 해 왔습니다만, 한편으로는 세상의 호걸들과 널리 사귀기를 좋아했습니다. 힘은 모자라고 재주는 적어 잘 접대는 못해도 그들과 함께 무언가를 이뤄 보고자 한 게 평생의 원이었지요. 하지만 그러면서도 이곳 강주로 귀양 올 때 조 두령을 비롯한 여러 형제들이 함께 머물자고 붙드는 것은 여전히 뿌리치지 않을 수 없었습니다. 아버님의 가르침이 엄해 감히 양산박에 몸을 담을 수 없었던 까닭입니다. 그런데 아무래도 하늘의 뜻은 다른 것 같습니다. 강주로 오는 길에도 심양강 위에서 여러 호걸들과 사귀게 되고, 심양루에서는 또 술 취해 함부로 내갈긴 글이 대 원장의 목숨까지 위태롭게 만들었습니다. 고맙게도 여러 두령들께서 용이 사는 못, 범이 웅크리고 있는 굴처럼 험하고 위태로운 곳을 두려워하지 않고 와 주셨기 망정이지 그렇지 않았으면 어찌 되었겠습니까? 더군다나 여러분은 저를 구해 준 것에 그치지 않고 원수까지 갚게 해 주셨습니다. 이제 우리가 이렇게 큰 죄를 짓고 두 고을의 성을 휘저어 놓았으니 반드시 조정에도 알려질 것입니다. 그렇게 되면 대군의 토벌이 있을 것은 뻔한 일. 이 송강도 마침내 여러 형제들과 함께 양산박으로 들어가야 할 때에 이른 것 같습니다. 감히 묻거니와 여러분의 뜻은 어떻습니까? 더불어 상종할 만하다고 생각하시거든 어서 저를 데리고 떠나 주시고, 데려가기 원하지 않으신다면 달리 제게 할 바를 일러 주십시오. 다만 걱정

되는 것은 이번 일이 발단이 되어 여러분께 어려움이 닥치면 어쩌나 하는 것입니다……."

그런데 미처 송강의 말이 끝나기도 전에 이규가 벌떡 몸을 일으키며 소리쳤다.

"모두 같이 갑시다. 모두요. 같이 못 가겠다는 자가 있으면 이 도끼로 두 토막을 내어 놓겠소."

"네 이놈, 여기가 어디라고 험한 주둥아리를 함부로 놀리느냐? 여기 계시는 형제들이 모두 마음으로 받아들여 주시지 않는다면 난 안 간다."

송강이 그렇게 이규를 꾸짖었다. 그때 여러 두령들이 의논이고 뭐고 할 것 없이 입을 모아 말했다

"그렇습니다. 관가에서 낸 인마를 그토록 많이 죽였으니 반드시 조정에도 이 일이 알려질 것입니다. 그러면 형님 말씀대로 조정에서는 틀림없이 대군을 일으켜 우리를 잡으려 들 것인데, 이런 때 송강 형님을 모셔 가지 않고 언제 모셔 갑니까?"

이에 송강도 기쁜 마음으로 그들과 함께 양산박으로 들 마음을 굳혔다.

일행은 먼저 주귀와 송만을 산채로 보내 일의 경과를 알리게 하고 나머지는 다섯 패로 나누어 길을 떠났다.

첫째 패는 조개, 송강, 화영, 대종, 이규가 우두머리고, 둘째 패는 유당, 두천, 설영, 석용, 후건이 우두머리가 되었다. 셋째 패는 이준, 이립, 여방, 곽성, 동위, 동맹이 앞장서고, 넷째 패는 황신, 장순, 장횡, 완씨 삼 형제요, 다섯째 패는 목홍, 목춘, 연순, 왕왜

호, 정천수, 백승이 앞장섰다.

다섯 패에 스물여덟 두령이 천 명 가까운 사람과 황문병의 집에서 턴 재물을 실은 수레를 나누어 이끌고 길을 나서니 그 행렬만으로도 볼만했다. 거기다가 목홍이 목 태공을 비롯한 가솔들과 재산을 수레에 싣고 따라 행렬의 규모는 한층 커졌다. 목홍은 장원의 일꾼들도 가기를 원치 않는 이들은 은자를 듬뿍 주어 다른 곳에 가 살도록 했지만 따라가려 하는 이들은 모조리 데려갔다.

다섯 패 중에서 가장 늦게 떠난 것은 목홍의 패였다. 목홍은 재물을 싸고 집안일을 정리한 뒤 집에 불을 질렀다. 그리고 그 많은 전답도 아까워하는 법 없이 버린 채 양산박으로 향했다.

구천현녀가 천서를 내리다

양산박으로 가는 다섯 패의 인마는 이십 리 거리를 두고 차례로 길을 떠났다. 조개와 송강, 화영, 대종, 이규가 이끄는 첫째 패는 길 떠난 지 사흘째 되는 날 황문산(黃門山)이란 곳에 이르렀다. 말을 탄 채 산세를 살피던 송강이 조개를 보고 의논조로 말했다.

"저 산의 생김이 고약한 게 도적 떼가 들어도 큰 패가 들어 보입니다. 여기서 다른 사람들이 오기를 기다려 함께 넘는 게 어떻겠습니까?"

그러나 조개가 미처 무어라고 대답하기 전에 황문산 쪽에서 먼저 응답이 있었다. 산기슭에서 갑자기 징 소리, 북소리가 요란하게 울린 것이었다.

"거보십시오. 제 말대로 아닙니까? 여기서 움직이지 않고 있다가 뒤따라오는 인마가 이르거든 함께 저것들을 칩시다."

송강이 다시 그렇게 말했다. 조개도 달리 길이 없는 듯 말없이 고개를 끄덕였다. 그렇게 되자 두령들은 말고삐를 당겨 각기 있을지 모르는 싸움에 대비했다. 화영은 화살을 꺼내 시위에 얹었고, 송강과 대종은 칼을 빼 들었다. 그리고 이규는 넓적한 쌍도끼를 꺼내 들고 송강 곁에 붙어 섰다. 아무도 송강의 털끝 하나 건드리지 못하게 하겠다는 듯.

그사이 산기슭에서는 사오백 명의 무리가 쏟아져 내려오는데 그들 앞에는 네 명의 호걸이 각기 병기를 들고 내닫고 있었다

"네놈들은 강주를 분탕질하고 무위군을 턴 놈들이지? 그토록 숱한 관군과 백성을 죽여 놓고 멋대로 양산박으로 돌아가려고? 안 된다. 뭘 좀 아는 놈들이거든 송강을 두고 가거라. 그러면 다른 놈들의 목숨은 붙여 주마!"

앞선 호걸 중의 하나가 대뜸 그렇게 소리쳤다. 우연히 맞닥뜨린 도적 떼가 아니라 일찍부터 모든 걸 알고 기다린 패거리 같았다. 그들이 유독 자신을 찍어 감고 드는 걸 본 송강은 얼른 앞으로 나섰다. 되도록 싸움을 피해 볼 요량으로 말에서 내려 무릎까지 꿇으며 공손하게 빌었다.

"저 송강은 다른 사람의 모함을 입어 어디 하소연해 볼 데도 없이 죽을 뻔했던 사람입니다. 다행히 사방의 호걸들이 나서 주어 구차한 목숨은 건졌습니다만, 정말 알 수가 없군요. 제가 네 분 호걸에 무슨 죄를 지었다고 이렇게 길을 막으십니까? 부디 바라건

대 특히 지은 죄가 없으면 그냥 이대로 지나가게 해 주십시오."

그러자 이상한 일이 벌어졌다. 그때껏 말 위에서 기세등등하게 소리치던 네 사람이 놀란 듯 말에서 뛰어내리더니 손에 들고 있던 병장기를 내던지고 송강에게로 달려왔다.

무릎 꿇고 있는 송강 앞에 이른 네 사람이 그대로 땅에 엎드려 절을 올리며 말했다.

"저희 형제 네 사람은 일찍부터 산동 급시우 송공명이란 크신 이름은 들었으나 아직껏 뵈옵지를 못했습니다. 그런데 소문을 듣자 하니 형님께서 관가에 잡혀 강주의 감옥에 갇히셨다더군요. 우리 형제는 당장 강주의 노성을 들이쳐 형님을 구하려 했습니다만 그 소문이 정말인지 믿을 수가 없어 졸개 하나를 강주로 내려보냈습니다. 직접 알아보려 함이었는데 며칠 뒤에 돌아온 졸개는 이미 여러 호걸들이 강주로 숨어들어 형장을 뒤엎고 형님을 구해 게양진으로 갔다고 하지 않겠습니까? 거기다가 다시 무위군을 들이쳐 황문병의 집까지 박살 냈단 소식도 전해 주더군요. 이에 우리 형제들은 강주로 내려가는 대신 가만히 생각해 보았습니다. 그리고 여러 가지로 헤아린 결과 형님께서 반드시 이 길로 올 줄 알고 이렇게 기다린 것입니다. 졸개들을 차례로 보내 이리로 다가오는 형님의 움직임을 살피게 하면서 말입니다. 그러나 막상 형님이 이곳에 이르렀단 말을 듣자 또다시 졸개들을 믿지 못하겠더군요. 조금 전의 말은 정말로 형님께서 오셨는지 안 오셨는지를 확인해 보기 위해 일부러 해 본 소립니다. 길을 막은 죄는 크나 형님을 뵙게 되어 기뻐하는 저희 마음도 헤아려 주십시오. 저희 무례를 용서하시고 잠시 산채에 들러 마실 것, 먹을 것이 변변찮은 대로 몇 잔 드시고 떠나시면 저희에겐 그보다 더한 영광이 없겠습니다. 여러 두령들께서도 송강 형님과 함께 산채로 드시어 저희 정성을 받아 주십시오."

네 호걸의 그 같은 말에 송강의 걱정은 기쁨으로 변했다. 그들을 부축해 일으키며 이름을 물었다. 그들의 대답에 따르면 이러했다.

우두머리 격인 사람의 이름은 구붕(歐鵬)이었다. 조상 대대로 황주에 살았으며 원래는 대강(大江)을 지키던 군인이었다. 그러나 상관의 미움을 받아 군인 노릇을 그만두고 강호를 떠돌다가 녹림(綠林)에 들게 되었는데 그의 호는 마운금시(摩雲金翅, 구름을 찌르고 솟는 금시조)였다.

두 번째 호걸의 이름은 장경(蔣敬)으로 호남 담주가 고향이었다. 원래는 과거를 준비하던 선비였으나 과거에 떨어지자 문(文)을 버리고 무(武)를 익히기 시작했다. 꾀가 많고 셈이 빠른 데다 무예며 병법(兵法)까지 밝아 신산자(神算子, 귀신같이 셈이 빠른 사람)란 딴 이름으로도 불렸다.

셋째는 마린(馬麟)이란 호걸인데 금릉 건강 사람이었다. 장안의 건달 출신으로 쌍철적(雙鐵笛)을 잘 불고, 한 자루 대곤도(大滾刀)를 잘 써서 홀로 백 명을 이겨 낼 만했다. 별호는 철적선(鐵笛仙, 쇠피리 부는 신선).

넷째는 도종왕(陶宗旺)인데 광주 사람으로 원래는 부잣집의 소작이었다. 한 자루 괭이 같은 무기를 잘 쓰고 힘이 세며 창과 칼도 어지간히 다룰 줄 알았다. 구미구(九尾龜, 꼬리 아홉 달린 거북)란 별호로 불리기도 했다.

그들 네 호걸이 송강에게 이름과 내력을 밝히고 있는 사이에 그 졸개들이 과일이 든 그릇이며 큰 술독 하나, 고기가 담긴 쟁반 둘을 받쳐 올렸다. 먼저 조개와 송강이 잔을 받고, 이어 화영, 대종, 이규에게도 술잔이 돌았다.

얼마 안 있어 양산박의 둘째 패가 그곳에 이르렀다. 송강은 그들과 구붕, 장경, 마린, 도종왕에게 인사를 나누게 하고 남은 술을 돌렸다. 술이 한차례 돈 뒤 구붕을 비롯한 네 호걸은 양산박 두령들을 다시 저희 산채로 청했다. 열 명의 두령은 굳이 마다할 까닭이 없어 그들을 따라 산채로 올라갔다.

구붕을 비롯한 네 호걸은 소와 말을 잡는다, 술을 거른다, 떠들썩하게 양산박 두령들을 대접하는 한편 졸개를 산 밑에 내려보내 셋째, 넷째, 다섯째 패의 열여덟 두령까지 산채로 모셔 오게 했다. 반나절도 안 되어 뒤이어 오던 패의 두령들까지 모두 황문산 산채의 대청에 모여 앉게 되었다.

흥겹게 술잔을 나누던 중에 송강이 슬몃 네 호걸에게 물었다.

"이번에 이 송강은 조 천왕 형님을 따라 양산박으로 가오. 네 분도 이곳 산채를 버리고 함께 가는 게 어떨지 모르겠소."

"만일 두 분 의사께서 저희를 천하다 여겨 버리지 않으신다면, 말고삐를 잡고 안장을 들고 다니더라도 같이 따라가고 싶습니다."

네 사람이 한꺼번에 목소리를 모아 그렇게 대답했다. 송강도 조개도 적잖이 기뻐하며 말했다.

"이왕 네 분께서 저희를 따라나설 마음이시라면 얼른 짐을 싸서 떠나도록 합시다."

다른 두령들도 그들 네 명이 한패가 되겠다는 게 싫지 않은 기색이었다. 이에 네 명도 송강과 조개의 말에 따라 함께 양산박으로 가게 되었다.

산채에서 하룻밤을 묵은 뒤 일행은 다시 길을 떠났다. 송강과 조개가 전처럼 첫째 패를 몰고 떠나고 이어 다른 패들도 전과 같은 순서로 산채를 나섰다. 앞선 패와 이십 리 거리로 이어지는 행군이었다.

구붕을 비롯한 네 명의 호걸은 산채에 모아 둔 재물을 챙긴 뒤 사오백 졸개와 더불어 여섯째 패가 되어 뒤를 따랐다. 그동안 의지했던 산채를 불살라 다시는 돌아오지 않을 결의를 보이고 나섰다.

송강은 새로이 네 호걸을 얻게 된 게 마음으로 몹시 기뻤다. 말 위에서 조개를 돌아보며 말했다.

"제가 강호를 떠다니면서 고생도 많았고 놀라기도 여러 번이었지만 수많은 호걸들을 만났으니 그걸로 족합니다. 이제 형님과 함께 산으로 들게 되었으니 어쩌면 그게 제가 갈 길인지도 모르지요. 형님과 함께 살고 함께 죽겠습니다."

그러면서 가는 사이 하루하루 길은 줄어 어느덧 주귀의 주막에 이르게 되었다.

그때 산채를 지키던 네 두령 오용, 공손승, 임충, 진명과 얼마

전 한패가 된 소양, 김대견은 주귀와 송만이 먼저 돌아와 알린 까닭에 조개를 비롯한 모든 두령들이 어서 돌아오기만을 기다리고 있었다. 매일 작은 두령들에게 배를 내어 주귀의 주막을 돌아보게 하여 돌아오는 두령들을 맞아들이는 데 늑장을 부리는 일이 없도록 했다. 그러는 새 조개와 송강이 이끄는 첫째 패가 금사탄에 이르렀다. 기다리고 있던 소두령들은 북을 치고 피리를 불며 그들을 맞아들였다. 두령들은 흐뭇한 기분으로 말과 가마에 올라 산을 올랐다.

두령들이 관 아래 이르니 오용을 비롯해 남아 있던 두령 여섯이 달려 나와 술잔을 돌리며 무사히 돌아온 걸 반겼다. 그러는 사이 뒤따라오던 다섯 패의 두령들도 모두 관으로 들어왔다. 모두가 다 한자리에 모이게 되자 두령들은 자리를 취의청으로 옮겼다. 제단에는 좋은 향이 피워져 있었다.

그런데 자리를 정하여 앉기 전에 조개와 송강이 서열 문제로 한차례 실랑이를 벌였다. 조개가 송강에게 산채의 주인 자리를 권한 게 그 시작이었다. 조개가 첫째 두령 의자에 앉기를 권하자 송강이 펄쩍 뛰며 말했다.

"형님, 이러시면 아니 됩니다. 여러 두령이 창칼을 겁내지 않고 나서 이 송강의 목숨을 구해 준 것만도 어찌 보답해야 할지 모르겠는데, 산채의 주인이신 형님이 그 자리까지 내놓겠다니요? 이렇게 자꾸 고집을 부리시면 저는 차라리 죽어 버리겠습니다."

"이보게 아우, 그 무슨 소린가? 그때 아우가 우리 일곱 명의 목숨을 구해 이리로 보내 주지 않았다면 어찌 우리에게 오늘 같은 날이 있었겠나? 자네야말로 이 산채로 보아서는 주인이 되고도 남을 은인이니 자네가 이 자리에 앉지 않으면 누가 앉는단 말인가?"

조개가 뜻을 굽히지 않고 송강에게 거듭 그렇게 권했다. 송강은 두 손에 고개까지 내저었다.

"형님, 나이로 보아서도 형님은 저보다 십 년이나 위가 되십니다. 만약 제가 형님을 두고 이 자리에 앉는다면 낯부끄러운 일이 될 뿐입니다."

그러면서 거듭 사양했다. 그제야 조개도 어쩔 수 없다는 듯 첫째 자리에 앉으며 송강을 둘째 자리에 앉게 했다. 송강도 그것까지는 마다할 수 없었던지 둘째 두령의 자리에 앉았다.

그렇게 되니 오용은 세 번째로 밀리고 공손승은 네 번째로 밀렸다. 그러나 둘 다 서운해하는 기색은 조금도 없었다. 문제는 그 다음이었다. 새로 온 사람들이 많아 자리를 정하기가 쉽지 않은 걸 보고 송강이 말했다.

"자리를 정하는 데 공이 높고 낮고를 따지지 말고 이렇게 하는 게 어떻습니까? 원래 양산박에 계셨던 두령들은 왼편 주인 자리에 앉으시고, 새로 오신 두령들은 오른편 손님 자리에 앉으십시오. 자리의 서열은 뒷날 이 산채를 위해 애쓴 게 많고 적음에 따라 천천히 정하면 될 것입니다."

들어 보니 괜찮은 의견이라 두령들은 군소리 없이 송강의 말을 따랐다. 이어 조개의 왼쪽 자리에는 임충, 유당, 완소이, 완소오, 완소칠, 두천, 송만, 주귀, 백승이 차례로 앉고 오른쪽은 나이에 따라 화영, 진명, 황신, 대종, 이규, 이준, 목홍, 장횡, 장순, 연순, 여방, 곽성, 소양, 왕왜호, 설영, 김대견, 목춘, 이립, 구붕, 장경, 동위, 동맹, 마린, 석용, 후건, 정천수, 도종왕이 차례로 앉았다. 그럭저럭 두령의 수는 마흔으로 불어나 있었다.

서열 문제가 해결되자 곧 흥겨운 술판이 벌어졌다. 술잔이 돌면서 송강이 아직도 분한지 채 구지부가 도성의 아이들이 부르는 노래를 어거지로 끼워맞춰 자신을 잡으려 들던 이야기를 꺼냈다.

"황문병 그놈이 저하고 상관도 없는 일로 지부를 꼬드겼던 거요. 도성에서 아이들이 부르는 노래를 풀이하는데 '나라를 망치는 건 가목(家木)'이란 구절의 가목은 송(宋)으로 풀고, '군사를 일으키는 건 점수공(點水工)'이란 구절에서 점수공은 공(工) 자에 삼수변(氵)을 더한 걸로 풀어 강(江)을 만든 거요, 곧 송강(宋江)이 나온 셈이지요. 거기다가 종횡삼십육(縱橫三十六) 파란재산동(播亂在山東)이란 구절에서 산동을 빼내어 송강이 산동에서 난리를 꾸민다고 해서 나를 잡으려 들었단 말이외다……."

송강은 거기까지 이야기해 놓고 숨결을 고르더니 다시 이었다.

"대종이 가짜 편지로 나를 구해 내려 했을 때도 그랬소. 황문병 그놈이 들어 그 편지가 가짜임을 밝혀 내고, 먼저 나를 죽인 뒤 조정에 알리라고 속살거린 거요. 만약 여러 두령들이 발 벗고 나서 구해 주지 않았다면 내가 어떻게 여기까지 올 수 있었겠소?"

그러자 이규가 벌떡 일어나며 소리쳤다.

"잘됐소. 들어 보니 형님은 하늘이 아이들의 입을 빌려 지목한 사람이로구먼. 고생은 좀 하셨지만, 황문병 그놈도 우리 손에 잡혀 술안주가 되어 버렸으니 시원하게 원수는 갚은 셈 아뇨? 우리에게 군마가 많으니 이 차판에 들고일어나 이놈의 나라를 뒤엎어 버립시다. 겁날 건 하나도 없소. 조개 형님은 대송황제(大宋皇帝)가 되고 송강 형님은 소송황제(小宋皇帝)가 되는 거요. 오 선생은 승상이 되고 공손 선생은 국사(國師)가 되는 거지, 뭐. 우리는 모두 장군이 되고……. 그래서 도성으로 치고 들어가 나라를 빼앗고 우리가 들어앉으면 얼마나 시원하겠소? 이런 물가에 쭈그리고 앉은 것보다야 열 배는 나을 거요!"

대종이 이규의 그런 마구잡이 지껄임에 어쩔 줄을 몰라 하며 꾸짖었다.

"철우야, 네 무슨 되잖은 소리냐? 여기는 강주와 달라 너 같은 게 함부로 성질을 부릴 수 있는 곳이 아니다. 반드시 두령이신 형님 두 분의 말씀에 따라야 하거늘 네 어찌 되지도 않는 소리를 함부로 지껄이느냐? 두 번 다시 그런 소리를 입에 담는다면 먼저 네놈의 머리를 베어 뒷사람에게 본보기로 삼겠다!"

"어이쿠! 이놈의 모가지를 베면 언제 새 목이 자라나누? 알겠소. 나는 그저 술이나 마시겠소."

이규가 그러면서 목을 쑥 움츠렸다. 그걸 보고 두령들이 모두 웃음을 터뜨렸다. 송강은 다시 양산박 사람들이 전에 관군과 싸웠던 일을 꺼냈다.

"그때 내가 처음 그 소식을 들었을 때는 그리 겁나지도 놀랍지도 않았소. 그런데 이제는 그 일이 바로 이 송강의 일이 되었구려."

"이렇게 될 바에야 형님은 애초에 우리 말을 따라 이곳에 머무르시는 게 나았을 겁니다. 적어도 강주에서의 그 고생은 없었을 것 아닙니까? 어쩌면 이렇게 된 게 모두 하늘의 뜻 같기도 합니다만."

오용이 그렇게 송강의 말을 받았다. 송강이 누구에게랄 것도 없이 물었다.

"그때 관군을 이끌고 여기로 왔던 황안(黃安)이란 사람은 지금 어디 있소?"

"그는 그 뒤 석 달을 못 넘기고 병들어 죽었다 하더군."

이번에는 조개가 송강에게 대답했다. 이런저런 이야기로 웃고 떠들며 이야기하는 가운데 술자리는 하루 종일 계속되었다. 뜻한 바를 다 이룬 데다 새로운 호걸까지 여럿 맞게 되니 양산박으로서는 즐거운 날이 아닐 수 없었다.

조개는 먼저 목 태공 일가가 자리 잡고 살 수 있게 돌봐 준 다음 황문병의 집에서 털어 온 재물들을 공에 따라 졸개들에게 나누어 주었다. 그리고 그동안 맡아 있던 예물 보따리는 원래 대종의 것이라며 그에게 주었다. 대종은 그것이 채 구지부가 아비 채 태사에게로 보내는 예물이었지 자신의 것이 아니었다며 산채의 창고에 그대로 넣어 두게 했다. 산채에서 필요할 때 써야 한다는 뜻이었다.

조개는 또 산채의 모든 졸개들을 모아 이준을 비롯해 새로 온 두령들을 절하며 보게 했다. 그리고 며칠 내리 소와 말을 잡아 홍겨운 잔치로 두령들의 우의를 키우고 졸개들의 사기를 북돋웠다.

하지만 잔치가 이어지는 중에도 조개는 양산박을 지키는 일에 세밀하게 마음을 썼다. 식구가 는 만큼 거처할 방을 새로 마련하게 하는 한편, 산채를 두르고 있는 성벽이며 목책을 더 굳고 높게 쌓도록 했다.

잔치가 사흘째로 접어든 날 술을 마시던 송강은 문득 몸을 일으켜 여럿을 보고 말했다.

"이 송강에게 한 가지 해야 할 큰일이 있어 여러 형제들에게 말씀드리오. 내가 한 며칠 산을 내려갔다 오려 하는데 형제들의 뜻은 어떻소?"

그 갑작스러운 말에 조개가 받아 되물었다.

"아우, 가기는 어딜 가며 큰일은 무슨 일인가?"

송강이 어두운 표정으로 물음에 답했다.

"저는 여러분의 구함을 받아 이곳에 와서 매일같이 잔칫상에 앉으니 즐겁습니다만 걱정은 집에 계시는 아버님입니다. 강주에서는 그날로 조정에 우리 일을 알렸을 것이니 지금쯤은 제주에도 소식이 갔을 겁니다. 그리되면 운성현에서는 우선 범인들의 가족부터 잡아들일 것인데, 늙으신 아버님이 그런 고초를 겪어낼지 실로 두렵습니다. 제가 내려가 집안사람들을 모두 이곳으로 데려와야만 마음을 놓을 수 있을 것 같습니다. 그걸 허락해 주시겠습니까?"

"그거야 사람이 지켜야 할 도리 중에서도 가장 큰 도리 아닌가? 나와 아우가 즐기지 못하는 일이 있더라도 집에 계시는 아버님이 고초를 받게 해서는 아니 되지. 누가 아우를 막을 수 있겠나만 한 가지 마음에 걸리는 건 우리 형제들이 여러 날 고생했고 산채의 인마도 아직 제대로 정비가 안 된 점일세. 한 이틀만 더 기다려 주게. 좀 쉬게 한 뒤에 산채의 인마를 뽑아 바람같이 달려갔다 오세. 그러면 아버님을 모셔 오기는 어렵지 않을 것이네."

조개가 시원스레 송강의 뜻을 들어주었다. 송강은 고개를 저었다.

"형님, 며칠 늦는 거야 괜찮지만 두렵기는 강주의 공문이 우리보다 먼저 제주에 이르는 것입니다. 그러면 저희 가솔들은 당장 붙들려 가고 말 것이니, 이 일은 늑장 부려 될 일이 아닙니다. 공연히 여러 사람 끌어댈 것 없이 저 혼자 몰래 운성현으로 숨어들어가 아우 송청에게 아버님을 모시고 이곳으로 가라 이르지요. 밤중에 살짝 빠져나오면 마을 사람들은커녕 귀신도 모를 겝니다. 여러 사람을 데려가면 단박 마을 사람들에게 알려질 테니 일이 오히려 어려워질 수도 있습니다."

"그렇지만 만약 아우가 가는 도중에 실수라도 하게 되면 그때는 아무도 구해 줄 사람이 없지 않나?"

"아버님을 위해서라면 죽어도 원망이 없을 것입니다."

겉으로는 허락을 비는 것 같아도 마음속은 이미 결의가 있었는지 송강은 조개가 아무리 말려도 듣지 않았다. 그날 당장 떠나기를 고집하며 채비에 들어갔다.

송강은 전립으로 얼굴을 감추고 허리에는 날카로운 칼을 찬 뒤 짧은 몽둥이를 찾아 들었다. 그리고 길 떠날 채비는 그것으로 넉넉하다는 듯 곧장 산을 내려가는 것이었다. 이미 송강을 말리기는 틀렸다고 본 두령들은 금사탄까지 따라 내려와 걱정스러운 눈으로 배웅했다.

졸개들이 저어 주는 배로 물을 건넌 송강은 주귀의 주막이 있는 언덕에 이르자 곧 큰길을 따라 운성현으로 향했다. 주림과 목마름을 참고 밤낮없이 뛰듯 하는 걸음이었다.

송강은 하루 만에 송가촌에 이를 생각으로 걸음을 재촉했지만 뜻 같지는 못했다. 밤낮없이 하루를 달렸어도 저물녘까지 송가촌에 이를 수가 없었다. 이틀이나 내리 밤길을 걸을 수는 없어 그날 밤 송강은 눈에 띄는 대로 주막에 들었다.

주막에서 하룻밤을 쉬고 다시 닫기 시작한 송강은 다음 날 일찍 송가촌에 이를 수가 있었다. 송강은 숲속에 숨어 날이 저물기를 기다렸다가 집 뒤로 가서 가만히 뒷문을 두들겼다.

아우 송청이 나와 문을 열다 형을 보고 깜짝 놀라며 물었다.

"아니, 형님, 어떻게 집으로 돌아오셨습니까?"

"아버님과 너를 데려가려고 왔다."

송강이 나직한 목소리로 그렇게 대답했다. 송청이 답답하다는 듯 말했다.

"형님 혼자서요? 참 딱하기도 하십니다. 형님이 강주에서 저지른 일은 벌써 이곳까지 소문이 쫙 돌았어요. 우리 현에서는 전의 그 두 도두를 뽑아 저희 집을 감시하게 하고 한 발짝도 멋대로 움직이지 못하게 하고 있습니다. 강주에서 공문이 오는 대로 아버님과 저를 잡아들여 감옥에 가두려는 생각이지요. 밤에는 백

명이 넘는 군사를 풀어 지키는 편이니 형님 혼자서는 어림도 없습니다. 다시 양산박으로 돌아가 여러 두령들을 데리고 와야 아버님과 저를 구할 수 있을 겁니다. 늦어서는 안 되니 어서 돌아가십시오."

그 말에 송강은 깜짝 놀랐다. 자신도 모르게 식은땀을 흘리며 몸을 돌려 달아났다. 아우의 말대로 양산박으로 돌아가기 위함이었다.

그날 밤은 달빛이 어두워 길을 찾기조차 어려울 정도였다. 송강은 무턱대고 외지고 좁은 길만 찾아 뛰었다. 한 경쯤이나 뛰었을까 갑자기 등 뒤에서 함성이 들렸다. 송강이 고개를 돌려 귀 기울여 보니 두어 마장 떨어진 곳에서 한 떼의 횃불 든 사람들이 따라오며 소리를 질러 댔다.

"송강은 달아나지 마라!"

송강은 그 소리에 놀라 달아나면서도 속으로 중얼거렸다.

'조개의 말을 듣지 않았다가 오늘 이런 화를 당하는구나. 하늘이여, 불쌍히 여기시어 이 송강을 구해 주소서!'

그리고 숨을 만한 곳을 찾아 정신없이 뛰었다. 하늘이 송강의 기도를 들어준 것인지 갑자기 바람이 일더니 두껍게 덮인 구름을 걷어냈다. 달이 환히 내비치자 비로소 송강은 모든 걸 뚜렷이 살펴볼 수 있었다. 한참을 어디가 어딘지 알아보지 못해 애를 태우다가 겨우 그곳이 환도촌(還道村)임을 알아보았다.

그 마을은 높은 산으로 둘러싸인 가운데 골짜기를 따라 한 줄기 물이 흐르고 그 곁으로 외길이 나 있을 뿐이었다. 한번 그리로 접어들면 좌우 어디로도 몸을 뺄 수 없게 되어 있는데 송강은 바로 그 길로 접어들고 있었다. 앞으로 가 봤자 산에 막혀 더 갈 곳이 없고 몸을 돌려 달아나려 해도 뒤쫓는 사람들이 길목을 막고 있어 될 일이 아니었다. 횃불이 대낮같이 밝은 외길에서 그들에게 붙들리지 않고 빠져나갈 수는 없었다.

어쩔 수 없이 마을 안으로 들어간 송강은 그곳에서 몸을 숨길 데를 찾아보았다. 작은 숲 하나를 지나니 낡은 사당 하나가 보여 송강은 얼른 두 손으로 문을 밀고 들어갔다.

송강은 열린 문으로 스며든 달빛에 의지해 사당 안을 둘러보며 숨을 곳을 찾아보았다. 그러나 앞뒤 방을 다 살펴도 몸을 숨길 만한 곳이 보이지 않았다. 그럴수록 당황해 허둥대는 송강의 귀에 뒤쫓아온 사람들의 목소리가 들렸다.

"모두 저기 있는 사당을 에워싸라!"

전에도 송강을 잡으려 든 적이 있는 도두 조능(趙能)의 목소리였다. 그 소리를 들은 송강은 한층 더 급했다. 쥐구멍이라도 있으면 머리를 디밀고 싶은 심경으로 여기저기를 살피는데 한 군데 신주를 모셔 둔 벽감이 눈에 들어왔다. 송강은 얼른 휘장을 들치고 그 안으로 들어가 신주단 뒤에 몸을 숨겼다. 몸을 한껏 움츠려 땅에 붙이고 있는데 사람 소리가 들리며 횃불이 사당 안을 밝혔다.

송강은 신주단 뒤에 웅크린 채 가만히 머리를 들어 횃불 비치는 곳을 훔쳐보았다. 조능과 조득 형제가 사오십 명의 군졸을 데리고 들어와 횃불로 이곳저곳을 비춰 보고 있었다.

'천지신명이시여, 저를 보살펴 주옵소서. 이 죽을 구덩이에서 달아날 수 있게 한 번만 도와주옵소서. 진심으로 비옵나이다. 천지신명이시여, 천지신명이시여…….'

송강은 저도 모르게 속으로 빌고 또 빌었다. 그런데 참으로 이상한 일이 생겼다. 꼭 한 사람이 신주 앞을 지나갔을 뿐 아무도 송강이 숨은 벽감은 뒤지지 않는 것이었다.

'하늘이 나를 불쌍히 여기셨구나!'

송강은 가슴을 쓸며 그렇게 생각했다. 하지만 마음을 놓기에는 아직 일렀다. 조득이 한 손에 칼을 잡은 채 횃불로 아래위를 비춰 보며 휘장을 들추고 송강이 숨은 신주단 쪽을 살펴보기 시작했다. 그런데 다시 알 수 없는 일이 벌어졌다. 갑자기 횃불이 세게 타오르더니 그을음 덩이 하나가 조득의 눈으로 날아들었다. 눈이 침침해진 조득은 횃불을 내던져 밟아 끄고 밖으로 나가 군졸들에게 말했다.

"그놈이 이 안에는 없는 것 같고 달리 빠져나갈 길도 없으니 도대체 어디로 갔다는 게냐?"

"그놈이 아마도 마을 안 숲속으로 숨어든 것 같습니다."

군졸 하나가 냉큼 그렇게 받고는 아는 척 덧붙였다.

"그렇지만 놈을 놓칠 염려는 없습니다. 이 마을은 환도촌이라 하는데 들고 나는 길이 바로 그 외길밖에 없지요. 사방으로 숲이 들어찬 높은 산이 막혀 있어 그리로는 올라갈 도리가 없기 때문입니다. 도두께서 저 길목만 지키고 계시면 제 놈이 겨드랑이에 날개가 돋지 않는 한 빠져나가지 못할 겝니다. 그래서 날이 밝으면 마을을 샅샅이 뒤져 잡아 내도록 하시지요."

"옳아, 그러면 되겠군."

조능과 조득도 그 군졸의 말을 옳게 여긴 듯했다. 더는 사당 안을 뒤지려 하지 않고 군졸들과 함께 밖으로 나가 버렸다.

'이거야말로 천지신명이 도운 게 아니고 무엇이냐? 만약 내가 이번에 목숨을 건지면 반드시 이 사당을 고쳐 짓고 새로 신상(神像)을 빚으리라…….'

모든 걸 하늘의 도움으로 여긴 송강이 속으로 그런 다짐을 했다. 그때 군졸 몇이 사당 문 앞에서 소리치는 게 들렸다.

"도두님, 놈은 틀림없이 저 안에 있습니다!"

그 말에 조능과 조득이 그 군졸에게 다가갔다. 송강은 다시 간이 콩알만 해져 몸을 움츠렸다.

"어디 있단 말이냐?"

조능이 문 앞에 서 있던 군졸에게 물었다. 조금 전에 들은 목소리가 대답했다.

"도두님, 이걸 보십시오. 이 먼지 앉은 문짝에 손자국 두 개가 뚜렷이 찍혀 있지 않습니까? 틀림없이 이 문을 열고 안으로 들어갔습니다."

"정말 그렇군. 다시 한번 이 안을 샅샅이 뒤져 보자!"

조능이 그러면서 다시 사당 안을 뒤지기 시작했다.

송강도 이제는 끝장이라고 생각했다. 거의 체념한 채 가만히 엎드려 있는데 군졸들은 이곳저곳을 횃불로 비추며 샅샅이 뒤져 나갔다. 갑자기 조능이 그들에게 말했다.

"아무래도 저 신주단 뒤에 있는 것 같다. 우리 형제가 다 자세히 살펴보지 못한 곳이니 한번 봐야겠다. 횃불을 가져오너라!"

그러자 군졸 하나가 횃불을 가져와 비추었다. 조능이 벽감 앞에 드리운 장막을 걷자 대여섯 명의 군졸이 벽감 안으로 고개를 디밀어 살펴보려 했다.

그러나 또 한 번 이상한 일이 벌어져 아무도 안을 들여다볼 수 없게 했다. 갑자기 신주단 위에서 한 줄기 기분 나쁜 바람이 불어와 횃불을 꺼 버린 것이었다. 횃불이 꺼져 버리자 사당 안은 서로 얼굴을 맞대고도 못 알아볼 만큼 깜깜해졌다. 조능이 중얼거렸다.

"거참, 괴상하군. 사방이 막힌 데서 그토록 거센 바람이 불어오다니. 정말로 천지신명께서 이 안에 계셔 우리가 횃불을 들이대는 걸 못마땅하게 생각하신 것 아닌가? 얘들아, 아무래도 이쯤하고 여길 나가는 게 좋겠다. 너희들 말대로 마을 어귀나 막고 있다가 날이 밝거든 다시 와서 찾아봐야겠다."

"그래도 신주단 뒤를 자세히 못 봐 께름칙합니다. 한 번 더 살펴보도록 하지요."

조득이 그렇게 형의 말을 받았다.

"하긴 그것도 그렇군."

조능이 또 생각을 바꾸었다. 발길을 되돌려 아우 조득과 더불어 벽감 안으로 들어서려 했다. 그때 다시 제단 쪽에서 한 줄기 괴이쩍은 바람이 불어오며 난데없는 모래와 돌을 날렸다. 그뿐만 아니었다. 무엇 때문인지 사당 전체가 삐그덕거리며 흔들리고 한

자락 검은 안개 같은 게 깔리며 찬 기운이 사람들을 감싸 머리칼이 곤두서게 했다. 기분이 나빠진 조능이 아우 조득에게 소리쳤다.

"얘야, 달아나자. 신명께서 화가 나셨다!"

그러자 조득뿐만 아니라 진작부터 겁에 질려 있던 군졸들까지 다투어 사당을 빠져나가 문밖으로 달아났다. 밀고 밀리는 통에 다리가 부러진 놈은 엉금엉금 기어서 빠져나오는 판이었다.

"저희들을 용서해 주십시오!"

겨우 사당 밖으로 빠져나와 한숨을 돌리는 조능의 귀에 문득 그런 외침이 들려왔다. 사당 안에서 나는 소리였다. 조능이 그래도 명색 대장이라고 용기를 내어 다시 안으로 들어가 보았다.

군졸 서넛이 사당 마당에 나자빠져 외치는 소리였는데, 나무뿌리에 옷자락이 걸려 그걸 벗기려고 칼조차 내던지고 몸부림이었다. 조능은 그들의 옷깃을 풀어 데리고 사당 밖으로 나갔다. 사당 대문 밖에서 기다리던 군졸들이 저희끼리 떠들었다.

"이 사당 신령님이 아주 영험하시다고 말하지 않던가. 너희들이 제단 앞에까지 가서 법석을 떨어 대니 새끼 귀신들을 보내 혼내 주신 거야. 차라리 마을 앞 길목이나 잘 지키자구. 그놈이 새나가기 전에 말이야……."

다른 군졸들은 말할 것도 없고 조능 형제도 그 말을 옳게 여겨 따랐다. 얼른 사당을 떠나 마을 어귀의 길목으로 갔다.

한편 신주단 뒤에 숨어 있던 송강은 군졸들이 멀리 가 버리자 비로소 가슴을 쓸었다. 하지만 걱정이 끝난 건 아니었다.

'잡히는 건 겨우 면했다. 하지만 이제 어쩐다? 무슨 수로 저놈의 마을 어귀를 벗어나나?'

그렇게 중얼거리면서 여러 가지로 생각해 보았으나 뾰족한 수가 나지 않았다. 그런데 갑자기 뒤쪽 낭하에서 사람의 발자국 소리가 들렸다.

'어이쿠, 아직 빠져나가지 않은 놈들이 있었구나…….'

송강이 놀라며 돌아보니 어디서 왔는지 푸른 옷을 입은 동자(童子) 둘이 벽감 앞으로 다가와 공손히 말했다.

"저희들은 아씨의 뜻을 받들어 성주(星主, 별자리에 있다고 믿어지는 신)님을 모시러 왔습니다. 아씨께서 드릴 말씀이 있다고 하십니다."

송강은 어리둥절했다. 아씨는 누구며 성주는 누구란 말인가? 그래서 얼른 대꾸를 못하고 서 있는데 동자 하나가 다시 재촉하듯 말했다.

"아씨께서 부르시니 성주께서는 어서 가시지요."

그래도 송강은 얼른 대꾸가 나오지 않았다. 여전히 굳은 듯 서 있자 동자가 한 번 더 재촉했다.

"송(宋) 성주, 어서 가시지요. 늦으셔서는 아니 됩니다. 아씨께서 기다리신 지 벌써 오랩니다."

송강은 그 목소리가 꾀꼬리같이 고운 데 놀랐다. 아무래도 사내아이의 음성이 아니었다. 그제야 자기를 잡으러 온 군졸들이 아니란 생각이 들어 신주단 뒤에서 나왔다. 휘장 밖에는 푸른 옷을 입은 동녀(童女) 둘이 다소곳이 서 있었다. 송강은 그들이 사람이 아닌 선녀 같아 다시 한번 놀랐다. 정신없이 둘을 번갈아 쳐다보는데 바깥에서 또다시 재촉하는 말소리가 들렸다.

"송 성주님, 아씨께서 부르십니다."

그제야 송강은 휘장을 걷고 밖으로 나갔다. 보니 푸른 옷에 소라 껍데기처럼 틀어 올린 머리를 한 두 동녀가 나부죽이 허리를 꺾고 기다리고 있었다.

"두 분 선녀는 어디서 오셨소?"

송강이 겨우 입을 떼어 물었다. 푸른 옷의 동녀가 대답했다.

"아씨의 뜻을 받들어 성주님을 궁으로 뫼셔 가려 왔습니다."

"그렇다면 무엇이 잘못된 듯하오. 나는 송강이란 사람이지 성주가 아니오."

송강이 얼른 그렇게 자신을 밝혔다. 그래도 동녀들은 조금도 놀라지 않았다. 좀 전의 목소리 그대로 송강에게 재촉할 뿐이었다.

"저희가 어찌 잘못 찾아왔겠습니까? 성주님, 그러지 말고 어서 가시지요. 아씨께서 기다리신 지 오랩니다."

"아씨란 분은 누구시오? 일찍이 뵈온 적이 없는 분인데, 어떻게 함부로 따라나서겠소?"

"가 보시면 아시게 됩니다. 자꾸 묻지 마시고 따라오시지요."

"아씨는 어디 계시오?"

"이 뒤 궁궐 안에 계십니다."

푸른 옷의 동녀들은 그 말과 함께 앞장서 길을 안내했다. 송강은 무엇에 홀린 기분으로 그녀들을 따라갔다.

사당 뒤쪽으로 돌아가니 샛문 하나가 나왔다.

"송 성주님, 이리로 오십시오."

앞서 가던 푸른 옷의 동녀가 송강을 돌아보며 문 안으로 들기를 권했다. 송강이 문 안으로 들어가 보니 전혀 딴 세상이 펼쳐져 있었다. 하늘에는 달과 별이 환하고, 향기로운 바람이 산들산들 부는데, 사방은 또 나무들이 무성하고 대나무가 푸르렀다.

'사당 뒤에 이런 곳이 있다니. 진작 알았으면 사당으로 몸을 숨기지 않았을 텐데, 공연히 놀라기만 했구나…….'

송강은 속으로 그런 생각을 하며 동녀들을 따라갔다. 야트막한 언덕들이 나오고 그 언덕을 따라 큰 소나무가 빽빽이 들어섰는데 모두가 한 아름이 넘는 것들이었다. 그 가운데 큰 거북의 등처럼 평평한 들판이 펼쳐져 있고 널찍한 큰길이 나왔다.

송강은 또 속으로 생각했다.

'오래된 사당 뒤에 이같이 좋은 길이 나 있을 줄은 정말 꿈에도 몰랐구나…….'

그러면서 그 길을 따라 한 마장쯤 가니 이번에는 졸졸 흐르는 시냇물 소리가 들렸다. 그 시내 위로 돌다리가 놓여 있는데, 난간은 모두 붉은빛이었다.

건너편 언덕은 진기한 꽃과 처음 보는 풀이 심겨 있고, 소나무와 대가 푸르렀다. 초록 버드나무가 섰는가 하면 탐스러운 복숭아가 달린 도화나무도 있었다. 그 시내는 은이 흐르고 눈이 덮인 듯 다리 밑 개울의 멀지 않은 돌 동굴 속에서 흘러내리는 것이었다.

다리를 건너니 두 줄의 기이한 나무가 서 있는 가운데 붉은 대문이 나타났다. 대문 앞에 이른 송강은 고개를 돌려 사방을 살펴보았다.

'나도 이 운성현에서 나고 살았지만 이런 곳이 있다는 소리는 듣지 못했다!'

보이는 것마다 낯설고 신기해 송강은 그렇게 중얼거리며 발걸음을 멈추었다. 겁이 덜컥 나 함부로 들어가고 싶은 생각이 싹 없어진 것이었다.

하지만 푸른 옷 입은 동녀들이 그런 송강을 놔두지 않았다. 두 번 세 번 송강을 재촉해 대문 안에 들게 했다.

안에 들어가니 몇 개의 작은 동산이 있고 붉은 기둥을 세운 낭하가 들어섰는데 방마다 수놓은 발을 드리워 놓은 게 유별났다. 그 가운데 한 큰 건물에는 등과 촛불이 환하게 켜져 있었다. 푸른 옷 입은 동녀가 이끌어 층계를 오르니 역시 푸른 옷을 입은 소녀 몇이 기다리다가 송강에게 말했다.

"아씨께서 성주님을 기다리십니다."

송강은 갈 데까지 가 보자는 심경으로 계단을 올라 대전으로 들어섰다. 마음을 굳게 사려 먹어도 살이 떨리고 터럭이 곤두섰다.

대전 바닥은 용과 봉을 새긴 벽돌로 덮여 있었다. 푸른 옷의 동녀가 발 안으로 들어가 아뢰었다.

"송 성주께서 계단 아래에 와 계십니다."

그때 발이 쳐진 곳으로 이르는 작은 계단 앞에 이르러 있던 송강은 저도 몰래 손을 모으고 허리를 굽혀 두 번 절을 했다. 그리고 바닥에 엎드린 채 공손히 말했다.

"저는 아래 세상의 하찮은 백성이올시다. 성상(聖上)을 알아뵙지 못한 죄, 부디 불쌍히 여겨 너그러이 보아주십시오."

그러자 발 안에서 송강을 바로 앉히라는 분부가 내렸다. 하지만 송강은 감히 고개를 들지 못하고 그대로 엎드려 있을 뿐이었다. 푸른 옷 입은 동녀 넷이 송강을 부축해 비단 덮인 의자에 앉게 했다. 송강이 어쩔 수 없이 앉는데 다시 발 뒤에서 사람의 말소리 같지 않게 그윽한 목소리가 들려왔다.

"발을 걷어라."

그 말에 시녀 몇이 발을 걷어 올려 금으로 만든 고리에 걸었다. 동녀들에게 아씨[娘娘]라 불리던 여신이 모습을 드러내며 송강에게 부드럽게 물었다.

"성주께서는 그동안 별일 없으시었소?"

"저는 하잘것없는 속세의 백성일 뿐 성주가 아닙니다. 어찌 감히 거룩한 모습을 바로 쳐다볼 수 있겠습니까?"

몸을 일으킨 송강이 다시 두 번 절을 올리며 대답했다. 낭랑이 더욱 부드럽게 말했다.

"성주, 그런 말씀 마시오. 이미 여기까지 오셨으니 너무 예에 얽매이실 건 없소."

그제야 송강은 겨우 얼굴을 들어 목소리의 임자를 올려다보았다. 금빛 초록색이 어우러져 빛을 뿜는 전상(殿上)에는 용등(龍燈) 봉촉(鳳燭)이 휘황했다. 푸른 옷의 시녀들이 홀과 부채를 들고 시립한 가운데 갖가지 보석을 박아 만든 좌상(座床)이 있고 그 위에 아씨라 불리던 여신이 앉아 있었다. 금실 섞인 비단으로 짠 옷에다 손에는 백옥으로 깎은 노리개 같은 걸 잡고 있는데, 그림 같은 이목구비가 바로 선녀의 모습이었다.

"성주는 이리로 오시오."

선녀는 꽃잎 같은 입술을 열어 송강을 가까이 부르는 한편 시녀들에게 술을 가져와 송강에게 내리게 했다.

두 명의 푸른 옷 입은 시녀가 연꽃을 아로새긴 보배로운 병에 술을 담아 오더니 잔 둘에 따랐다. 그리고 하나는 선녀에게 바치고 하나는 송강에게 내미는 것이었다.

송강은 그냥 앉아서 받을 수 없어 다시 몸을 일으켰다. 내린 술잔이라 감히 마다하지 못해 잔을 받고는 무릎을 꿇으며 한 잔을 마셨다. 맛이며 향기가 얼마나 그윽한지 향을 정수리에 붓고 이슬로 가슴을 씻어 내는 듯했다.

송강이 술잔을 비우자 다시 푸른 옷의 시녀가 이 세상 것이 아닌 듯한 대추를 쟁반에 담아 와 안주로 내놓았다. 송강은 어쩔 줄 몰라 하면서도 그중에 하나를 집어먹고 씨는 손바닥 안에 감추었다.

그때 시녀가 한 잔을 더 권했다. 송강이 잔을 비우자 선녀가 한 잔을 다시 권하게 했다. 이번에도 송강은 사양 못하고 잔을 받아 비웠다. 잔을 비울 때마다 대추 접시가 다가와 송강의 손바닥에는 대추씨 세 개가 들어 있게 되었다.

석 잔을 마시자 술기운이 확 돌았다. 송강은 혹 선녀 앞에서 예에 어긋난 주정이라도 하게 될까 걱정이 되었다. 다시 두 번 절을 올리고 앞질러 사양했다.

"저는 이미 술기운을 이기지 못할 만큼 마셨으니 낭랑께서는 더 내리지 않으셨으면 합니다."

"성주께서 더 마시지 못하시겠다면 그만 권하게 하지요."

선녀는 그렇게 대꾸하고 시녀들에게 일렀다.

"가서 세 권의 천서(天書)를 가져와 성주에게 드려라."

명을 받은 시녀가 병풍 뒤로 가더니 푸른 쟁반에 누런 보자기로 싼 책 세 권을 얹어 와 송강에게 바쳤다. 송강이 보니 길이 다섯 치에 너비 세 치쯤의 작은 책이었다. 송강은 감히 펼쳐 보지 못하고 그대로 받아 소매에 넣었다.

선녀가 다시 목소리를 가다듬어 송강에게 일렀다.

"송 성주, 이 천서 세 권을 드릴 테니 하늘을 대신해 도를 펴도록 하시오. 남의 우두머리가 되어서는 오로지 충의에 의지하고, 아랫사람이 되어서는 나라를 받들고, 백성을 보살피는 데 힘을 다하시오. 이는 또한 사악한 것을 없애고 바른 것으로 돌아가게 함인즉, 성주는 이 뜻을 잊어서도 아니 되고 세상에 함부로 새어 나가게 해서도 아니 되오."

그리고 이어 이르기를,

"옥황상제께서는 성주가 사악한 마음을 다 씻어 내지 못하고 도를 행함이 모자란 까닭에 잠시 벌을 내려 성주를 인간 세계로 내치신 것이오. 오래잖아 다시 하늘로 불러 무겁게 쓰실 것이니 결코 게을리해서는 아니 되오. 뒷날 다시 하늘에 죄를 얻는 날에는 나로서도 성주를 구해 드릴 수 없소. 이 세 권 천서를 잘 보고 익히도록 하시오. 천기성(天機星)과 함께 읽는 것은 좋으나 그 밖에 딴 사람에게는 보여서는 아니 되오. 또 공을 이룬 뒤에는 태워 없애 세상에 남겨 놓지 않도록 하시오. 내가 당부한 말을 마음에 새겨 잊지 않기를 바라오. 지금 나는 천계(天界)에 속해 있고 성주는 하계(下界)에 있어 서로 몸담은 곳이 다르니 오래 붙들어 둘 수 없구려. 이제 일러 드릴 것은 모두 일러 드렸으니 성주는 어서 돌아가 보도록 하시오."

라고 한 뒤 시녀를 불러 송강을 어서 돌려보내게 했다. 송강이 거듭 감사하고 물러나는데 선녀가 아쉬운 듯 작별의 말을 던졌다.

"뒷날 상제(上帝)의 궁궐에서 다시 만나기를 바라겠소."

송강은 처음 길을 안내해 온 푸른 옷의 동녀들을 따라 전각을 나왔다. 정원을 지나고 대문을 나서 돌다리 근처에 이르자 따라오던 동녀가 말했다.

"성주님, 놀라셨겠지만 이 모두가 우리 아씨의 보살핌이십니다. 그렇지 않았으면 성주님은 벌써 붙들리셨을 것입니다. 이번의 어려움은 날이 밝으면 절로 풀릴 것이니 더는 걱정하지 마십시오."

그러다가 갑자기 다리 밑 물속을 가리키며 말했다.

"성주님, 저길 보십시오. 물속에 용 두 마리가 놀고 있습니다."

송강은 그 말에 무심코 다리 밑을 내려다보았다. 정말로 물속에 용 두 마리가 노닐고 있었다.

송강이 하도 신기해 넋을 잃고 물속을 들여다보고 있을 때였다. 푸른 옷의 동녀 둘이 갑자기 송강의 등을 떼밀었다.

송강은 외마디 소리를 지르면서 물속으로 떨어졌다. 그런데 놀라 눈을 떠 보니 자신이 있는 곳은 물속이 아니라 사당의 벽감 안이었다.

"휴우, 한바탕 꿈이었구나!"

송강은 그러면서 놀란 가슴을 쓸어내렸다.

한참 뒤 벽감에서 기어나온 송강이 사당 창문으로 쳐다보니 달은 중천에 떠 있었다. 짐작이 삼경쯤 된 듯했다. 꽤 긴 꿈이었던 듯싶었다. 그러나 워낙 보고 들은 게 생생해 절로 소매 속으로 손이 갔다. 그때 문득 송강의 손바닥에 느껴지는 게 있었다. 꿈속에서 감추었던 대추씨 세 개였다.

송강은 놀라 소매 속을 더듬어 보았다. 거기서도 잡히는 게 있었다. 보자기에 싼 세 권의 천서였다. 그러고 보니 입 안에서도 아직 그윽한 술 향내가 느껴지는 것 같았다.

'그 한바탕 꿈이 참으로 기이하구나. 꿈같으면서도 꿈이 아닌 모양이다. 만약 꿈이라면 어떻게 이 천서가 소매 속에 있고, 입에서는 술 향내가 나며, 손바닥에는 대추씨가 남아 있겠는가. 나에게 한 말도 한마디 빠짐없이 기억되는 걸 보니 꿈은 아닌 모양이다. 하지만 내가 신주단 뒤에 처박혀 꼼짝 않고 있었던 것도 또한 사실이다. 그런데 어떻게 그런 곳들을 볼 수 있었단 말인가……. 아마도 이 사당에서 모시는 신령님이 아주 영험해 내게 현몽하신 듯하다. 그런데 이곳에서 모시는 신령은 어떤 신령일까?'

송강은 홀로 그런 생각을 하다가 사당 안을 살펴보았다. 신상을 모신 곳의 장막을 들춰 보니 아홉 마리 용을 아로새긴 의자에 앉은 아리따운 선녀의 상이 그려져 있는데 바로 꿈속에서 본 그녀였다. 송강은 다시 속으로 중얼거렸다.

'저 선녀가 나더러 성주라고 불렀으니 나도 전생에는 그리 하찮은 인간이 아니었던 모양이다. 이 세 권의 천서는 반드시 크게 쓸모가 있을 듯하다. 하늘이 내게 이르신 말들을 잊지 말아야지……. 그건 그렇고 푸른 옷 입은 동녀들이 이곳에서의 어려움은 날이 밝으면 풀린다 했겠다. 이제 날이 밝아 오니 슬슬 나가볼까.'

그러고는 다시 벽감 쪽으로 가서 거기 놓아두었던 짧은 몽둥이를 찾아 들고 옷의 먼지를 턴 뒤 천천히 걸어 나갔다. 사당의 왼쪽 낭하를 따라 걷다 보니 문득 현판 하나가 눈에 들어오는데 거기에는 '현녀지묘(玄女之廟)'란 네 글자가 금물로 쓰여 있었다.

송강은 손을 이마에 대고 공손히 절을 올리며 말했다.

"알아뵙지 못해 실로 부끄럽습니다. 바로 구천현녀(九天玄女)께서 제게 세 권의 천서를 내리셨군요. 더군다나 목숨까지 구해 주셨으니 어떻게 감사를 드려야 할지……. 뒷날 제가 다시 떳떳하게 해를 쳐다볼 수 있게 되면 꼭 이 사당을 고쳐 짓고 전각을 새로 세우겠습니다. 바라건대 신녀(神女)께서는 저를 어여삐 여겨 끝까지 보살펴 주옵소서."

그런 다음 송강은 마을로 천천히 발길을 옮겼다.

송강이 사당을 벗어나 아직 멀리 가지 못했을 때였다. 갑자기 앞쪽 멀리서 요란한 함성이 들려왔다.

'아직도 끝난 게 아니구나.'

송강은 그렇게 혼잣말로 중얼거리며 걸음을 멈추고 생각해 보았다.

'이대로 가다가는 저놈들 앞으로 나서게 되어 붙들리고 말 것이다. 우선 나무 뒤에 몸을 숨기고 어떻게 되나 살펴보자.'

이윽고 그렇게 마음을 정한 송강은 얼른 길가의 나무 뒤로 몸을 숨겼다.

오래잖아 한 떼의 군졸들이 헐떡이며 달려왔다. 칼과 창을 들고는 있었으나 허둥지둥 뛰는 게 누구를 쫓기보다는 저희가 쫓기는 형상이었다. 모두가 하나같이 덜덜 떨며 정신없이 웅얼거렸다.

"천지신명님, 제발 목숨만은 살려 주십시오!"

그걸 본 송강은 어리둥절했다.

'그것참, 괴상하구나. 저놈들은 마을 어귀를 지키고 있다가 나를 사로잡으려고 하던 놈들 아닌가. 그런데 무슨 일로 이렇게 쫓겨 오는지…….'

그런 생각으로 다시 그들을 살펴보았다.

노모를 찾아가는 흑선풍

앞장서 허둥대는 사람은 조능이었다. 그도 군졸들과 똑같이 웅얼거렸다.

"천지신명님, 부디 목숨만 살려 주십시오."

그 꼴을 본 송강은 다시 중얼거렸다.

"이거 도대체 무슨 일인지 모르겠구나."

그리고 조능의 뒤를 보니 한 몸집 큰 사내가 그들을 쫓아 달려오고 있었다. 그 사내의 윗몸은 실오라기 하나 걸치지 않은 벌거숭이였는데 손에 든 두 개의 넓적한 도끼가 눈에 익은 것이었다.

"야, 이놈들아, 네놈들이 달아나면 어디로 가겠느냐?"

사내가 군졸들을 보며 그런 고함으로 달려오는데 가까워질수록 그가 누군지 분명했다. 바로 흑선풍 이규였다.

'이게 꿈이냐, 생시냐…….'

하도 뜻밖이라 송강이 저도 모르게 중얼거렸다. 때마침 조능은 사당 앞으로 달려오다가 소나무 뿌리에 걸려 땅바닥에 나동그라졌다. 이규가 뒤따라와 한 발로 조능의 등을 밟고 손에 든 도끼를 쳐들었다. 그 뒤에는 다시 두 명의 호걸이 달려오는데 전립을 등에 걸고 칼 한 자루씩 들고 있었다. 앞사람은 구붕이요, 뒷사람은 도종왕이었다.

이규는 그 두 사람이 쫓아오는 걸 보고 공이라도 뺏기게 될까봐 겁이 나는지 한 도끼질에 조능을 두 동강으로 만들어 버렸다. 이어 몸을 일으킨 이규는 사방으로 흩어지는 다른 군졸들을 뒤쫓으며 파리 잡듯 죽여 댔다.

그때까지도 제정신이 나지 않은 송강은 감히 그들 앞에 몸을 드러내지 못하고 멍하니 바라보기만 했다. 다시 구붕과 도종왕을 뒤따라 세 명의 호걸이 나타났다. 맨 앞에는 적발귀 유당이요, 두 번째로는 석장군 석용이며 맨 끝에는 최명판관 이립이었다. 먼저 온 세 사람과 합쳐 여섯으로 불어난 호걸들은 한결같이 주위를 두리번거리며 중얼거렸다.

"이놈들을 다 때려잡아도 형님은 보이지가 않네. 도대체 어떻게 된 거야?"

그러다가 석용이 문득 송강이 숨어 있는 곳을 가리키며 소리쳤다.

"어이, 저길 봐. 저 소나무 뒤에 한 놈이 숨어 있구만."

그제야 송강이 그들 앞에 몸을 드러내며 말했다.

"정말 고맙소. 여러 형제들이 또 내 생명을 구해 주었구려. 어떻게 이 큰 은혜를 갚아야 할지 모르겠소!"

그 말에 호걸들은 송강을 알아보고 기뻐 어쩔 줄을 몰랐다.

"형님이 저기 계시는구나. 얼른 가서 조개 두령님에게 알려 드리자."

그렇게 소리치며 석용과 이립을 조개가 있는 곳으로 보냈다.

송강이 아무래도 알 수 없다는 듯 유당에게 물었다.

"여러분은 내가 이 꼴이 된 걸 어찌 알고 구하러 오셨소?"

"형님이 산채를 내려가시자 조 두령님과 오 군사님께서는 아무래도 마음이 놓이지 않는지 손을 쓰기로 결정했습니다. 먼저 대 원장을 불러 산을 내려보내 형님의 뒷소식을 알아보게 한 겁니다. 그러나 조 두령은 그것만으로는 마음이 놓이지 않는지 다시 우리 여러 형제를 내려보내시며 형님을 도우라 하시더군요. 혹시라도 형님한테 무슨 일이 있을까 걱정이 되신 듯합니다. 우리는 이리로 오는 도중에 먼저 떠난 대종을 만나 저 두 나쁜 놈이 형님을 사로잡으려고 쫓고 있는 걸 알았습니다. 그 말을 들은 조 두령은 몹시 화를 내며 대종을 산채로 돌려보내 오 군사와 공손승, 완씨 삼 형제, 여방, 곽성, 주귀, 백승만 남아 산채를 지키게 하고 나머지 형제들은 모두 이리로 와 형님을 찾도록 하라 이르셨지요. 그런데 여기 와서 들으니 환도촌으로 들어갔다고 합디다. 그래서 마을 어귀를 지키는 놈들을 모조리 때려죽이고 형님을 찾아 이리로 달려왔지요. 이번에도 이규 형제가 앞장을 서서 여기까지 왔는데, 뜻밖에도 형님이 나타나셨습니다."

유당의 그런 대답이 미처 끝나기도 전에 석용이 조개, 화영, 진명, 황신, 설영, 장경, 마린 등을 데리고 달려왔다. 이어 이립도 이준, 목홍, 장횡, 장순, 목춘, 후건, 소양, 김대견 등을 데리고 그곳에 이르렀다.

다시 한자리에 모이게 된 호걸들은 서로 얼싸안고 반가워했다. 송강은 새삼 여러 두령들에게 감사의 뜻을 표했다. 조개가 송강의 말을 받았다.

"나는 아우가 몸소 산 아래로 내려가는 걸 말렸지만 아우가 내 말을 들어주질 않아 어쩔 수 없이 이리 나왔네."

"아버님을 모셔 가지 않고는 한시라도 마음 편히 지낼 수가 없었습니다. 그래서 위태로움을 무릅쓰고라도 오지 않을 수가 없었지요."

송강이 변명하듯 그렇게 대꾸했다. 조개가 그 말을 받아 한 가지 반가운 소식을 전해 주었다.

"아우, 그 일이라면 걱정 말게. 아버님과 가솔들은 내가 대종에게 시켜 먼저 산채로 모셔 가게 했네. 두천, 송만, 왕왜호, 정천수, 동위, 동맹 등이 호위해 갔으니 지금쯤은 아마도 산채에 가 계실 거네."

그 말을 들은 송강은 몹시 기뻐했다. 조개 앞에 넙죽 엎드려 절을 하며 고마움을 나타냈다.

"형님의 이 같은 은혜 죽는 날까지 잊지 않겠습니다."

잠시 후 두령들은 모두 말에 올라 환도촌을 떠났다. 송강은 말 위에서 손을 이마에 대고 허공을 향해 예를 올리며 자신을 구해 준 천지신명에게 감사했다.

일행이 양산박으로 돌아오니 오학구가 산채를 지키던 두령들을 모두 데리고 금사탄까지 나와 그들을 맞이했다. 곧 호걸들은 산채의 취의청에 모여 앉았다.

"아버님은 어디 계시오?"

송강이 무엇보다 그게 급하다는 듯 물었다. 조개는 송 태공을 모셔 오게 했다. 조금 있으려니 철선자 송청이 가마에 탄 송 태공을 모시고 취의청으로 왔다. 두령들이 가마에서 내린 송 태공을 부축해 마루 위로 오르게 했다. 송강이 기뻐 어쩔 줄 모르는 얼굴로 두 번 세 번 절하며 말했다.

"아버님, 몹시 놀라지나 않으셨는지요? 이 송강이 불효자라 아버님께까지 누를 끼쳐 드렸습니다."

"조능 형제가 매일같이 사람을 보내 우리 집을 감시하게 하고 강주에서 공문이 오기만을 기다리고 있었지 뭐냐. 공문만 오면 우리 부자 두 사람을 잡아 관아로 데려가려는 속셈이었겠지. 네가 윗대문을 두들길 때도 벌써 열여덟 명 군졸들이 행랑방에서 다 보고 있었다. 그것들이 없어지기에 어디 갔나 했더니 삼경 무렵이 되자 이번에는 이백 명이 넘는 사람들이 대문을 열어젖히고 몰려와 나를 가마에 태우고 네 아우에게는 보따리를 싸게 하더구나. 집에 불까지 지르는 걸 보고서 놀라기는 했다만 정신없이 오고 보니 바로 이곳이었다. 뒤에 온 사람들은 바로 이곳 호걸들이었는데 공연히 마음 졸였다."

송 태공이 별로 서운해하는 기색 없이 이곳으로 오게 된 경위를 밝혔다. 송강은 다시 여러 두령들에게 감사했다.

"오늘 우리 부자가 이렇게 만나 함께 살 수 있게 된 것은 모두 다 여러 형제들의 덕분입니다."

그러고는 아우 송청을 불러 양산박의 두령들 한 사람 한 사람에게 인사를 하게 했다. 조개를 비롯한 양산박 두령들도 송 태공에게 절을 올렸다. 예가 끝나자 다시 큰 잔치가 벌어졌다. 송강의 부자 형제가 다시 만나 함께 살게 된 것을 경하하는 잔치로서 소와 말을 잡고 술을 걸러 그날 밤늦도록까지 즐겼다.

다음 날도 잔치로 보내고 사흘째가 되었을 때였다. 또 잔치를 열어 송강 부자와 형제가 만난 걸 경하하고 있는데 문득 공손승이 나섰다. 계주에 있는 늙은 어머니가 생각난 것이었다. 집을 떠난 지 오래되어 어머니가 어떻게 지내시는지 궁금해진 공손승은 술잔을 미뤄 놓고 여러 두령들을 향해 말했다.

"여러 호걸들께서 빈도(貧道)를 오랫동안 이토록 극진히 대해 주시니 모두가 다 친형제처럼 느껴지오. 빈도는 조 두령을 따라 이 산채에 온 뒤 매일같이 잔치로 날을 보냈으나 고향에 두고 온 어머님을 잊을 수가 없었소. 또한 빈도의 스승이신 진인(眞人)도 뵙고 싶으니 이번에 한번 고향을 다녀왔으면 하오. 한 서너 달이면 다시 돌아와 여러 두령들과 함께 지낼 수 있을 것이오."

조개가 그 말을 받았다.

"지난날에도 이미 선생의 말을 들은 적이 있소. 자당께서 북방에 돌봐 주는 사람 없이 계시는데 오늘 또 이렇게 말씀하시니, 붙들 수가 없구려. 잠시 헤어지는 걸 참을 수밖에 없소. 그러나 비록 가시더라도 내일 우리가 배웅해 드릴 때까지 기다려 주시오."

조개가 뜻밖으로 선선히 허락하자 공손승은 조개의 말에 감사해 마지않았다. 그날은 모두 마음껏 취하고 돌아가 쉬었다.

다음 날 아침 일찍 양산박의 두령들은 관 아래에 술자리를 마련하고 떠나는 공손승을 배웅했다. 공손승은 옛날처럼 떠도는 도인의 행색을 했다. 허리에는 허름한 자루를 차고 등에는 한 쌍의 칼을 멨다. 어깨에는 도인들이 쓰는 갓을 비스듬히 매달고 손에는 부채를 들었다. 두령들은 그런 차림으로 내려오는 공손승을 맞아 각기 작별의 술잔을 내밀었다. 조개가 공손승에게 당부했다.

"일청(一淸) 선생, 이번에 가시는 것은 말릴 수가 없으나 선생도 약속을 저버려서는 아니 되오. 실은 결코 선생이 떠남을 허락하고 싶지는 않았소만 늙으신 자당께서 홀로 계신다기에 감히 막지 못하고 보내드리는 것이오. 백 일을 기한하고 돌아오도록 하시오. 우리 모두 목을 빼고 선생을 기다릴 터이니 기한을 넘기지 마시오."

"여러 두령들이 특별히 허락해 주어서 가는 길인데, 제가 어찌 감히 어길 수가 있겠습니까? 집으로 돌아가 먼저 스승님을 뵈옵고 어머님 일을 잘 보살펴 드린 뒤에, 곧장 산채로 돌아오겠습니다."

공손승이 그렇게 다짐했다. 송강이 곁에서 한마디 거들었다.

"선생은 어찌하여 사람을 몇 데리고 가서 자당을 이 산채로 모시지 아니 하시오? 그리하면 보살피는 사람이 없는 것을 걱정하지 않으셔도 될 텐데."

"어머님께서는 평생 맑고 조용한 곳을 좋아하셨습니다. 허나 이곳은 그러하지 못해 감히 모셔 올 수 없습니다. 집에는 적으나마 밭뙈기가 있고, 오두막도 거처하시기엔 불편함이 없습니다. 거기다가 어머님께선 아직 스스로 음식을 장만해 드실 정도라 빈도는 그저 한번 가서 뵙기만 하고 돌아오겠습니다."

공손승의 그 같은 말에 송강도 알았다는 듯 고개를 끄덕였다.

"그렇다면 어쩔 수 없지요. 그저 빨리 돌아오시기만 기다리겠소."

그때 조개는 졸개들에게 금은이 담긴 쟁반을 내오게 해 공손승에게 노자로 주었다.

"그렇게 많이는 필요 없습니다. 그저 약간의 여비면 넉넉합니다."

공손승이 그런 말로 사양했다. 조개는 몇 번이나 더 권하다가 할 수 없이 반은 거둬들이고 나머지는 어거지로 공손승의 보따리에 집어넣게 했다. 작별이 끝난 뒤 공손승은 금사탄을 건너 어머니가 계신 계주로 떠나갔다.

배웅을 마친 두령들은 모두 산채로 되돌아가려 했다. 그런데 갑자기 흑선풍 이규가 관 아래에서 큰 소리로 목을 놓아 울어 댔다. 송강이 놀라 물었다.

"이보게 아우, 자네 무슨 괴로운 일이 있는가?"

이규가 덩치에 어울리지 않게 울먹이며 대답했다.

"내 속을 누가 알아주겠우. 어떤 사람은 가서 아버지를 모셔 오고 또 어떤 사람은 어머니를 보러 가는데 나는 굴속에 처박혀 언제까지 이러고 있어야 한단 말이오?"

"자네, 무슨 뜻으로 그런 소리를 하는가?"

곁에 있던 조개가 알 수 없다는 듯 이규를 보고 물었다. 이규가 이번에는 씩씩거리며 대꾸했다.

"내게도 집에 늙으신 어머님이 계시단 말이오. 우리 형님은 따로 살림을 나가 사시니 어떻게 어머니를 잘 모시겠소. 나도 가서 어머니를 모셔 와 이곳에서 즐겁게 사시도록 하면 좋겠소."

조개가 빙긋 웃으며 그 말을 받았다.

"듣고 보니 아우의 말도 옳으이. 몇 사람 졸개를 붙여 줄 테니 어머니를 모셔 오는 게 좋겠네."

그때 송강이 참견을 했다.

"아니 됩니다. 저 이규 아우는 성미가 사나워 고향으로 돌아가면 반드시 일을 저지를 것입니다. 다른 사람을 딸려 보낸다고 해서 나아질 것 같지 않습니다. 거기다가 성미가 급하고 화를 잘 내니 가는 도중에도 조용히 가기는 어렵습니다. 그뿐입니까? 이미 강주에서 수많은 사람을 죽였으니 누가 흑선풍 이규를 몰라보겠습니까? 관가에서 사방에 문서를 보내 나타나기만 하면 금세 사람들이 알아볼 것은 말할 것도 없고, 그 고향에서도 그를 잡으려 기다리고 있을 겁니다. 또한 생김이 저 모양으로 흉악하니 걸려 오는 시비도 많을 테고……. 차라리 여기서 좀 더 기다리다가 세상이 조용해지거든 가서 어머님을 모셔 오도록 해도 늦지 않습니다."

송강의 그 같은 참견에 이규가 벌컥 화를 내며 소리를 질렀다.

"형님, 알고 보니 자기만 아는 사람이구려. 형님은 가서 아버지를 모셔 와 즐겁게 함께 살고 우리 어머님은 촌구석에서 고생만 하란 말이지요! 이 철우의 허파를 뒤집으려 작정이라도 하셨우?"

"아우, 화내지 말게. 자네가 꼭 가서 어머님을 모셔 오겠다면 세 가지만 약속하게. 그러면 가도록 해 주겠네."

송강이 그렇게 말을 돌리자 이규가 얼른 물었다.

"그 세 가지란 게 뭐요?"

"자네가 기주 기수현에 가서 어머니를 모셔 오려면, 첫째, 돌아올 때까지 술을 마시지 말아야 하네. 둘째로는 자네 성미가 급하니 누가 자네와 함께 가려 하겠는가? 그러니 혼자 가서 어머니를 모셔 돌아오도록 하게. 셋째, 자네는 두 자루 넓적 도끼를 쓰는데 그걸 두고 가게. 가는 길에 모든 걸 조심하고 얼른 돌아와야 하네."

송강이 그렇게 하나하나 따져들듯 조건을 걸자 이규는 생각할 것도 없다는 듯 대답했다.

"그까짓 세 가지 일을 못 지킬 게 뭐란 말이오! 형님은 마음 턱 놓으시오. 오늘 당장 떠나겠소."

그러고는 대답을 듣지도 않고 우르르 산채 위로 올라가 칼 한 자루와 은 몇 덩이를 챙기더니 술 몇 잔을 벌컥벌컥 들이켜고는 길을 나섰다. 두령들에게 인사를 하는 둥 마는 둥 산을 내려가 금사탄을 건너는 게 정말 별명 그대로 검은 회오리바람이 불어 가는 듯했다.

조개와 송강은 얼결에 이규를 배웅하고 산채로 돌아왔다. 그러나 취의청에 자리를 잡고 앉아도 송강은 영 마음이 놓이지 않았다.

"이규 저놈은 이번에 가면 반드시 일을 낼 거요. 여러 형제들 중에 이규와 고향이 비슷한 분 안 계시오? 있다면 따라가 소식을 알아보고 뒤를 좀 봐주시는 게 좋겠소."

송강이 여러 두령들을 보고 그렇게 말하자 그중에서 두천이 일어나 말했다.

"주귀가 기주 기수현 사람입니다. 이규와 고향이 같은 셈이지요."

"아 참, 잊었구려. 전날 백룡묘에서 만났을 때 이규는 주귀가 같은 고향 사람인 걸 알아보았는데."

송강이 문득 생각난 듯 그렇게 말하고 사람을 보내 주귀를 불러오게 했다. 졸개가 나는 듯 산을 내려가 주귀의 주막으로 갔다. 오래잖아 주귀가 취의청으로 돌아오자 송강이 말했다.

"이번에 이규가 고향에 계신 노모를 모시러 내려갔소. 그런데 그의 술버릇이 고약하고 성미가 급하니 사람을 따로 보내 뒤를 봐주지 않을 수 없구려. 혹시라도 가는 도중에 잘못이 있을까 그런 것이니, 고향이 같은 주귀 두령께서 한번 수고해 주시오. 그를 뒤따르며 소식을 알아보고 도울 게 있으면 도와주는 게 좋겠소."

"잘됐습니다. 저도 기주 기수현 사람일뿐더러 아우 주부(朱富)가 기수현 서문 밖에서 주막을 하고 있어 한번 보고 싶던 참입니다. 이규에게는 우리 현 백장촌(百丈村) 동점동(董店東)에 사는 이달(李達)이란 형이 있습니다. 남의 집에 매인 몸이라 노모를 잘 돌보지 못하고 있지요. 이규가 어릴 때부터 고집이 세고 성격이 거칠어 사람을 죽이고 도망다니는 바람에 집에 돌아가지 못한지 오래되었을 겁니다. 이번에 제가 가서 그의 뒤를 돌봐 주는 것은 어렵지 않습니다만 걱정은 이곳 주막을 맡아 할 사람이 없다는 것입니다. 되도록이면 빨리 갔다 돌아오지요."

주귀가 그같이 걱정하자 송강이 안심을 시켰다.

"그 주막은 잊어도 될 것이오. 후건과 석용에게 잠시 주 두령을 대신해 맡기겠소."

그 말에 주귀도 안심이 된다는 듯 길 떠날 채비를 했다. 산채의 두령들과 작별을 하고 주막으로 돌아온 주귀는 주막 일을 석용과 후건에게 물려준 뒤 기주로 떠났다.

갈 사람은 가고 올 사람은 와 산채가 정리된 뒤, 조개와 송강은 연일 잔치를 열어 즐기는 한편 오학구와 더불어 구천현녀에게서 받은 천서를 익혔다. 현녀가 말한 천기성(天機星)은 바로 오학구를 가리키는 말이었다.

한편 홀로 양산박을 떠난 이규는 그럭저럭 기수현 부근에 이르렀다. 송강의 다짐 때문에 도중에서 술을 안 마셔 별일은 없었다. 그런데 이규가 기수현 서문에 이르렀을 때 한 떼의 사람들이 모여들어 방문을 보고 있었다. 이규는 사람들 틈에 끼어들어 그들이 방문에 적힌 글을 읽는 걸 들었다.

첫 번째 범인 괴수 송강, 운성현 사람. 두 번째 종범(從犯) 대종, 강주에서 압옥(押獄) 노릇을 하던 자. 세 번째 종범 이규, 기수현 사람…….

거기까지 들은 이규는 놀란 나머지 몸이 제대로 움직여지지 않았다. 그때 누군가 이규에게 다가오더니 이규의 허리를 싸안아 끌어가며 소리쳤다.

"아니 장 형, 여기서 뭐하시오?"

이규가 끌려가면서 보니 그 사람은 다름 아닌 한지홀률 주귀였다.

"형이 어찌하여 여기 있소?"

이규가 어리둥절해 그렇게 묻자 주귀는 속삭이듯 말했다.

"조용히 따라오시오. 할 말이 있소."

그리고 이규를 서문 밖에 있는 마을의 작은 주막으로 데려갔다. 주막 안에서도 가장 깊숙하고 조용한 방을 골라 마주 앉으면서 주귀가 이규에게 어이없다는 듯 말했다.

"당신 정말 간도 크구려. 그 방문에는 송강을 잡는 자에게 일만 관의 상금을 주고, 대종을 잡는 자에게는 오천 관의 상금을 주고, 이규를 잡는 자에게는 삼천 관의 상금을 준다고 쓰여 있는데 어쩌자고 그걸 읽고 서 있단 말이오! 눈 밝고 솜씨 빠른 사람들이 당신을 알아보고 붙잡아 관가에 넘기면 어떡할 뻔했소. 송공명 형님께서는 당신이 무슨 엉뚱한 일을 저지를까 봐 함께 사람을 보내시지 않았지만 아무래도 걱정이 되셨던 모양이오. 당신이 떠난 뒤 특히 나를 불러 뒷일을 알아보게 하였소. 나는 하루 만에 산을 내려와 당신보다 하루 일찍 여기 와서 기다리던 참이오. 그런데 당신은 어째 이제서야 이곳에 이르렀소?"

"그게 다 송강 형님 때문이지 뭐요? 내게 술을 먹지 말라고 하니 어디 뛸 수가 있어야지. 그런데 형은 이 주막을 어떻게 아시오? 원래 형의 집은 어디요?”

이규가 대답을 하고서 주귀에게 물었다. 주귀가 빙긋 웃으며 대답했다.

“이 주막은 내 동생 주부의 집이오. 나도 원래 여기서 살았지만 장사를 하다 밑천을 털어먹고 이곳저곳을 떠돈 끝에 양산박 패거리에 끼게 된 거요.”

그러고는 동생 주부를 불러 이규를 보게 했다. 주부는 술을 내어 형과 이규를 대접했다. 이규가 덥석 술잔을 잡으면서도 멋쩍은 듯 말했다.

“송강 형님께서 말씀하시기를 내게 술을 마시지 말라 하였지만 딱 두 잔만 마시겠소. 까짓것 나중에 꾸중하시면 몇 마디 듣지 뭐.”

주귀도 그런 이규를 굳이 말리지는 않았다. 한 잔 두 잔 하는 사이에 사경이 되었다. 주부가 다시 밥과 국을 차려 와 이규를 대접했다.

이규가 다 먹고 나섰을 때는 벌써 오경이었다. 이규는 새벽 별 기우는 달 아래 주부의 주막을 나와 살던 마을을 찾아 나섰다. 그런 이규에게 주귀가 당부했다.

“샛길로는 가지 마시오. 물굽이를 돌아 큰 나무들이 서 있는 한길로 백장촌을 찾으시오. 바로 동점동으로 가서 얼른 어머니를 모시고 산채로 돌아가는 게 좋을 거요.”

“나는 지금까지 샛길로 잘 다녔소. 한길로 다니고 싶지 않은데,

대체 무엇 때문이오?"

이규가 알 수 없다는 듯이 주귀를 보고 물었다. 주귀가 일러 주었다.

"소로로 다니면 호랑이가 많을 뿐 아니라, 길가에 숨어 보따리를 노리는 도적들이 많기 때문이오."

"그따위 이유라면 걱정할 것 없소."

이규가 그렇게 말하며 전립을 쓰고 칼을 찼다.

주귀, 주부 형제와 작별한 이규는 얼른 문을 나와 백장촌으로 달려갔다. 한 십 리쯤 가니 점점 날이 밝아왔다. 문득 이슬 맞은 풀섶에서 흰 토끼 한 마리가 뛰어나와 이규의 앞길을 가로질렀다. 이규는 그 토끼를 한참 쫓다가 놓쳐 버리고 나서 싱긋 웃으며 중얼거렸다.

"그 하찮은 짐승이 내 갈 길을 쓸데없이 늘여 놓았구나."

그리고 다시 달리는데 문득 눈앞에 오십여 그루의 큰 나무들이 서 있는 숲이 나타났다. 때는 가을이라 잎이 한창 붉었다. 이규가 숲 가의 상석 있는 곳에 이르렀을 때 문득 한 험상궂은 사내가 달려와 소리쳤다.

"이놈아, 지고 있는 보따리를 몽땅 털리기 싫거든 길값을 내놓아라."

이규가 쳐다보니 머리에는 붉은 비단으로 된 두건을 쓰고 몸에는 거친 베옷을 걸쳤는데 손에 든 두 자루의 넓적한 도끼가 특히 눈길을 끌었다. 그러고 보니 얼굴도 거무튀튀한 게 어디서 많이 본 듯했다. 이규가 그 사내를 보고 큰 소리로 꾸짖었다.

"야 이놈아, 너는 어떤 놈이기에 내 앞길을 가로막느냐?"

그러자 그 사내가 묻기를 기다렸다는 듯이 떠벌렸다.

"네놈이 아무것도 모르고 내 이름을 묻는다만 내 이름을 한번 듣기만 하면 간이 쪼그라들고 염통이 얼어붙을 게다. 어르신네는 바로 흑선풍이다. 너는 길값만 아니라 보따리까지 내려놓고 얼른 목숨을 빌어라. 그러면 너를 보내 주겠다."

이규가 하도 어이가 없어 껄껄 웃으며 말했다.

"야 이 미친놈아, 도대체 너는 어디서 온 놈이냐? 어떤 놈이기에 감히 이 어르신네 이름을 팔아서 이 못된 짓을 하느냐?"

그러고는 칼을 빼어 들고 그 사내에게 우르르 달려갔다. 그 사내가 어떻게 이규를 당해 내겠는가? 겁부터 먼저 집어먹고 뒤돌아서 내빼려 했다. 하지만 될 일이 아니었다. 사내는 곧 이규에게 허벅지에 한칼을 맞고 땅에 쓰러졌다. 이규는 사내의 가슴을 밟고 꾸짖었다.

"이제는 이 어르신네를 알아보겠느냐?"

사내가 땅바닥에 엎어진 채 빌었다.

"아이구 어르신네, 부디 이놈의 목숨만 살려 주십시오."

"내가 바로 강호에 흑선풍 이규로 알려진 호걸이다. 네놈이 어찌하여 어르신네의 이름을 이토록 더럽힐 수 있단 말이냐!"

이규가 여전히 사내의 가슴을 밟은 채 꾸짖었다. 사내가 한층 겁먹은 목소리로 빌었다.

"이놈의 성은 이가이옵니다만 진짜 흑선풍은 아닙니다. 어르신네의 이름이 강호에 드날리는 걸 보고 잠시 빌려 썼을 뿐입니다.

귀신도 겁을 낸다는 그 이름에 의지해 이 외진 숲길에서 홀로 지나는 나그네가 있으면 털어먹고 살았습죠. 대개는 흑선풍 석 자만 들어도 보따리를 내던지고 뺑소니를 치더군요. 그 덕분에 꽤나 재미 보기는 했습니다만 사람을 해친 적은 없습니다. 이놈의 천한 이름은 이귀(李鬼)라 하굽쇼. 살기는 요 아랫마을이구요."

"네놈이 지나가는 나그네의 보따리를 털어 내 이름을 더럽힌 데다 또 네가 도끼 쓰는 흉내까지 내었으니 이제 내 도끼 맛을 보아라."

이규가 그렇게 말하고 이귀의 도끼를 빼앗아 찍으려 들었다. 이귀가 노랗게 된 얼굴로 애걸했다.

"어르신네, 만약 저를 죽이시면 저 한 사람을 죽이는 것이 아니라 두 사람을 죽이는 꼴이 됩니다."

사내의 말에 이규가 도끼를 멈추고 물었다.

"야 이놈아, 내가 죽이는 건 너 한 놈인데 어찌하여 두 사람이 죽는단 말이냐?"

"이놈이 이렇게 도적질을 나선 것은 집에 아흔이 된 노모가 계시기 때문입니다. 이놈 빼고는 아무도 돌봐 줄 사람이 없어, 이놈이 감히 어르신네의 이름을 빌린 것입니다. 비록 도적질은 하였지만 그걸로 늙으신 어머님을 봉양했을 뿐 결코 사람을 죽인 일은 없습니다. 이제 어르신네께서 이놈을 죽이면 집에 계신 노모도 굶어죽게 됩니다."

사내가 눈물까지 찔끔거리며 그렇게 구구히 사정을 털어놓았다. 비록 눈 한 번 깜빡 않고 사람을 죽일 만큼 흉포한 사람이라 하지만 그 말을 듣자 이규의 생각은 달라졌다.

'내가 지금 여기 온 것도 늙으신 어머님을 모셔 가기 위함이 아니냐! 그런데 오히려 늙은 어머니를 모시고 있는 이놈을 죽이면 하늘이 용서하지 않을 것 같다. 에이, 그만두자. 목숨은 붙여 둬야겠구나.'

그렇게 생각하고는 도끼를 내던지고 몸을 일으켰다. 이규에게서 풀려난 이귀는 이규 앞에 머리를 조아리며 살려 준 것을 고마워했다. 이규가 그런 이귀에게 점잖게 말했다.

"내가 바로 진짜 흑선풍이니 앞으로 다시는 내 이름을 더럽히지 마라."

"이놈이 다시 햇빛을 보게 된 것도 다 어르신네 덕분인데 그럴 리가 있겠습니까? 이제 집으로 돌아가면 생업을 바꾸고 두 번 다시 어르신네 이름을 빌려 길거리에서 나그네를 터는 짓은 않겠습니다."

이귀가 연신 머리를 조아리며 다짐했다. 이규가 이번에는 부드럽기 그지없는 목소리로 위로했다.

"네 효성이 갸륵하니 은자 열 냥을 주겠다. 그걸로 밑천을 삼아 달리 생업을 찾아보아라."

그리고 품속에서 은자 한 덩어리를 이귀에게 내주었다. 이귀는 하마터면 죽을 뻔한 목숨을 건진 데다 은자까지 얻자 고마워 어쩔 줄을 몰라 했다. 몇 번이고 머리가 흙바닥에 닿도록 절을 한 후 제 갈 길로 갔다. 그런 이귀의 뒷모습을 보며 이규는 빙긋이 웃었다.

"저놈이 내 손에 걸렸기 망정이지……. 하지만 효성이 있는 놈이니 앞으로 반드시 좋은 일을 하면서 살 것이다. 만약 내가 저 놈을 죽였다면 하늘이 용서하지 않았을 거다."

그렇게 중얼거리며 칼을 거두고 산속 샛길로 갔다. 이귀 때문에 길이 늦어져 주귀의 말을 어긴 것이었다. 그럭저럭 아침때가 되어 배가 고프고 목이 말라 왔다. 그러나 사방이 산뿐인 숲속 샛길이라 주막은 눈에 띄지 않았다.

할 수 없이 그대로 걷고 있는데 문득 멀리 산그늘에서 두 칸 오두막집이 나타났다. 인가를 본 이규는 얼른 그리로 달려갔다. 뒤뜰에서 한 아낙이 나오는데 헝클어진 머리에 들꽃 한 송이를 꽂고 얼굴에는 연지와 분을 덕지덕지 발랐다. 이규가 칼을 내려 놓고 말했다.

"아주머니, 나는 지나가는 나그네인데 배가 고프지만 주막을 찾지 못해 이리로 왔소. 돈은 드릴 터이니 내게 술과 밥을 좀 내 주시오."

그 아낙이 이규의 모양을 보고 감히 거절하지 못하고 대답했다.

"술은 갑자기 살 데가 없지만 밥은 드릴 테니 드시고 가세요."

"안됐지만 할 수 없지. 지금 몹시 배가 고프니 밥이라도 주슈."

이규는 술이 없는 게 섭섭했지만 할 수 없이 그렇게 청했다. 그 아낙네가 이규에게 물었다.

"한 됫박만 지으면 되겠습니까?"

"석 되 밥은 지어야 되겠소."

이규의 그 같은 대답에 아낙네는 부엌으로 들어가 불을 지피고 개울로 나가 쌀을 일었다. 아낙이 다시 산으로 올라가 나물이라도 뜯어 오려는지 뒷문을 열다가 누구에겐가 물었다.

"아니 여보, 다리는 어디서 다쳤소?"

그러자 웬 사내가 뒤틀린 목소리로 대답했다.

"말도 마. 자칫하면 나는 오늘 당신을 다시 볼 수 없을 뻔했어. 무슨 일이 있었는지 알기나 해? 홀로 지나가는 놈을 털려고 기다린 지 벌써 보름 만에 오늘 한 놈이 걸려들었지. 그런데 그게 바로 진짜 흑선풍이었다구. 그 멧돼지 같은 놈을 내가 무슨 수로 당해 내겠어? 한칼을 맞고 바로 이 꼴이 되었지. 놈은 아예 나를 죽이려고 덤벼들었다구. 그래서 나는 나를 죽이는 것은 두 사람을 죽이는 거라고 말했지. 그 말에 넘어간 놈이 어째서 그러냐고 묻더군. 나는 거짓말로 집에 구십 노모가 있어 내가 봉양하지 않으면 굶어죽는다고 말해 주었지. 그 멍청한 놈은 내 말이 참말인 줄 알고 목숨을 붙여 주었을 뿐 아니라 은자까지 주더라구. 그걸 밑천 삼아 다른 일자리를 구해서 노모를 돌보라는 게야. 나는 거짓말한 게 탄로나 놈이 쫓아올까 봐 저쪽 숲에서 한동안 피해 있었지. 그러다가 이제는 놈이 멀리 갔을 것 같아 산 뒤로 돌아오는 길이야."

두 사람이 수군거리는 소리에 이규가 가만히 엿보니 사내는 바로 자기가 놓아 보낸 가짜 흑선풍 이귀였다. 이규는 비로소 자신이 속은 걸 알았으나 그들이 하는 짓을 볼 양으로 계속해 엿보았다. 아낙이 이귀에게 말했다.

"말소리 좀 죽여요. 방금 어떤 시커먼 놈이 우리 집에 와 내게

밥을 해 달라고 하고 기다리는 중이란 말이에요. 그놈이 바로 당신이 말한 진짜 흑선풍일지 몰라요. 지금 문 앞에 앉아 있으니 당신은 숨어서 엿보기나 하세요. 만약 그놈이 틀림없다면 당신은 가서 몽한약이나 찾아오세요. 제가 나물과 고기에 그 약을 넣어 먹이면 제 놈이 자빠지지 않고 어쩌겠어요? 그러면 우리가 덤벼들어 그놈을 묶고 금은을 턴 뒤에 관가에 넘깁시다."

거기까지 들은 이규는 속으로 중얼거렸다.

'이것 정말 못 참겠구나. 나는 제 놈을 살려 주고 은덩이까지 주었는데 제 놈이 오히려 나를 해치려 하다니 천지신명도 저런 놈은 용서하지 않을 게다!'

그러고는 살금살금 뒷문 쪽으로 갔다. 그때 마침 이귀가 문을 나왔다. 이규는 다짜고짜 놈의 상투를 거머쥐었다. 안에서 그걸 본 아낙이 깜짝 놀라 어디론가 달아나 버렸다. 이규는 이귀를 땅바닥에 메다꽂고 허리에 차고 있는 칼을 빼어 목을 썩둑 잘라 버렸다. 한칼에 이귀를 죽인 이규는 다시 아낙을 찾았지만 어디로 갔는지 보이지 않았다.

할 수 없어 집 안으로 되돌아온 이규는 방구석을 뒤져 보았다. 두 개의 대나무 상자가 있는데 그 안에는 헌 옷 약간과 은자 몇 냥에 노리개며 자질구레한 패물들이 들어 있었다. 그걸 몽땅 챙긴 이규는 다시 이귀의 시체로 가서 자기가 준 은자를 찾아냈다. 그것까지 보따리에 싸 넣은 뒤 솥뚜껑을 들춰 보니 거기에는 쌀 석 되로 지은 밥이 다 되어 있었다.

이규는 배가 고프던 참이라 되는 대로 밥을 퍼 들었으나 집어

넣을 반찬이 없었다. 맨밥을 몇 술 퍼먹던 이규가 문득 웃으며 중얼거렸다.

"이런 바보 같은 놈 봤나, 고기를 눈앞에 두고도 맨밥을 먹다니."

그리고 칼을 빼어 이귀의 시체로 성큼성큼 다가갔다. 이귀의 허벅지 살 두 덩이를 베어 물에 깨끗이 씻은 이규는 아궁이의 남은 숯불에 굽기 시작했다. 한편으론 굽고 한편으론 먹는 동안 배가 불러 왔다.

이규는 이귀의 시체를 집 안에 던져 넣은 뒤 집에 불을 질렀다. 초가에는 금세 불이 붙었다. 이규는 불타는 집을 뒤로하고 칼을 끌며 산길로 접어들었다.

이규가 동점동에 이르렀을 때는 벌써 해가 뉘엿했다. 집으로 달려간 이규는 문을 열고 안으로 들어갔다.

"누구요?"

문 여는 소리에 이규의 늙은 어머니가 물었다. 이규가 보니 어머니는 두 눈이 먼 채 자리에 앉아 염불을 외고 있는 중이었다.

"어머니, 철우가 돌아왔습니다."

이규가 넙죽 엎드리며 문안을 올렸다.

노모는 죽고 몸은 묶이고

어머니가 눈물을 찍으면서 이규에게 말했다.

"얘야, 네가 떠난 지 오랜데 그동안 어디서 숨어 지냈느냐? 너의 형은 지금 남의 집 살이를 하고 있어 저 먹고살기도 어려우니 어찌 나를 보살필 수 있겠느냐? 그동안 나는 너를 생각하며 하도 울어 두 눈까지 멀게 되었단다. 그런데 이번에는 어떻게 돌아올 수 있었느냐?"

이규는 속으로 가만히 생각했다.

'만약 내가 양산박의 도적이 되었다는 것을 밝힌다면 어머니는 따라나서지 않을 게다. 우선은 거짓말로 속이는 수밖에 없다.'

그렇게 작정하고 얼른 대답했다.

"저는 이번에 벼슬을 살게 되어 올라가는 길에 어머니를 모시러 왔습니다."

"거참, 잘됐구나. 그런데 나를 어떻게 데려갈 테냐?"

어머니가 깜빡 속아 반기며 말했다.

"우선은 제가 업고 떠나지요. 가다가 수레를 찾아보겠습니다."

"그럼 네 형이 올 때까지 기다려라. 함께 의논해 보자꾸나."

이규가 쫓기는 중인 줄도 모르고 어머니는 그런 속 편한 말을 했다.

"그때까지 어떻게 기다립니까? 나는 급히 어머니를 모시고 떠나야 합니다."

이규가 그러면서 떠나기를 서두르는데 때맞추어 형 이달이 먹을 것을 싸 들고 문을 들어섰다. 이규는 형을 보고 절하며 말했다.

"형님, 오래 뵙지 못했습니다."

"네가 어떻게 돌아왔느냐? 또 누구에게 누를 끼치려고."

이달이 놀란 눈으로 아우를 보며 물었다. 곁에 있던 어머니가 물색없이 끼어들었다.

"큰애야, 철우가 이번에 벼슬을 살게 되었다는구나. 그래서 나를 데리러 온 거란다."

그 말에 이달이 퉁명스레 대꾸했다.

"어머니, 저놈의 소리는 방귀 소리도 믿지 마십시오. 저놈은 사람을 때려죽여 내게 칼과 쇠사슬 맛을 보게 했을 뿐 아니라 수없이 골탕을 먹였습니다. 지금은 또 양산박 도적놈들과 한패가 되어 형장을 들이치고 강주를 난장판으로 만들어 놓았다는군요. 바로 양산박에서 강도질을 하고 있단 말입니다. 며칠 전에는 강주에서 공문이 와 저놈을 잡기 전에 형제인 나부터 잡아들이라 했는데, 우리 주인 덕분에 겨우 면했습니다. 나와 저놈과는 형제지만 벌써 십 년이나 모르고 지냈으며 또 저놈이 그동안 한 번도 집에 돌아온 적이 없어 이름만 가지고는 저놈이라 단정할 수 없다고 우긴 거지요."

그 말에 이규는 더 속일 수 없음을 알았다. 이번에는 드러내놓고 형에게 말했다.

"형님, 성내지 마십시오. 차라리 형도 나하고 양산박으로 갑시다. 그곳도 살기 괜찮다구요."

그러나 이달은 형제간이면서도 이규와는 전혀 달랐다. 벌컥 화를 내며 이규를 때리려 들다가 힘으로는 못 당할 것 같자 음식 보따리를 땅바닥에 내팽개치고 되돌아가 버렸다. 이규가 어머니를 재촉했다.

"형님이 저렇게 성을 내고 갔으니 반드시 사람들에게 알려 나를 잡으러 올 것입니다. 빨리 달아나야 합니다. 대신 형님에게는 오십 냥의 은자를 남기고 가지요. 형님이 되돌아와서 그걸 보면 우리를 뒤쫓지는 않을 겁니다."

그러고는 보따리를 풀어 큰 은덩이 하나를 탁자 위에 놓았다.

"어머니, 이제 업히십시오."

떠날 채비를 마친 이규가 그렇게 말하자 어머니가 어리둥절해하며 물었다.

"나를 업고 어디로 가려느냐?"

"묻지 마십시오. 좋은 데로 살러 갑니다. 또 어머니를 업고 가는 것도 전혀 힘들지 않으니 걱정 마십시오."

이규는 그 말과 함께 집을 나서 샛길로 내닫기 시작했다.

한편 이달은 주인집으로 돌아가기 바쁘게 이규가 나타난 걸 알렸다. 주인이 머슴 열 명을 내어 주어 이달은 그들과 함께 곧장 집으로 달려갔다. 집 안에 들어가 보니 어머니는 보이지 않고 탁자 위에 큰 은덩이 하나만 놓여 있었다. 그걸 본 이달은 속으로 생각했다.

'철우가 은덩이를 두고 어머니를 업고 갔구나. 틀림없이 양산박 패거리를 데리고 온 모양이다. 무턱대고 뒤쫓아가다가는 목숨만 위태롭겠다. 어쩌면 어머니도 양산박에서 사시는 게 더 나을지 모르지.'

그러고는 데리고 간 사람들에게 말했다.

"철우란 놈이 어머니를 업고 간 모양인데, 어느 길로 갔는지 모르겠소. 아마도 저 샛길로 간 듯하지만, 아시다시피 그 길이 아주 험하니 어떻게 뒤쫓을 수 있겠소?"

머슴들도 위태로움을 무릅쓰고까지 이규를 뒤쫓을 마음은 없었다. 한참을 머뭇거리다가 이달이 이끄는 대로 돌아가 버렸다.

하지만 이규는 형이 그렇게 돌아간 줄 알지 못했다. 혹시라도 뒤쫓아올까 봐 어머니를 등에 업은 채 깊은 산골의 호젓한 샛길로 정신없이 내달았다. 어느새 날이 저물어 왔다. 이규가 사방을 살펴보니 어떤 높은 고개 아래 이르러 있었다. 어머니는 두 눈이 멀어 때가 언제인지 곳이 어디인지 전혀 알지 못했다. 그러나 이규는 그곳이 기령(沂嶺)이란 고개며 그곳을 지나야만 마을이 있다는 걸 알았다.

모자는 달빛 별빛에 의지해 천천히 고개를 오르기 시작했다. 등에 업힌 어머니가 문득 말했다.

"얘야, 목이 몹시 마르구나."

"어머니, 조금만 기다리십시오. 이 고개만 넘으면 방을 빌려 쉬시도록 하고 음식도 마련해 드리겠습니다."

이규가 그렇게 대답했으나 어머니는 거듭 졸랐다.

"오늘은 낮에 마른 음식을 먹어서 그런지 목이 몹시 타는구나. 정말 견디기 어렵다."

"내 목구멍도 불이 나는 것 같아요. 제발 고개 밑까지만 참아주세요. 그러면 물을 구해 드리겠습니다."

"얘야, 정말 죽겠구나. 나 좀 살려 다오."

그 같은 어머니의 보챔에 이규는 약간 짜증이 났다.

"나도 못 견디겠어요!"

입으로는 그렇게 퉁명스레 말했으나 어머니의 말을 듣지 않을 수는 없었다. 마침 고개 위의 소나무 아래 큰 바위가 있는 것이 보였다. 사람이 앉아 쉴 만한 바위였다. 이규는 그 바위 위에 어머니를 내려놓고 칼을 끌러 그 곁에 두며 말했다.

"어머니, 여기 앉아서 잠깐만 참고 기다리세요. 내가 가서 물을 구해 오겠습니다."

그러고는 물을 찾아 나섰다. 얼마 안 가 계곡에서 졸졸 물 흐르는 소리가 들렸다. 물소리를 따라가니 한 군데 산줄기 셋이 모인 곳에 개울이 흐르고 있었다. 목마른 대로 우선 손으로 물을 움켜 제 목을 축인 이규가 난감해서 중얼거렸다.

"자, 그런데 어디에 물을 떠서 어머님께 가져가지……."

급하게 떠난 길이라 물 담을 그릇이 없었던 까닭이었다. 이규는 막연히 사방을 둘러보았다. 멀리 산등성이에 사당 한 채가 보였다.

"옳지, 잘됐다."

이규는 등나무와 칡넝쿨을 움켜쥐며 산을 올라갔다. 사당에 이르러 문을 열어 보니 사주대성(泗州大聖)을 모시는 곳이었다. 물 담을 그릇이 될 만한 게 없나 살피는 이규의 눈에 제단 앞에 놓인 향로가 들어왔다. 이규는 두 손으로 향로를 집어 들었다. 원래 그 향로는 상석에 붙박이로 만들어 둔 것이었다. 이규가 힘을 주어 뽑으려 했으나 향로는 꼼짝도 않았다.

성이 난 이규는 상석째 들고 사당 앞 돌계단에다 두들겼다. 그러자 향로가 빠져 나왔다. 이규는 그 향로를 들고 개울가로 가 깨끗이 씻은 뒤 물을 담았다.

물이 담긴 향로를 든 이규는 다시 오던 길을 되짚어 고개 위로 돌아갔다. 그런데 이게 어찌 된 일인가? 어머니가 있던 소나무 곁 바위 위에는 어머니가 보이지 않았다. 다만 어머니 곁에 놓아 둔 칼만 남아 있을 뿐이었다. 이규는 소리쳐 어머니를 불러 보았다. 그러나 대답은커녕 어머니의 자취조차 찾을 길이 없었다. 몇 번 불러도 대답이 없자 이규는 향로를 땅에 놓고 찬찬히 사방을 살펴보았다. 그러나 어머니는 역시 보이지 않았다.

이규는 천천히 걸음을 옮기며 주위를 더듬어 보았다. 서른 발자국쯤 갔을 때 풀밭 여기저기에 핏자국이 뚝뚝 떨어져 있는 것을 볼 수 있었다. 이규는 그 핏자국을 따라가 보았다. 한 군데 큰 동굴이 나타났다. 그 동굴 앞에서는 호랑이 새끼 두 마리가 사람의 넓적다리를 하나 놓고 뜯어 먹고 있었다. 이규는 그걸 보고 단번에 어머니에게 일이 난 것을 알아차렸다.

"내가 양산박으로부터 고향 집까지 온 것은 특히 어머니를 모셔 가기 위함이었다. 갖은 고생 끝에 어머니를 업고 여기까지 모셔 왔는데, 너희들이 잡아먹다니. 너희들이 먹고 있는 사람의 넓적다리가 어머니의 것이 아니면 누구 것이란 말인가!"

이규는 사람에게 이르듯 큰 소리로 호랑이를 꾸짖었다. 화가 머리 끝까지 올라 누렇고 붉은 수염이 올올이 곤두섰다. 이어 이규가 칼을 치켜들고 두 마리의 호랑이 새끼들을 덮쳐 가자 그것도 호랑이라고 두 마리의 새끼 호랑이는 이빨을 내보이고 발톱으로 할퀴며 맞서 왔다. 그러나 이규의 칼이 한번 내려쳐지자 그중 한 마리가 끽소리조차 제대로 못 내고 죽었다. 그제야 놀란 다른 한 마리는 굴속으로 재빨리 달아났다. 이규는 굴속까지 따라가 그놈마저 베어 죽였다.

이규는 그걸로 그치지 않고, 호랑이 굴 안에 숨어 어미가 나타나기를 기다렸다. 한동안 바깥을 살피고 있노라니 과연 어미 호랑이가 으르렁거리며 굴속으로 들어왔다.

'어머니를 죽인 것은 바로 너로구나!'

이규는 그렇게 마음속으로 중얼거리며 손에 들고 있던 칼을 던지고 허리에 꽂고 있던 날카로운 비수를 꺼냈다. 어미 호랑이는 먼저 꼬리를 휘저어 굴속을 더듬어 보더니 꼬리부터 먼저 굴속으로 디밀었다. 굴속에 앉아서 매섭게 노리고 있던 이규는 어미 호랑이의 꼬리 밑을 평생의 힘을 다해 내리 찔렀다. 이규가 힘을 다해 찌른 것이라 칼은 똑바로 뱃속까지 들어가 박혔다. 어미 호랑이는 한소리 크게 울부짖더니 항문에 칼을 꽂은 채 뛰쳐나갔다.

이규는 다시 놓아 두었던 큰 칼을 집어 들고 굴속에서 기어 나왔다. 어미 호랑이는 아픔을 이기지 못해 길길이 뛰며 산 아래 바위 쪽으로 사라졌다. 아직도 분이 안 풀린 이규는 그런 어미 호랑이를 뒤쫓으려 했다. 그때 갑자기 한바탕 미친 듯한 바람이 불며 시든 잎이 비 오듯 우수수 떨어졌다. 옛말에 이르기를 구름이 일면 용이 나오고 바람이 일면 호랑이가 나온다던가, 그 한바탕 미친 듯한 바람이 지나가자 무서운 포효와 함께 다시 큰 호랑이 한 마리가 나타났다. 달빛 별빛에 의지해 보니 불길을 뿜는 듯한 눈에 머리통의 터럭이 허연 놈이었다.

그 호랑이는 무서운 기세로 이규를 덮쳐 왔다. 그러나 이규는 조금도 겁내거나 허둥대는 기색 없이 그 호랑이와 맞섰다. 이규의 칼 든 손이 번쩍 치켜지는가 하더니 칼날이 호랑이의 목줄기 근처를 베었다. 이규의 칼에 다친 호랑이는 다시 덤벼들 생각을 못했다. 다친 곳이 몹시 아픈 데다 이규의 사나운 기세에 눌려 대여섯 발 뒤로 주춤주춤 물러났다. 그러다가 호랑이는 갑자기 한 소리 괴로운 울부짖음과 함께 산이 무너지듯 쓰러졌다. 이규의 칼은 그저 호랑이를 벤 정도가 아니라 숨통을 끊어 놓은 셈이었다. 결국 이규는 얼마 안 되는 시간에 새끼 어미를 합쳐 호랑이를 네 마리나 죽인 셈이었다.

이규는 다시 호랑이 굴로 들어가 칼을 빼 든 채 주위를 살펴보았다. 남은 호랑이가 있을까 해서였다. 그러나 살아 있는 호랑이는 한 마리도 없었다.

호랑이를 모조리 해치웠다고 생각하자 이규는 갑자기 피로해졌다. 너무 지친 탓인지 아무런 생각도 나지 않았다. 멍하니 사주대성의 사당으로 가 쓰러지듯 잠들었다.

이튿날 아침 일찍 일어난 이규는 비로소 어머니의 장례에 생각이 미쳤다. 이규는 새끼 호랑이들이 뜯어 먹던 어머니의 넓적다리와 그 곁에 흩어진 뼛조각을 주워 자신의 겉옷으로 쌌다. 그리고 사주대성의 사당 뒤에다 구덩이를 판 뒤 정성껏 묻었다.

어머니의 무덤 앞에서 한바탕 통곡을 하고 나니 이규는 다시 목이 마르고 배가 고파 왔다. 더는 무덤 앞에서 머무를 수 없어 보따리를 챙겨 들고 길을 찾아 천천히 고개를 내려갔다. 고개 중턱에서 사냥꾼 대여섯 명이 활과 화살을 들고 올라오다 이규와 마주쳤다. 이규가 온몸이 피투성이가 된 채 고개를 내려오는 것을 보고 사냥꾼들이 놀라 물었다.

"나그네는 산신령이라도 되시오? 감히 혼자서 어떻게 이 고개를 넘어오는 거요?"

이규는 그 물음에 잠시 속으로 생각을 굴려 보았다.

'지금 기수현에서는 방을 붙여 삼천 관의 상금을 걸고 나를 잡으려 하고 있다. 바로 말할 수는 없지. 거짓말로 적당히 때워야

겠다.'

그렇게 마음을 정하고 천연스레 대꾸했다.

"나는 지나가는 나그네로 간밤 어머니와 함께 이 고개를 넘게 되었소. 그런데 어머니께서 목이 마르시다기에 내가 고개 아래 내려가 물을 떠 오는 동안에 호랑이가 어머니를 잡아먹고 말았소. 나는 바로 그 호랑이 굴을 찾아 먼저 두 마리의 새끼 호랑이를 죽이고 다시 두 마리의 큰 호랑이도 죽여 버렸소. 그런 다음 사주대성의 사당에서 날이 밝을 때까지 자고 이제 내려오는 길이오."

거짓말을 잘 못하는 이규는 자기 이름만 쏙 빼고 모든 걸 사실대로 말했다. 사냥꾼들이 모두 놀란 목소리로 물었다.

"한 사람이 어떻게 호랑이를 네 마리나 잡는다 말이오? 이존효(李存孝, 당나라의 이름난 장수)나 자로(子路, 공자의 제자로 힘이 세었음)도 한 마리밖에는 잡지 못했소. 새끼 호랑이 두 마리는 그렇다 치고 다 큰 호랑이를 두 마리나 죽였다니 그게 될 법이나 한 일이오? 우리는 그 두 마리 흉악한 짐승이 얼마나 무서운 놈들인가를 알고 있소. 이 기령은 그놈들이 고개 위에다 굴을 판 뒤로 벌써 네댓 달째 아무도 넘은 사람이 없었소. 아무래도 못 믿겠소. 우리를 놀리지 마시오."

"나는 이곳 사람도 아닌데 왜 와서 당신들을 놀리겠소? 못 믿겠거든 나와 함께 가 봅시다. 내 말대로거든 사람을 데려가 죽은 짐승들을 끌어오시오."

이규는 저도 몰래 약간 으쓱해져 그렇게 말해 주었다. 그제야 사냥꾼들도 생판 거짓말은 아니란 생각이 든 듯했다.

"만약 정말로 그랬다면 우리들은 당신에게 어떻게 감사를 드려야 할지 모르겠소. 정말 좋은 일이고말고!"

그렇게 말하고는 피리를 꺼내 불었다. 잠깐 동안에 사오십 명의 사람들이 몰려들었다. 모두가 갈고리와 밧줄, 창, 몽둥이 따위를 들고 있었다. 사냥꾼들의 말을 들은 그들은 이규를 따라 고개 위로 올라갔다. 그때는 이미 날이 한낮이었다. 모두 산 위에 이르러 호랑이 굴 앞을 찾아보니 정말로 죽은 새끼 호랑이 두 마리가 있었다. 한 마리는 굴 안에, 한 마리는 굴 밖에 죽어 자빠져 있었다. 또 한 마리 어미 호랑이는 산비탈 바위 그늘에 처박혀 있었으며, 수호랑이는 사주대성 사당 앞에 널브러져 있었다.

사냥꾼들은 네 마리의 호랑이가 모두 죽어 있는 걸 보고 기뻐 어쩔 줄 몰랐다. 데리고 간 사람들과 함께 네 마리 모두를 밧줄로 묶어 고개 아래로 끌어내렸다. 그들은 이규에게 함께 상을 받으러 가자고 끄는 한편 먼저 사람을 보내 이정(里正)에게 알리게 했다.

이규는 동네 사람들의 환영을 받으며 한 부잣집으로 안내되었다. 조 태공(太公)이라고 불리는 사람의 장원이었다.

조 태공은 아전 노릇을 한 적이 있는 사람인데, 집안에 재물은 많으나 사람됨이 간악하여 마을 사람들에게 평판이 좋지 않았다. 그도 충성을 말하고 효도를 말했지만 입으로 그칠 뿐 겉과 속이 다른 사람이었다.

조 태공은 몸소 나와 이규를 맞은 뒤에 사랑방으로 데려가 윗자리에 앉혔다. 그리고 아무래도 믿기지 않는다는 듯 호랑이를 때려죽인 이야기를 되풀이해 물었다. 이규가 자기 이름만 빼고 모든 걸 일어난 대로 다시 한번 이야기하자 조 태공뿐만 아니라 곁에서 듣던 사람들까지 놀라 마지않았다. 이것저것 다 물은 후에 조 태공이 지나가듯 물음을 덧붙였다.

"장사의 이름은 어떻게 되시오?"

"제 성은 장이요, 이름은 없으며 사람들에게서 장대담(大膽)이라 불립니다."

이규가 서툰 거짓말로 그렇게 둘러댔다. 조 태공이 그대로 믿고 감탄해 말을 했다.

"참으로 간이 큰 장사요. 대담이라 할 만하오. 간이 크지 않고서야 어떻게 호랑이 네 마리를 때려잡았겠소."

그러고는 술과 안주를 푸짐하게 내어 이규를 대접했다. 한편 기령에서 호랑이 네 마리를 때려잡은 장사가 조 태공의 집에 와 있다는 소문은 금세 인근 마을로 쫙 퍼졌다. 그 말을 들은 사람들은 다투어 달려와 죽은 호랑이를 구경하고 그걸 혼자 잡은 장사를 보려 했다. 그런데 공교로운 일이 일어났다. 이규가 대청에서 술 마시는 걸 구경하는 사람들 중에는 이귀의 아낙이 섞여 있었다. 그 오두막에서 달아나 친정아버지 집으로 돌아와 있다가 소문을 듣고 구경을 온 것이었다.

한눈에 이규를 알아본 아낙은 황망히 집으로 달려가 아버지에게 일러바쳤다.

"호랑이를 잡았다고 하는 그 시커먼 사내는 바로 내 남편을 죽인 사람입니다. 우리 집까지 불살라 버렸는데, 양산박의 흑선풍이라 하더군요."

그 말을 들은 아낙의 친정아버지는 그길로 달려가 이정에게 알렸다. 뜻밖의 사실을 알게 된 이정이 말했다.

"그는 관가에서 삼천 관의 상금을 걸고 잡으려는 죄인이오. 이리로 도망 와 있었구먼."

그러고는 몰래 사람을 조 태공에게 보내 의논할 것이 있다고 불렀다. 조 태공은 이규와 술을 마시다가 옷을 갈아입는다는 핑계로 자리를 빠져나와 얼른 이정의 집으로 갔다. 이정이 들은 대로 전했다.

"호랑이를 잡은 장사는 바로 고개 너머 백장촌의 흑선풍 이규라고 합니다. 지금 관가에서 상금을 걸고 잡으려는 죄인이지요."

"그 말 그것 정말로 잘 알고 하는 소리요? 만약 잘못 들은 거라면 좋지 않은 일이 생깁니다. 그러나 정말이라면 오히려 잘됐지요. 그놈을 잡긴 쉬운 일입니다."

듣고 난 조 태공이 쉽게 믿기지 않는다는 듯 그렇게 말했다. 이정이 자신 있게 그 말을 받았다.

"이귀의 아낙이 그를 알아보았답니다. 어제 이귀의 집으로 와 밥을 얻어먹고는 이귀를 죽였다더군요."

그제야 조 태공도 믿는 눈치였다.

"그렇다면 우리는 크게 술상을 차려 놓고 그를 불러 이번에 호랑이 죽인 일을 다시 묻고 그와 함께 현청으로 가 상을 청하자고 해봅시다. 만약 그가 현청으로 가서 상을 청하기를 마다한다면 그는 틀림없이 흑선풍일 것이오. 그때는 여럿이 번갈아 술을 퍼먹여 취해 곯아떨어지게 합시다. 그런 다음 그놈을 꽁꽁 묶어 놓고 현청에 알려 도두가 와서 잡아가게 한다면 제 놈이 아무리 힘이 있다 해도 별수 없이 잡히고 말 것이오."

"그것 좋은 생각입니다."

이정뿐만 아니라 그 일에 참여했던 몇 사람도 그 의견에 맞장구를 쳤다.

사람들과 의논을 정한 뒤 집으로 돌아온 조 태공은 전보다 한층 친절하게 이규를 대했다. 그리고 술이야 안주야 연신 권하다가 지나가는 소리로 말했다.

"괴이쩍게 여기지 말고 들으시오. 허리에 찬 칼을 풀고 큰 칼도 치워 버린 뒤에 우리 한바탕 흠뻑 마시는 게 어떻소?"

조 태공의 그 같은 말에 아무것도 모르는 이규가 시원스레 대답했다.

"좋지요. 내가 허리에 찼던 짧은 칼은 암호랑이 뱃속에 박혀 지금 있는 것은 칼집뿐입니다. 껍질을 벗길 때 내 칼도 찾아 돌려주셨으면 좋겠습니다."

"그건 마음 놓으십시오. 내게 좋은 칼 한 자루가 있는데 장사에게 드릴 테니 나중에 차고 가도록 하시오."

조 태공이 그렇게 이규가 좋아할 말을 했다. 이규는 조 태공이 시키는 대로 허리의 칼집과 보따리를 풀어 놓고 큰 칼도 한편으로 밀어 놓았다. 조 태공은 다시 고기와 술을 가져오게 해 술상을 한층 풍성하게 했다. 그리고 그 자리에 있던 마을 사람들이며 사냥꾼들과 함께 번갈아 이규에게 잔을 권했다. 그것도 사발만큼 큰 술잔이었다. 한참 있다가 조 태공이 또 지나가는 소리로 물었다.

"장사께서는 호랑이를 끌고 관가로 가서 상을 달라고 하실 작정이시오, 아니면 여기서 그냥 떠날 작정이시오?"

"나는 길 가는 나그네로서 조금 바쁜 몸입니다. 우연히 저 호랑이를 죽이게는 되었지만 관청으로 가 상을 달라고 할 생각은 없습니다. 이 마을에서 몇 푼이라도 쥐어 주신다면 받겠지만, 그런 게 없다면 그냥 떠나지요."

조 태공의 검은 속셈을 모르는 이규는 자기 생각을 숨김없이 말했다. 조 태공이 시치미를 뚝 떼고 받아넘겼다.

"우리가 어떻게 장사를 가볍게 대할 수 있겠소? 조금 있으면 마을에서 거둔 약간의 사례금이 있을 것이오. 호랑이는 우리가 현청으로 끌어다 바치겠소."

"그것도 좋지만 우선 옷 한 벌만 내주시면 고맙겠습니다. 좀 갈아입었으면 합니다."

"예, 드리고말고요."

조 태공은 그렇게 대답하고 그 자리에서 청포로 지은 옷 한 벌을 내오게 하여 이규로 하여금 피 묻은 옷을 갈아입게 했다. 그때 다시 마을 사람들이 북을 치고 피리를 불며 몰려 들어와 모두 이규에게 술 한 잔씩을 올렸다. 한 잔은 차고 한 잔은 더운 술이었다. 이규는 이번에도 아무런 의심 없이 주는 대로 술잔을 받아 마셨다. 양산박을 떠나올 때 송강에게 한 다짐은 벌써 까마득히

잊어버리고 있었다.

두 시간도 안 되어 이규는 크게 취해 바로 앉지도 못할 정도가 되었다. 사람들은 그런 이규를 부축해 뒤채에 있는 빈방으로 데려가 두터운 널빤지 위에 누이고 밧줄로 꽁꽁 묶어 버렸다.

아무 말 없이 이규를 묶은 뒤 이정은 사람을 데리고 나는 듯 현청으로 달려가 그 사실을 알렸다. 그때 이귀의 아낙도 함께 가서 이규가 자기의 남편 죽인 일을 고소했다. 전갈을 받은 지현(知縣)은 깜짝 놀라 현청으로 달려왔다.

"흑선풍을 어디에 잡아 두었느냐? 그놈은 모반을 한 역적 놈이니 놓쳐서는 아니 된다."

지현의 그 같은 물음에 이귀의 아낙과 사냥꾼들이 입을 모아 대답했다.

"지금 우리 마을 조 태공 댁에 묶여 있습니다. 아무도 근처에 얼씬 못하게 했지만 혹시라도 일이 잘못되어 데려오는 도중에 달아날까 봐 감히 끌고 오지 못했습니다."

그러자 지현은 곧 도두 이운(李雲)을 불러 분부했다.

"기령 아래 조 태공 댁에 흑선풍 이규가 잡혀 있다고 한다. 너는 사람을 많이 데리고 가서 가만히 그놈을 끌고 오너라. 공연히 마을을 들쑤셔 그놈이 달아나게 해서는 아니 된다."

영을 받은 이 도두는 현청을 물러나와 군졸 서른 명을 끌어모았다. 그리고 모두 병기를 갖추게 한 뒤 기령 아래에 있는 마을로 달려갔다.

기수현은 원래가 그리 큰 고을이 못 되었다. 지현은 가만히 이규를 끌어오라 하였지만 그 일이 어찌 소문이 나지 않겠는가. 그때는 벌써 저잣거리에 소문이 파다하게 퍼진 뒤였다.

"강주에서 일을 저지른 흑선풍이 잡혔다더라. 지금 이 도두가 끌어오고 있다더라."

그런 소문은 동장(東莊) 문밖 주부의 집에 있는 주귀의 귀에도 들어갔다. 놀란 주귀는 아우 주부를 골방으로 불러 말했다.

"저 시커먼 놈이 또 일을 냈구나. 어떻게 구해 낼 수 있겠느냐? 송공명이 무척이나 저놈을 걱정해서 나를 뽑아 보냈는데 이제 붙들렸으니 내가 구하지 않고는 무슨 낯으로 돌아가 공명 형님을 뵙겠느냐? 정말 큰일이다."

"형님, 너무 걱정하지 마십시오. 이 도두란 사람은 무예가 뛰어나 혼자서도 사오십 명은 거뜬히 당해 내는 사람입니다. 나와 형님이 마음을 합쳐 애를 쓴다 해도 어떻게 그런 사람을 당해 내겠습니까만 꾀를 쓰면 안 될 것도 없지요. 이운은 평소 나와 아주 친해 늘상 내게 무기 쓰는 법을 가르쳐 줄 정돕니다. 내가 그를 어떻게 해볼 수를 내보지요. 오늘 저녁 고기 스무남은 근을 굽고 술 여남은 병을 장만해 그 안에 몽한약을 타고 일을 꾸며 봅시다. 일꾼 몇과 함께 우리 두 사람이 오경쯤 떠나는 겁니다. 도중 외진 곳에서 기다리다가 이운이 이규를 끌고 오거든 그에게 축하하는 뜻으로 술과 고기를 바치면 그도 마다하지는 못하겠지요. 그래서 그와 군졸들이 몽한약에 쓰러지면 이규를 구해 달아나는 것이 어떻겠습니까?"

주부가 그렇게 꾀를 냈다. 주귀가 기뻐하며 말했다.

"거참 좋은 계책이다. 머뭇거릴 일이 아니니 어서 준비해 가도록 하자."

그때 문득 주부가 어두운 얼굴로 딴 걱정을 했다.

"이운은 술을 마시지 않아 쓰러진다 해도 곧 다시 깨어날 것입니다. 게다가 더 큰 걱정은 나중에 이 일이 알려질 때입니다. 그때는 제가 성치 못할걸요."

말하자면 이규를 구해 낸 뒤의 일을 근심하고 있는 것이었다. 주귀가 그런 동생을 안심시켰다.

"아우야! 여기서 술을 팔고 지내는 것도 썩 신통한 노릇은 아닐 게다. 차라리 가족들을 데리고 나를 따라 양산박으로 가서 함께 지내는 게 어떠냐? 금은이 들어오면 저울로 함께 나누고 옷이 생기면 서로 바꾸어 입으며 사는 것도 괜찮을 거다. 오늘 밤 일꾼 둘을 불러 수레 한 대를 구한 뒤에 먼저 처자와 세간살이 약간을 실어 떠나 보내도록 해라. 십리패(十里牌) 근처의 산 위에 올라가 기다리면 될 거야. 우리는 지금 몽한약을 넣은 술과 고기를 가지고 이운이 지나가는 길목으로 가자. 이운이 술을 마시지 않으면 고기에다가 약을 넣어 억지로 권하자. 그러면 제 놈도 쓰러지지 않고는 못 배길 게다. 그때 이규를 구해 네 가족들이 있는 데로 가서 함께 양산박으로 들어가자꾸나."

"형님 말씀이 옳습니다."

주부가 한참 생각에 잠겼다가 결심한 듯 말했다. 그리고 하인 한 사람을 보내어 수레를 구해 오게 했다. 주부는 그 수레에다 살림살이 중에서 돈 될 것만 서너 상자 싣고 식구들을 불러 모두 태운 뒤 일꾼 둘을 딸려 먼저 보냈다. 그런 다음 주귀 형제는 큼직하게 썬 고기를 삶고 거기에 몽한약을 넣었다. 또 술에도 몽한약을 진하게 풀어 이삼십 개의 병에 넣고 약간의 나물 안주도 마련했다. 나물 안주에도 몽한약을 풀었음은 말할 나위도 없다. 혹시 술도 고기도 안 먹는 군졸들이 있을까 해서였다.

일꾼 둘에게는 고기와 술이 든 짐을 지우고 주귀와 주부 형제는 나물 안주가 든 찬합을 가져가기로 했다. 새벽 무렵이 되어 길을 떠난 그들은 한적한 산길 길목에 앉아 날이 밝기를 기다렸다. 날이 훤히 밝아 오자 멀리서 북소리, 징 소리가 들려왔다. 이규를 잡아 돌아오는 군졸들이 가까이 다가오고 있다는 뜻이었다.

한편 이규를 잡으러 간 서른 명 군졸들은 그 마을에서 술로 밤을 새우고 새벽 무렵 해서야 길을 떠났다. 꽁꽁 묶인 이규를 수레에 태워 앞세우고 이 도두는 말에 올라 뒤를 따랐다.

마을을 떠나 한참 가다 보니 날이 밝아 왔다. 갑자기 주부가 이 도두의 길을 막으며 큰 소리로 말했다.

"스승님, 기쁘시겠습니다. 제자가 작으나마 정성을 올리려고 왔습니다."

주부는 전에 이운에게 무예 몇 수 배운 일로 그렇게 감겨들었다. 스승이라 높이 불러 이운의 마음을 풀어 놓은 뒤 술 한 병을 꺼내 큰 잔에 부어 올렸다. 주귀는 고기가 든 쟁반을 들고 붙어서고 일꾼은 나물과 과일이 든 찬합을 든 채 주부 옆에 붙어 섰다. 그걸 본 이운은 너무 과분하다 생각했던지 황망히 말에서 내려 다가오며 주부에게 말했다.

"아니, 아우님이 웬일로 이 먼 곳까지 나왔는가?"

"그저 제 효순(孝順)의 뜻을 표하고자 할 따름입니다."

주부가 그렇게 공손하게 말했다. 이운은 주는 술잔이라 받기는 했지만 입에 대려고는 하지 않았다. 그걸 본 주부가 무릎을 꿇으며 한층 공손하게 말했다.

"제자도 스승님께서 술을 드시지 않음은 잘 알고 있습니다. 그러나 오늘의 술은 경하드리는 술이니 반 잔만 드십시오."

그러나 이운은 마지못한 듯 두어 번 술잔에 입술을 대었다. 그걸 본 주부가 다시 권했다.

"스승님께서 술을 드시지 않더라도 고기는 조금 집어 드십시오."

"간밤에 배불리 먹어 그것도 별생각이 없네."

이운은 고기마저도 거절하려 들었다. 주부가 한 번 더 은근하게 권했다.

"스승님께서는 먼 길을 오셨으니 지금쯤은 시장하실 것입니다. 입맛이 당기지 않으시더라도 몇 점 드시어 권한 제가 부끄럽지 않게 해 주십시오."

그러고는 먹음직한 고기 두 덩이를 받쳐 올렸다. 이운은 별생각이 없었으나 주부가 그렇게까지 간곡하게 나오자 어쩔 수 없이 고기를 받아먹었다. 이어 주부는 거기까지 따라온 이정이며 마을 사람들과 군졸들에게까지 고루고루 술을 권했다.

이미 길을 많이 걸어 출출했던지 사람들은 차고 더운 걸 가리지 않고 술잔을 받았다. 고기도 마찬가지였다. 권하기 무섭게 고기 쟁반은 바람에 구름 걷히듯 깨끗이 비워졌다.

그때쯤 이규는 벌써 술에서 깨어나 있었다. 불꽃이 이는 듯한 눈길로 밖을 내다보다가 주귀 형제 두 사람이 있는 걸 보고 그들이 계책을 쓰고 있다는 걸 짐작했다. 이규는 짐짓 소란을 떨어 주귀 형제를 돕기로 했다.

"이놈들아, 네놈들만 처먹느냐? 나도 좀 다오."

이규가 그같이 소리치자 주귀는 오히려 애가 탔다. 혹시라도 이규가 몽한약이 든 술과 고기를 먹게 될까 봐서였다.

"이 나쁜 놈아, 너 같은 놈이 술과 고기를 먹겠다고? 맞아죽기 전에 아가리 닥쳐."

그렇게 이규를 꾸짖어 입을 막았다.

이운은 술과 고기가 군졸들에게 다 돌아간 걸 보고 다시 길을 재촉했다. 그런데 이게 어찌 된 노릇인가. 군졸들이 하나도 움직이질 못했다. 멀건 눈으로 서로를 바라보다가 모두 뒤로 나자빠지는 것이었다. 그제야 이운은 자신이 속은 걸 깨달았다.

"내가 못된 꾀에 빠졌구나!"

그렇게 소리치며 앞으로 내달으려는데 갑자기 머리가 어찔해지고 다리가 가벼워지는 것 같더니 몸이 스르르 내려앉았다.

이운과 군졸들이 모두 쓰러져 버리는 걸 본 주귀 형제는 군졸들의 칼을 빼어 들고 마을 사람들에게 소리쳤다.

"이놈들, 꼼짝 마라."

그러자 술과 고기를 나눠 먹고 있던 마을 사람들은 깜짝 놀랐다. 재빨리 달아난 놈은 달아나고 달아나지 못하는 놈은 잡혀 죽었다. 그때 이규가 한 소리 큰 외침과 함께 몸의 밧줄을 끊고 주귀 형제와 합세했다. 그도 역시 칼 한 자루를 빼앗아 든 채 마을 사람들을 뒤쫓으며 소리치는 것이었다.

"조 태공과 저 늙은 당나귀들을 죽이지 않고는 어찌 분을 풀겠는가!"

이규는 그런 외침과 함께 달아나는 사람들을 쫓아 칼질을 해댔다. 번뜩 그의 칼이 스치는 곳에 먼저 조 태공이 쓰러지고 이귀의 아낙이 두 토막 났다. 이정도 무사하지 못하기는 마찬가지였다. 이규의 한칼을 맞고 거꾸러졌다. 그만하면 대강 원수를 갚은 셈이었으나 이규의 성은 그걸로 가라앉지 않았다. 다시 사냥꾼들을 덮쳐 썩둑썩둑 목을 잘랐다. 몽한약을 먹고 쓰러져 있는 군졸들도 모조리 살아남지 못했다. 몇 사람만 겨우 목숨을 건져 산길로 달아났을 뿐이었다.

이규는 그러고도 분이 안 풀려 씩씩거리며 죽일 사람을 찾아다녔다. 주귀가 그런 이규를 보고 소리쳤다.

"이보게 아우, 상관없는 사람은 해치지 말게."

그제야 이규도 손을 멈추었다. 그리고 문득 벌거숭이가 되어 있는 자신을 돌아보더니 죽은 군졸들의 옷을 벗겨 몸에 꿰었다.

이윽고 세 사람은 각기 칼을 꼬나든 채 으슥한 샛길을 찾아 달아나기 시작했다. 한참을 걷다가 주부가 문득 두 사람을 보고 말했다.

"아무래도 이건 좋지 못합니다. 그래도 내가 한때나마 배운 스승인데 이운을 죽게 할 수는 없습니다. 이운이 깨어난 뒤 무슨 낯으로 지현을 다시 보겠습니까? 가도 죄를 받게 되니 반드시 우리를 뒤쫓아올 것입니다. 안 되겠습니다. 두 분이 먼저 가십시오. 나는 이운을 기다리겠습니다. 전에 배울 때 보니 그는 사람됨이 몹시 충직했습니다. 여기서 그를 기다리다가 우리와 함께 양산박으로 가자고 권해 보겠습니다. 그렇게 해서라도 그의 목숨을 구할 수 있다면 나는 배운 은혜를 갚는 셈이 되고 우리도 쫓기는 수고로움을 면하게 됩니다."

주귀도 아우의 말을 옳게 들었다.

"나는 먼저 떠나 너의 처자가 타고 떠난 수레를 찾아가겠다. 이규를 남겨 너를 돕게 할 테니 만약 이운이 뒤쫓아오지 않거든 쓸데없이 오래 기다리지 말고 곧 뒤따라오도록 하여라."

"그리하겠습니다."

주부가 그렇게 형의 말을 따르자 주귀 혼자 앞서 떠났다.

주부와 이규는 길가에 앉아 이운을 기다렸다. 정말로 한 시진이 지나기도 전에 칼을 빼 든 이운이 나는 듯 달려오는 게 보였다.

"이 도적놈들아, 어디를 달아나려느냐!"

이운의 그 같은 외침을 듣자 이규는 앞뒤 없이 왈칵 성이 났다. 벌떡 몸을 일으켜 칼을 빼 들었다. 그 바람에 주부가 말을 붙여 볼 틈도 없이 이규와 이운 사이에 한바탕 칼부림이 벌어졌다. 이운도 솜씨가 어지간한지 두 사람은 대여섯 번이나 붙었다 떨어졌으나 승부가 나지 않았다. 주부가 칼을 휘두르며 그 둘 사이로 뛰어들며 소리쳤다.

"두 분 잠깐만 싸움을 멈추시오, 내가 할 말이 있소."

그러자 두 사람은 칼을 멈추었다. 주부가 이운을 향해 말했다.

"스승님, 제자는 많은 사랑을 받으며 창봉을 배운 은혜를 잊을 수가 없습니다. 저희 형 주귀는 현재 양산박의 두령으로 급시우 송공명 아래에 있습니다. 이번에 여기 이 형을 뒤에서 돌봐 주란 명을 받고 내려왔는데 뜻밖에도 이 형이 잡혀 관가로 끌려가게 되었지요. 그리되면 형님은 어떻게 양산박으로 돌아가 송공명을 볼 수 있겠습니까? 그 때문에 이번 같은 일이 벌어지게 된 것입니다. 조금 전에도 이 형은 기세를 타고 스승님까지 해치려 했지만 제가 들어 말려 군졸들만 죽게 된 겁니다. 저희들은 원래 이대로 멀리 달아나려 했으나 생각해 보니 스승님께서는 현청으로 그냥 돌아갈 수 없는 몸이라 저희를 반드시 뒤쫓아올 것 같더군요. 저는 스승님께서 평소 제게 베푸신 은혜를 생각해서 여기서 기다리기로 했습지요. 스승님, 스승님께서는 생각이 깊은 분이시면서도 어찌 그리 깨닫지 못하십니까? 스승님께서는 많은 군졸을 잃고 또 흑선풍까지 놓쳤는데 돌아간다 해서 살아날 수 있을 것 같습니까? 만약, 그냥 돌아가시면 반드시 죄를 받게 될 것이고 그때는 구해 줄 사람이 없습니다. 차라리 우리들과 함께 양산박으로 가서 송공명과 한패가 됩시다. 스승님의 뜻은 어떻습니까?"

그 말에 이운도 깨닫는바가 있는 듯했다. 한참이나 깊은 생각에 잠겼다가 천천히 입을 열었다.

불어나는 호걸들

"이보게 아우, 내가 간다 해서 그 사람이 나를 받아 주겠는가?"

"스승님, 아직도 산동 급시우의 큰 이름을 알지 못하십니까? 어진 이와 선비들을 높이 받들고 천하의 호걸들을 받아들이는 게 그분의 일입니다."

주부가 그렇게 대답하자 이운은 한숨을 쉬며 말했다.

"어떡하다 나도 돌아가려야 돌아갈 집이 없고 받들려야 받들 나라가 없게 됐구나. 다행히 가솔을 거느리지 않아 관가에서 괴롭히는 것을 걱정 않고 당신들을 따라갈 수 있게 되었소."

이운의 그 같은 결정에 이규가 언제 서로 목숨을 노리고 싸웠더냐는 듯 빙긋이 웃으며 말했다.

"형씨, 왜 진작에 그 말을 하지 않았소?"

그러고는 이운에게 호걸들이 서로 만날 때 하는 예를 취했다. 이운은 자신의 말대로 거느린 식구도 없고 쌓아 놓은 재물도 없어 그 길로 바로 이규와 주부를 따라나섰다. 한참 가니 수레를 보호하며 가던 주귀가 그들을 맞았다. 네 명의 호걸은 주부의 처자가 탄 수레를 보살피며 양산박으로 향했다.

양산박 근처에 이르자 마린과 정천수가 마중을 나왔다.

"조개와 송강 두령이 우리 두 사람을 산 아래로 내려보내 뒷소식을 알아보게 하였습니다. 이제 돌아오시는 걸 보았으니 우리 두 사람은 먼저 돌아가 산채에 알리겠습니다."

마린과 정천수는 그렇게 말하고 오던 길을 되돌아갔다. 다음 날이었다. 네 호걸은 주부의 가솔들과 함께 양산박에 이르렀다. 호걸들이 취의청에 둘러앉자마자 주귀는 이운을 데리고 조개와 송강을 보게 했다. 이어 다른 호걸들에게도 이운을 소개했다.

"이분은 기수현의 도두로서 성은 이씨로 이름은 운이요, 별호는 청안호(靑眼虎, 푸른 눈 호랑이)라 합니다."

이어 주귀는 다시 주부를 여러 두령들에게 접하게 하고 말했다.

"이 사람은 내 친동생 주부라고 하며 별호는 소면호(笑面虎, 웃는 호랑이)지요."

이에 호걸들은 모두 주부와도 인사를 나누었다. 이규도 송강에게 돌아온 인사를 드리고 맡겨 두었던 도끼를 되돌려 받았다. 이규가 가짜 흑선풍 이야기를 들려주자 모든 두령들이 크게 웃었다. 또 호랑이를 때려잡은 일과 함께 노모가 기령에서 호랑이에게 잡아먹힌 이야기를 들려주자 모두 눈물을 흘리며 같이 슬퍼

해 주었다.

나중에 송강은 이규를 보고 껄껄 웃으며 말했다.

"이번에 아우가 호랑이 네 마리를 잡았다니 이제 우리 산채는 살아 있는 호랑이가 두 마리인 셈이군. 정말 기뻐할 일이네."

전에 무송이 호랑이를 주먹으로 때려잡은 일을 가리키고 하는 소리였다. 그 말에 여러 두령들도 모두 기뻐했다. 소와 말을 잡아 잔치를 벌여 그 일을 축하하는 한편 새로운 두 두령을 반겼다. 조개는 이운과 주부를 왼편 백승의 윗자리에 앉게 했다.

군사로서 오학구라 불리기도 하는 오용이 술자리에서 말했다.

"요즈음 우리 산채는 기세가 아주 높이 오르고 있습니다. 사방의 호걸들이 바람에 쓸려 오듯 모이는 것은 모두 조개와 송강 두 형의 덕을 나타내는 것이며 또한 여러 형제들의 복이라 할 수 있습니다. 그러나 그럴수록 더 잘해야 하는 것이 산채의 일입니다. 주귀는 다시 산채 동쪽의 주막을 맡아보게 하고 석용과 후건은 불러들여야 합니다. 또 주부의 가솔들에게는 살 거처를 마련해 주어야겠지요. 산채의 일도 많아져 전같이는 어렵겠습니다. 세 곳에 다시 주막을 내어 널리 나쁜 소식을 탐지케 하고 호걸들을 불러들이도록 합시다. 만약 조정에서 관병을 보내 우리를 잡으려 들면 군사가 얼마며 어떤 길로 오는가 따위를 빨리 산채에 알려 우리가 준비할 수 있어야 합니다. 서쪽 산비탈은 넓고 틔어 동위와 동맹 형제에게 여남은 명 사람을 주어 주막을 열게 하는 게 좋겠습니다. 이립에게도 역시 여남은 명과 함께 산 남쪽에 주막을 열게 하고 석용은 산 북쪽에 주막을 열게 하지요."

오용은 거기까지 말해 놓고 잠시 숨을 고른 뒤 다시 말을 이었다.

"새로 여는 모든 주막은 물가에 정자를 세우고 화살 신호로 산채의 배를 부르게 하면 됩니다. 정히 급할 때는 직접 달려와 알릴 수도 있겠지요. 또 산 밑에는 세 군데에 큰 관을 설치해 두천으로 하여금 지키게 하는 게 좋겠습니다. 도종왕에게는 나루를 파고 물길을 고치며 완자성의 성벽을 높이는 일을 맡겼으면 합니다. 산 밑에 큰길도 열게 하고요. 그 사람은 원래가 머슴 출신이니 그런 일을 잘할 수 있을 것입니다. 장경에게는 산채의 창고와 재물의 들고 나는 것을 살피고 장부를 만들도록 맡깁시다. 소양에게는 산채 안팎과 산 아래위, 그리고 세 관의 여러 길목에 우리가 지켜야 할 임무들을 써 붙이게 하고 김대견에게는 병부(兵符)와 도장, 신패(信牌) 따위를 새기게 했으면 좋겠습니다. 후건에게는 의복과 갑주, 여러 가지 깃발 따위를 만들게 하며, 이운에게는 산채 안에 살 집을 더 늘리는 일을 맡깁시다. 마린에게는 크고 작은 싸움배를 손보게 하고, 송만과 백승에게는 금사탄에 따로 진채를 세우고 왕왜호와 정천수에게는 압취탄(鴨嘴灘)에 진채를 세워 산 위와 손발을 맞추도록 하는 게 좋겠습니다. 목춘과 주부에게는 산채의 돈과 곡식을 맡아보게 하고, 여방과 곽성에게는 취의청 양쪽의 방을 지키게 하며, 송청에게는 잔치 준비를 도맡도록 합시다."

말하자면 양산박의 수비를 더 튼튼히 하고 여러 가지 일을 각자의 책임 아래 분담시킨 것이었다. 오용이 머리를 짜내 마련한 계획이라 두령들의 반대가 있을 리 없었다. 모두 그대로 따르기로 하고 사흘 만에 잔치가 끝났다.

그 뒤 양산박은 한층 모습이 새로워지고 졸개들도 여느 산도적 패거리와는 달라졌다. 매일같이 인마를 조련시키고 무예를 익혔으며 수채(水寨)에서는 두령들이 배를 다루는 법과 배 위에서 하는 싸움을 가르쳐 웬만한 관군으로는 넘보기 힘든 세력으로 자라 갔다. 하루는 송강이 조개와 오용을 비롯한 몇몇 두령을 모아 놓고 이런저런 이야기 끝에 말했다.

"우리 여러 형제는 모두 이곳에 함께 모여 잘 지내지만 오직 공손승이 돌아오지 않아 서운합니다. 내 생각에는 그가 계주로 돌아가 어머니를 뵙고 스승을 찾아본 뒤 돌아오는 데는 백 일로 넉넉할 줄 알았습니다. 그런데 이제 백 일하고도 여러 날이 지났으나 소식을 알 수 없으니 무슨 일인지 모르겠습니다. 번거롭겠지만 대종 아우가 한번 가서 공손승이 왜 돌아오지 않는지 알아보는 게 어떻습니까?"

그러자 대종이 선선히 가겠다고 나섰다. 송강이 기뻐하며 당부를 했다.

"아우의 걸음이 아주 빠르니 며칠 안으로 좋은 소식을 들을 수 있게 해 주시오."

이에 대종은 그날로 여러 두령들을 작별하고 승국(承局, 관청의 전령사)으로 꾸며 양산박을 떠났다. 네 개의 갑마를 다리에 묶고 신행법을 일으켜 날듯이 계주로 달려갔다.

길 떠난 지 사흘 만에 벌써 기수현 근처에 이르렀다. 거기서 어떤 사람이 대종에게 거리의 소문 하나를 일러 주었다.

"얼마 전에 흑선풍이 달아났는데 그가 사람을 여럿 죽인 관계로 도두 이운도 죄를 입을까 봐 어디론가 사라졌다고 합디다. 아직 둘 다 잡히지 않았다더군요."

그 말에 대종은 속으로 웃었다.

다시 길을 떠난 대종은 걷던 중에 어떤 사람을 만났다. 손에는 혼철(渾鐵)로 만든 필관창(筆管鎗)을 들고 있었는데 대종의 걸음이 빠른 걸 보고 소리쳐 불렀다.

"신행태보, 좀 봅시다."

그를 지나치려던 대종은 걸음을 멈추고 사내를 돌아보았다. 얼굴이 둥글고 귀가 크며 콧대가 서고 입이 네모진 게 범상치 않아 보였다. 대종이 돌아서며 물었다.

"이보시오, 장사. 우리는 서로 모르는 사인데 어떻게 이 사람의 대단찮은 이름을 부르시는 거요?"

"정말로 신행태보 어른이셨구려. 이렇게 뵙게 되니 몸둘 바를 모르겠습니다."

사내가 황망한 대답과 함께 창을 내던지고 땅에 엎드려 절을 했다. 대종이 그를 부축해 일으키며 물었다.

"댁은 뉘시오?"

"제 이름은 양림(楊林)이라 합니다. 조상 때부터 창덕부에서 살아왔으나 숲속에서 산사람들과 오래 어울려 지낸 탓에 사람들은 저를 금표자(錦豹子, 비단표범) 양림이라고도 부르지요. 몇 달 전 우연히 길가 주막에서 공손승 선생을 만나 술 한잔을 나눈 적이 있는데, 그때 양산박 이야기를 들었습니다. 조개와 송강 두 분 두령께서 널리 인재들을 받아들이신다면서요. 저도 뜻이 있음을 비쳤더니 글 한 통을 써 주시면서 찾아가 함께 지내보라 하셨습니다. 그러나 제가 그것만 믿고 가벼이 그리로 뛰어들 수 없다 싶어 망설였더니 다시 이가도구(李家道口)에 주귀가 주막을 열고 찾아오는 호걸들을 산채로 안내한다는 이야기까지 해 주시더군요. 아울러 산채에는 신행태보 대종이란 발빠른 두령이 있어 하루에 팔백 리를 갈 수 있다는 말도 들었습니다. 그런데 이제 형의 걸음걸이가 예사롭지 않아 혹시나 하고 불러 보았더니 정말로 맞아떨어졌군요. 이렇게 뜻하지 않게 뵙게 된 것도 다 하늘의 도우심인 듯싶습니다."

양림의 그 같은 대답에 대종도 반가웠다.

"나는 바로 그 공손승 선생을 찾아 나왔소이다. 한번 계주로 돌아가시더니 감감무소식이라 조, 송 두 두령께서 나더러 한번 알아보고 오라시는구려. 아울러 선생을 산채로 다시 모셔 오라는 분부셨는데 마침 당신을 만난 거요."

양림이 대뜸 대종을 따라붙었다.

"제가 비록 창덕부가 고향이긴 하나 그곳 계주 여러 고을을 두루 돌아다녀 보아 지리를 좀 압니다. 버리지 않으신다면 모시고 함께 가고 싶습니다만."

"당신과 함께 갈 수 있다면 여간 다행이 아니겠소. 공손승 선생을 찾은 뒤 함께 양산박으로 가도 늦지 않을 것이오."

대종도 기꺼이 허락했다. 양림이 몹시 기뻐하며 대종에게 절을 올려 형으로 모시기로 했다.

대종은 다리에서 갑마를 떼고 양림과 함께 천천히 걸어 계주로 향했다. 날이 저물어 주막에 들게 되자 양림이 술을 사서 대종에게 대접하려 했다. 대종이 손을 내저었다.

“나는 신행법을 쓰기 때문에 마늘이 든 음식은 먹을 수가 없네.”

이에 두 사람은 마늘 따위 잡것이 들지 않은 정갈한 나물 반찬으로 밥을 먹었다. 이튿날 새벽같이 일어난 두 사람은 아침밥을 지어 먹기 바쁘게 떠날 채비를 했다. 길을 나서기에 앞서 양림이 걱정스러운 얼굴로 말했다.

“형님은 신행법을 쓰시는데 제가 무슨 수로 따라잡습니까? 함께 가지 못하게 될까 걱정입니다.”

대종이 빙긋 웃으며 양림의 말을 받았다.

“내 신행법은 사람을 함께 데려갈 수도 있다네. 자네 두 다리에 두 개의 갑마를 묶고 술법을 일으키면 자네도 나와 같이 빨리 걸을 수 있지. 가고 싶으면 가고 서고 싶으면 설 수도 있고. 그러잖고야 자네가 어떻게 날 따라올 수 있겠나?”

“그래도 저 같은 맹탕이 어떻게 형님처럼 깊이 도를 닦은 분을 따라갈 수 있겠습니까?”

양림이 아무래도 걱정스럽다는 듯 다시 그렇게 물었다.

“괜찮네. 나의 신행법은 여럿을 함께 데려갈 수 있다니까. 한번 걸리면 모두가 나와 똑같이 갈 수 있지. 나만 음식을 정갈하게 먹으면 되는 법이라네.”

대종이 그렇게 양림을 안심시켰다. 그리고 갑마 네 장을 꺼내 두 장은 자신의 다리에 묶고 두 장은 양림의 다리에 묶어 주었다.

대종이 신행법을 일으키자 양림은 정말로 대종과 나란히 갈 수 있었다. 얼굴에 바람이 휘휘 소리를 내며 스칠 정도로 빨랐으나 가고 말고는 대종과 똑같았다. 두 사람은 세상 소식을 물을 일이 있으면 천천히 걷고 그렇지 않으면 걸음을 빨리해 길을 재는 법 없이 내달았다.

가다 보니 어느덧 사시가 되었다. 그사이 대종과 양림은 사방이 높은 산으로 둘러싸인 어떤 역마 길가에 이르러 있었다. 사방을 둘러보던 양림이 거기가 어딘지를 알아보았다.

"형님, 이곳은 음마천(飮馬川)이라 불리는 곳입니다. 앞에 보이는 높은 산에 도둑 떼가 크게 무리 지어 자리 잡고 있었는데 요즈음은 어떤지 모르겠습니다. 산세가 빼어나고 물이 봉우리마다 돌고 있어 음마천이라 하지요."

양림의 그 같은 설명에 대종은 머리를 끄덕이며 걷기를 계속했다. 설령 약간의 도둑 떼가 들어 있다 해도 겁낼 대종이 아니었다. 양림도 조금은 뒤가 당기는 대로 대종을 따라 걸었다. 그런데 두 사람이 어떤 산기슭을 막 돌아섰을 때였다. 갑자기 징 소리가 한 번 크게 울리더니 뒤이어 북소리가 어지러운 가운데 백여 명의 산도둑 떼가 길을 막았다. 그들 앞에 선 호걸풍의 사내 둘이 칼을 비껴들고 소리쳤다.

"게 섰거라. 네놈들은 어디 가는 웬 놈들이냐? 조금이라도 눈치가 있는 놈들이거든 어서 돈을 내놓고 목숨을 빌어라!"

을러대는 기세가 자못 험악했다. 그러나 양림은 겁내는 기색

없이 그들을 살피다가 빙긋 웃으며 대종에게 말했다.

"형님, 내가 어떻게 저놈들을 때려잡는지 구경이나 하십쇼."

그러고는 필관창을 꺼내 싸울 태세를 갖추었다. 그런데 알 수 없는 일이 벌어졌다. 험한 형상으로 마주 덤벼 오던 도둑 떼의 두 우두머리 중 하나가 문득 칼을 거두며 저희 패거리에게 소리쳤다.

"손을 멈추어라!"

그리고 양림을 향해 두 손을 모으며 좀 전과는 딴판인 목소리로 물었다.

"거기 계신 건 양림 형이 아니시오?"

양림도 그 말에 상대를 주의 깊게 살폈다.

이윽고 가까이 다가온 그들을 알아본 양림이 병기를 거두었다. 앞서 칼을 거둔 저편 호걸이 양림에게 전불(翦拂)이라는 강호에서 주고받는 예를 올리더니 뒤따라오는 자에게도 예를 올리게 했다. 그들과 예를 나눈 양림이 대종을 불렀다.

"형님, 이리로 오셔서 여기 두 분 형제와 인사라도 나누시지요."

이에 대종이 그쪽으로 가서 양림에게 물었다.

"이 두 분 장사는 뉘신가? 아우와는 어떻게 아는 사인가?"

"이 사람은 개천군(蓋天軍) 양양부(襄陽府)가 고향으로 이름을 등비(鄧飛)라 합니다. 두 눈동자가 붉어 세상 사람들은 그를 화안산예(火眼狻猊, 눈에 불을 켠 사자)라 부르기도 하지요. 한 가닥 쇠사슬 낫을 잘 써 아무도 당해 낼 수 없을 정돕니다. 일찍이 저와 한패로 지낸 적이 있는데 헤어진 지 벌써 오 년이나 됩니다. 오늘

여기서 이렇게 만나게 될 줄 누가 알았겠습니까?"

양림이 그렇게 등비를 소개했다. 이번엔 등비가 양림에게 물었다.

"양림 형, 저분은 어떤 분이십니까? 아무래도 여느 분 같지는 않군요."

"여기 우리 형님은 양산박 호걸 중에 신행태보 대종이라 불리는 바로 그분이시다."

양림이 자랑스레 밝혔다. 그 말을 들은 등비가 알은척을 했다.

"그렇다면 강주의 대 원장님 아니십니까? 하루에 팔백 리를 간다는 그분이신지요?"

"내가 바로 그 사람이오."

대종이 등비에게 그렇게 대답했다. 그러자 등비와 그 곁의 호걸이 아울러 대종에게 공손히 예를 표하며 말했다.

"평소에 우레 같은 이름을 들었습니다만 오늘 이렇게 뵙게 될 줄은 정말 몰랐습니다."

"저분 호걸은 뉘시오?"

대종이 답례를 하고 난 뒤 등비 곁에 선 호걸을 가리키며 물었다. 등비가 대답했다.

"제 아우의 이름은 맹강(孟康)이라 하오며, 진정(眞定) 땅 사람입니다. 크고 작은 배를 만드는 데 솜씨가 좋지요. 한번은 화석강(花石綱)을 실어 나를 큰 배를 짓게 되었는데 제조관이 일을 다그치며 죄를 씌우려 들어 홧김에 그를 죽이고 말았습니다. 그 뒤 집과 가족을 버리고 도망쳐 강호를 떠돌다가 숲속에 몸을 숨기고 지낸 지 이미 여러 해 됩니다. 키가 크고 살결이 희멀쑥한 까닭에 사람들은 그를 옥번간(玉幡竿, 옥 깃대) 맹강이라 부르기도 합니다."

그 말에 대종은 등비와 맹강을 다시 한번 살펴보았다. 둘 다 마음에 드는 호걸들이라 흐뭇했다.

"그런데 두 분은 언제부터 함께 지내시게 되었소?"

이런저런 이야기 끝에 양림이 불쑥 그 둘에게 묻자 등비가 대답했다.

"속이지 않고 말씀드리면 일 년 남짓 됩니다. 그런데 한 댓 달쯤 전에 우리는 배선(裵宣)이란 분을 다시 만나게 되었습니다. 그 분은 경조부(京兆府) 사람으로 한때는 그곳에서 공목(孔目) 노릇까지 하셨다더군요. 문무에 밝은 데다 사람됨이 곧고 밝아 조금도 이치에 어그러진 일은 못 참는 까닭에 철면공목(鐵面孔目, 무쇠얼굴 공목)이라 불리는 분이지요. 그렇지만 창과 봉도 곧잘 쓰고 칼 솜씨와 지략에도 뛰어난 편입니다. 그분이 조정에서 보낸 못된 지부(知府) 때문에 죄를 쓰고 사문도(沙門島)로 귀양을 가게 되었습니다. 저희는 그분이 이 길로 지난다는 걸 알고 숨어 기다리다가 구해 냈지요. 호송하는 공인들을 죽이고 산채로 모셔 온 겁니다. 그 뒤 졸개까지 백여 명 모이자 우리는 그분을 산채의 주인으로 세웠습니다. 쌍칼을 잘 쓰는데다 나이도 제일 많고 해서 윗자리로 모신 겁니다. 두 분께서는 번거로우시더라도 저희와 함께 산채로 가서 배선 형님을 한번 만나 보시는 게 어떻겠습니까?"

이어 등비는 대종과 양림의 대답을 듣지도 않고 졸개들에게 말을 끌고 오게 했다.

대종과 양림도 굳이 마다할 까닭이 없었다. 다리에 묶었던 갑마를 떼고 졸개들이 권하는 대로 말에 올랐다.

그렇게 오래가지 않아 등비와 맹강의 산채가 나타났다. 이미 기별을 받은 배선이 황망히 달려 나와 말에서 내리는 대종과 양림을 맞아들였다.

대종과 양림이 가만히 살펴보니 과연 배선은 산채의 주인 노릇을 할 만큼 생김부터가 시원스러웠다. 흰 얼굴에 몸은 통통한 게 어디고 모난 구석이 없었다. 두 사람은 새로운 호걸 한 사람을 알게 된 게 적잖이 흐뭇했다.

배선은 대종과 양림을 취의청으로 청해 들이고 예를 나누었다. 이어 대종을 제일 윗자리에, 양림을 그다음 자리에 앉힌 뒤 잔치를 벌였다. 기분 좋은 술자리라 그날 다섯 호걸은 마음껏 떠들고 마셨다.

대종은 거기서 다시 한번 조개와 송강 두 두령이 널리 천하의 호걸들을 맞아들인다는 이야기를 했다. 수십 명 호걸들이 마음을 모으고 힘을 합쳐 잘 지낸다는 이야기에다 팔백 리 양산박이 얼마나 드넓고 완자성은 얼마나 웅장하며 사방을 두른 물이 얼마나 멀리 퍼져 있는가도 말했다. 군마가 많아 관병이 잡으러 오는 것 따위는 걱정할 필요도 없다는 이야기 또한 빠뜨리지 않았다.

듣고 난 배선이 대종에게 물었다.

"저희 산채에는 삼백 필의 말과 여남은 수레의 재물에다 식량과 말먹이 풀도 아주 많습니다. 사람도 삼사백은 되구요. 두 분 형님께서 천하고 보잘것없다 버리지만 않으신다면 저희들도 양산박으로 가서 함께 지냈으면 합니다. 형님의 뜻은 어떠신지요?"

권하지는 못해도 기다리던 소리라 대종이 기쁜 얼굴로 받았다.

"조개, 송강 두 분은 사람을 만나고 재물을 대하는 데 딴 마음을 품지 않는 분들이오. 거기다가 여러분이 함께 가서 서로 돕는다면 그야말로 비단에 수놓는 격이 아니겠소? 정말로 그러실 마음이 있다면 미리 짐을 싸 두셨다가 내가 양림과 함께 계주로 가서 공손승 선생을 데려오거든 모두 함께 떠나도록 합시다. 모두 관군처럼 꾸미고 밤을 틈타 양산박으로 간다면 별일 없을 거요."

그 말에 배선과 등비, 맹강도 기쁜 기색을 감추지 못했다.

술이 얼큰해지자 그들은 자리를 뒷산 단금정(斷金亭)으로 옮겼다. 거기서 음마천을 내려다보며 마시는 술맛이 또 유별났다.

"산은 아늑하고 물은 그윽하구나. 감춰져 있어 그렇지 정말 빼어난 경치다. 그런데 두 분은 어떻게 해서 이곳에 자리 잡게 되었소?"

대종이 주위를 둘러보며 찬탄하던 끝에 등비와 맹강을 보고 물었다. 등비가 어깨를 으쓱하며 대답했다.

"원래는 보잘것없는 조무래기들 몇이 산채라고 얽고 처박혀 있더군요. 그런 걸 우리 두 사람이 힘으로 빼앗았지요."

그 말에 모두 큰 소리로 웃었다. 그사이 모두 술에 취해 흥은 점점 더 무르익었다. 배선이 흥을 못 이긴 듯 일어나 칼춤을 추어 보였고, 대종은 그 솜씨를 칭찬해 마지않았다.

마시고 즐기는 동안에 날이 저물어 산채에서 하룻밤을 쉰 대종과 양림은 이튿날 일찍 길을 떠났다. 배선과 등비, 맹강은 더 묵어 가라고 붙들었으나 대종과 양림이 기어이 떠나려 하자 하는 수 없이 산 아래까지 따라와 배웅했다.

음마천 산채를 떠난 대종과 양림은 늦어진 길을 보충하듯 새벽부터 저물 때까지 쉬지 않고 걸었다. 갑마의 도움도 있고 해서 둘은 곧 계주 성 밖에 이를 수 있었다.

주막을 정해 쉬면서 양림이 대종에게 말했다.

"형님, 예까지 오긴 했지만 아무래도 성안에서는 공손승 선생을 찾지 못할 것 같습니다. 선생은 도인(道人)이라 반드시 산속 숲에 들었을 겁니다."

"듣고 보니 나도 그럴 것 같네."

대종도 무겁게 고개를 끄덕였다. 이에 두 사람은 먼저 성 밖에서 이 사람 저 사람에게 공손승이 있는 곳을 물어보았다. 그러나 아무도 그가 어디 있는지 알지 못했다.

하루를 아무 소득 없이 보낸 두 사람은 이튿날 좀 더 구석진 시골을 더듬어 보았다. 하지만 공손승에 대해 아는 사람이 없기는 마찬가지였다. 다시 허탕을 친 두 사람은 주막으로 돌아가 하룻밤을 더 잤다.

셋째 날이었다. 주막을 나서기 앞서 대종이 말했다.

"혹시 공손승 선생을 아는 사람이 성안에 있을지도 모르잖는가?"

그러고는 양림과 함께 계주성 안으로 들어갔다.

그날도 두 사람은 이 사람 저 사람을 잡고 공손승을 물었으나 바로 아는 사람을 찾을 수가 없었다.

“그런 사람은 모르겠소. 성안에 사는 사람은 아닌 듯한데……. 아마 성 밖의 이름난 산이나 큰 도량(道場)에 거처하는 모양이오.”

기껏해야 그런 대답이 고작이었다.

그래도 행여나 하는 마음에서 여기저기 묻다 보니 두 사람은 어느새 성안에서 가장 번잡한 거리까지 나가게 되었다. 갑자기 멀리서 북소리와 함께 한 떼의 사람들이 다가오고 있었다.

대종과 양림은 길가에 서서 무심코 그 요란한 행차를 살펴보았다. 앞에는 옥졸 둘이 걸어오는데 한 녀석은 울긋불긋한 예물 보따리를 짊어졌고, 다른 한 녀석은 약간의 비단을 받쳐 들고 있었다. 그 뒤에는 푸른 일산을 받쳐 쓴 압옥(押獄) 회자(劊子, 죄수의 목 베는 일을 맡은 행형관)가 여러 사람에 둘러싸여 오고 있었다. 인물이 훤칠한 데다 드러난 몸에는 꽃 문신이 덮여 있었는데 짙은 눈썹이며 봉의 눈, 누른 얼굴과 늘어진 수염이 또한 볼만했다.

그의 이름은 양웅(楊雄)으로 원래는 하남에 살았으나 친척 형이 그곳 계주 지부로 올 때 함께 따라왔다가 그대로 눌러 살게 된 사람이었다. 뒤를 봐주던 친척 형이 떠나자 곤궁하게 되었는데, 다행히도 새로 온 지부가 그를 알아주어 그 무렵에는 양원(兩院)의 압옥 겸 거리에서 죄수의 목을 베는 회자로 일하고 있었다. 무예가 뛰어났지만 얼굴이 누르다 하여 사람들은 모두 그를 병관삭(病關索, 병든 관삭. 관삭은 관우의 아들로 무예가 뛰어났다 함) 양웅이라 불렀다.

그런 양웅의 등 뒤에는 또 다른 옥졸 하나가 양웅이 죄수의 머리를 자를 때 쓰는 으스스한 장식의 법도(法刀)를 받쳐 들고 따르고 있었다. 저자에서 참수형이 있는 날은 사람들이 형을 마치고 돌아오는 회자에게 예물과 꽃을 주며 치하하는 법이라 행차가 그리 요란스러웠던 것이다. 못된 죄수를 목 베어 준 게 고맙다는 뜻을 표시하는 게 변해 이루어진 관습이었다.

그런데 양웅의 행차가 막 대종과 양림 앞을 지날 무렵이었다. 한떼의 사람들이 길을 막고 양웅에게 술잔을 바치고 있을 때 곁 골목에서 일고여덟 명의 군졸이 나타났다.

그 군졸들의 우두머리는 척살양(踢殺羊, 양을 차 죽인 발길질) 장보(張保)라는 자였다. 계주성을 지키는 수비 군졸로 몇몇 군졸들을 끌어모아 함께 몰려다니며 못된 짓만 골라 가며 했다.

돈을 뜯고 남을 괴롭히는 게 군복만 걸쳤다뿐 거리의 건달패나 다름없었다. 관가에서 몇 번이나 그들을 잡아다 벌을 내리고 겁도 주었으나 어찌 된 셈인지 조금도 제 버릇을 고치지 못했다.

장보가 양웅을 못마땅히 여기는 까닭은 단순했다. 객지에서 굴러들어 온 주제에 너무 거들먹거리며 사는 게 속이 뒤틀린 것이었다. 사람들은 모두 양웅을 두려워했으나 어찌 된 셈인지 장보는 겁도 없었다.

그날도 그는 양웅이 사람들에게서 비단이며 예물을 받는 게 영 마음에 들지 않았다. 그래서 얼큰한 패거리들과 무슨 꼬투리 잡을 일이 없나 하고 양웅을 지켜보고 있는데 다시 사람들이 술잔까지 올리자 더 참고 볼 수가 없었다. 거칠게 사람들을 헤치고 양웅 앞에 나가 삐딱하게 말을 걸었다.

"이보슈, 절급 양반. 요새 어떻소?"

"형씨도 술 한잔하시겠소?"

양웅이 별로 감정을 내비치지 않고 그렇게 받았다. 장보가 한층 더 삐딱하게 나왔다.

"술은 마시고 싶지 않소. 그보다는 돈이나 한 백 관 꿔 주슈. 그 때문에 왔소."

그제야 양웅은 장보가 시비를 걸어 오고 있다는 걸 알아차린 듯했다. 문득 정색을 하고 대꾸했다.

"내가 형씨를 안다 해도 우린 아직 돈을 꿔 주고 빌릴 만큼 가깝진 않소. 그런데 어떻게 내게 돈을 꿔 달라는 거요?"

"당신은 오늘 백성들을 속여 많은 재물을 얻지 않았소? 내게 좀 빌려 줘서 안 될 게 뭐요?"

장보가 제법 눈까지 부라리며 그렇게 덤볐다. 양웅이 지지 않고 목소리를 높였다.

"이 예물은 사람들이 나를 좋게 보아 준 것이오. 그런데 백성을 속여 빼앗았다니, 무슨 말을 그리하시오? 당신이나 나나 다 관청에 몸담고 있지만 서로 일이 다르니 아무 데나 나서지 마시오."

그러나 장보는 그 말에는 대꾸도 않고 저희 패거리를 부르더니 옥졸이 받쳐 들고 있는 비단필을 모두 빼앗으려 들었다.

"이 무례한 놈들!"

양웅이 버럭 소리를 지르며 비단을 빼앗으려는 군졸을 후려쳤다. 그러자 장보가 양웅의 가슴께를 움켜잡고, 다시 군졸 둘이 뒤에서 양웅을 움켜 안았다. 그사이 나머지 군졸들이 양웅을 호위

하던 옥졸들에게 주먹질을 시작했다. 옥졸들은 제대로 맞서 보지도 못하고 뿔뿔이 흩어져 버렸다.

장보와 두 군졸에게 잡혀 있는 양웅은 힘을 다해 그들을 뿌리쳐 보았다. 그러나 제 딴에는 힘깨나 쓴다는 녀석들이 셋이나 엉겨붙어 있어 쉽게 뿌리칠 수가 없었다.

그들 사이에 밀고 밀리는 드잡이질이 한창일 때 한 몸집 큰 사내가 나뭇짐을 지고 그리로 왔다. 사내는 양웅이 여럿에게 붙들려 버둥거리는 걸 보자 길바닥에 나뭇짐을 내려놓고 그리로 가서 소리쳤다.

"당신들, 절급 나리를 왜 때리시오?"

장보가 눈을 홉뜨며 겁을 주었다.

"이 얼어 죽을 거지새끼야, 네 따위가 어디라고 나서느냐?"

그러자 사내는 몹시 성이 난 듯 대꾸도 않고 다가가더니 장보의 머리통을 후려쳐 땅바닥에 쓰러뜨렸다. 그걸 본 다른 녀석들이 한꺼번에 그 사내에게 덤볐다. 그러나 사내가 어디를 어떻게 쳤던지 군졸들은 사내의 한주먹에 여기저기 나가 자빠졌다.

그사이 몸을 빼쳐 나온 양웅도 솜씨를 보이기 시작했다. 돌덩이 같은 주먹을 휘두르니 잠깐 동안에 나머지 군졸들도 모두 땅바닥에 길게 누웠다.

쓰러졌던 장보는 그걸 보고 엉금엉금 기어 싸움판을 벗어나더니 발이 안 보이게 내빼고 말았다.

성이 난 양웅은 그런 장보를 뒤쫓았다. 장보 앞에는 비단을 빼앗은 군졸 놈이 도망치고 있었다. 양웅이 뒤에서 그들을 쫓아 골목길로 사라졌다. 그동안도 나뭇짐을 지고 온 사내는 아직도 뻗지 않고 버티는 군졸 몇 놈을 상대로 주먹질을 쉬지 않고 있었다.

'대단한 사내다. 길을 가다가도 옳지 않은 일을 보면 칼을 뽑아 의로운 쪽을 돕는다더니 바로 그런 호걸이로구나…….'

보고 있는 대종과 양림은 속으로 그렇게 감탄했다. 그리고 그와 친하고 싶은 마음에 은근한 목소리로 권했다.

"이보시오, 호걸. 우리 두 사람의 낯을 보아서라도 이제 그만하시는 게 어떻소?"

그러고는 사내를 말려 골목길로 끌고 갔다. 양림은 그를 대신해 나뭇짐을 지고 대종은 그의 옷깃을 끌어 셋이 함께 찾아간 곳은 가까운 술집이었다.

양림이 나뭇짐을 내려놓고 술집 안으로 들어가자 사내가 두 손을 모으며 대종과 양림을 향해 말했다.

"두 분께서 말려 주셔서 제가 어려운 지경에서 빠져나올 수 있었습니다. 고맙습니다."

지고 있던 싸움이 아니라 감사할 것도 없는데 그렇게 말하는 걸 보니 예절 또한 바른 사람 같았다. 대종이 점잖게 그 말을 받았다.

"우리 형제 두 사람은 다른 곳에서 왔소만 장사의 의기에는 감탄했소. 다만 주먹이란 게 워낙 눈이 없는 물건이라 자칫 사람의 목숨을 해치는 일이 있을까 걱정되어 장사를 그 싸움판에서 빼낸 거요. 자, 이젠 장사에게 술이나 몇 잔 권하고 싶은데 어떻소? 이렇게 만난 것도 인연이니 우리와 교분을 맺어 봅시다."

"두 분께서 구해 주신 것만도 고마운데 술까지 사시겠다니요. 그건 안 됩니다. 술은 제가 사지요."

사내가 펄쩍 뛰며 사양했다. 양림이 곁에서 대종을 거들었다.

"사해(四海)의 모든 사람은 다 형제란 말도 있지 않소? 그러지 말고 이리 앉으시오."

그러자 사내는 마지못한 듯 양림의 말을 받아들였으나 가벼운 실랑이는 한 번 더 있었다. 대종이 윗자리를 내놓자 사내가 사양해 생긴 실랑이였다. 하는 수 없이 대종과 양림이 나란히 윗자리에 앉고 사내는 그 맞은편에 앉았다.

술집 심부름꾼이 오자 양림은 은자 한 냥을 주며 말했다.

"물을 것 없이 먹을 만한 것이 있으면 죄다 가져오게. 술이든 안주든……. 셈은 이따가 한꺼번에 치르지."

공돈이 생긴 심부름꾼 녀석은 얼른 안으로 달려가 술과 손쉬운 안주부터 내왔다.

몇 잔 술이 돈 뒤 대종이 진작부터 궁금하던 걸 물었다.

"장사의 이름은 어떻게 되오? 고향은 어디시오?"

"제 이름은 석수(石秀)라 하오며 고향은 금릉(金陵) 건강부(建康府)올시다. 어렸을 적부터 창봉을 배웠고, 옳지 못한 걸 보면 참지 못하고 끼어드는 버릇이 있지요. 그래선지 사람들은 저를 반명삼랑(拚命三郞, 죽을 둥 살 둥 모르고 덤비는 놈)이라 부릅니다. 원래는 숙부를 따라다니며 양과 말을 사고팔았는데, 뜻밖에 숙부께서 객지에서 돌아가시고 밑천도 모두 털려 고향으로 돌아갈 수 없게 되고 말았지요. 이곳저곳 떠돌다가 여기 계주로 흘러와서 이제는 나무를 해다 팔아 하루하루를 살아가고 있습니다. 이렇게 서로 알게 된 것도 예사 인연이 아니라 여겨 숨김없이 털어놓습니다."

석수가 그렇게 자신을 밝혔다. 대종이 안됐다는 표정으로 넌지시 석수의 속을 떠보았다.

"우리 두 사람은 우연히 이곳에 왔다가 장사를 만나게 되었구려. 그러나 장사 같은 호걸이 나무나 해다 팔고 살아서야 되겠소이까? 다시 한번 세상으로 나가 남은 반생을 즐겁게 살도록 해야지요."

"저는 창봉이나 조금 쓸 줄 알 뿐 다른 재주가 없는 놈입니다. 저 같은 것이 세상에 나서 본들 무슨 수가 있겠습니까?"

"세월이 참된 인재를 알아보지 못하는구려. 조정이 막혀 있고 간신들이 날뛰니 이 모양이오. 하지만 찾아보면 길이 전혀 없는 것도 아닐 게요. 나만 해도 그렇소. 비록 아는 것은 적지만, 이런 세상 꼴이 보기 싫어 양산박의 송공명에게 몸을 의탁하고 있소. 생긴 금은은 저울로 달아 나누고, 옷을 서로 바꿔 입고 지내며, 조정의 부름이 있기를 기다리는 중이오. 언젠가 때가 오면, 우리라고 벼슬아치가 못 된다는 법도 없지 않겠소!"

마침내 대종이 그렇게 속을 털어놓았다. 그러자 석수가 탄식처럼 말했다.

"제가 가려 한들 길이 있어야지요……."

대종이 기다렸다는 듯 그 말을 받았다.

"만약 장사께서 가실 뜻이 있다면 내가 천거해 드리겠소."

그제야 석수가 조심스레 두 사람을 쳐다보며 물었다.

"두 분의 존함은 어찌 되시는지요?"

"내 이름은 대종이고, 이 사람은 양림이외다."

"강주 신행태보가 바로……."

"그렇소. 내가 바로 그 신행태보요."

대종은 그 말에 이어 양림에게 은자 열 냥을 꺼내 석수에게 주게 했다. 석수는 몇 번이나 사양하다가 은자를 거두어들인 뒤 대종에게 진심 어린 말로 양산박에 들 수 있게 해 달라고 빌었다.

(5권에서 계속)

수호지 4

물은 양산(梁山)으로

개정 신판 1쇄 인쇄 2021년 6월 1일
개정 신판 1쇄 발행 2021년 6월 15일

지은이 이문열

발행인 양원석 **편집장** 최두은 **책임편집** 정효진
디자인 김유진, 김미선 **표지 일러스트** 김미정
영업마케팅 양정길, 강효경, 정다은

펴낸 곳 ㈜알에이치코리아
주소 서울시 금천구 가산디지털2로 53, 20층(가산동, 한라시그마밸리)
편집문의 02-6443-8847 **도서문의** 02-6443-8800
홈페이지 http://rhk.co.kr
등록 2004년 1월 15일 제2-3726호

ISBN978-89-255-8852-0 (04820)
978-89-255-8856-8 (세트)